소풍

성석제 산문집

소풍

창비

소풍의 감동을 기리며

교정지를 넘기고 나자 고향에서 먹고
마셨던 몇가지 음식이 못 견디게 먹고 싶어졌다. 혼자 만들어 먹거
나 근처에서 찾아서 먹을 수 없는 건 아니지만 먹고 싶은 마음이
일게 한 바로 그 맛은 나지 않을 게 분명했다. 소풍을 가듯 시간의
한 부분을 툭 끊어서 길을 떠났다. 예전에 지나갔던 음식점, 익숙
한 냄새와 사람을 다시 한번 만나며 다니는 길은 행복했다. 뭘 맛
본다는 것, 맛을 기억하며 소요(逍遙)하는 것은 지극히 개인적인
행위이고 방심한 상태에 스스로를 처하게 하는 것이다. 그래서 개
도 밥 먹을 때는 건드리지 말라는 말이 있는지도 모른다.

먹고살기에 급급한 때가 있었다. 살기 위해 먹는 처지에 좋은 것
과 나쁜 것, 마음에 들고 들지 않고를 가릴 형편이 되지 않았다. 하

지만 요즘 우리는 단지 배를 채우기 위해서 음식을 먹지는 않는다. 좋아하는 음식을 찾아서 맛을 본다는 건 바로 소풍 같은 것이다. 가기 전날부터 가슴이 설레고 살짝 땀이 배도록 걸어서 가는 수고 도 마다하지 않으며 담소를 나눌 동무들이 있으면 더욱 좋다. 보물찾기처럼 예상치 않았던 것을 얻는 행운을 만날 수도 있다.

음식을 만들고 나누고 먹고 이야기하는 것, 이 모두가 '음식'이라는 말로 뭉뚱그려진다고 할 때 음식은 추억의 예술이며 눈·귀·코·혀·몸·뜻(眼耳鼻舌身意)의 감각 총체 예술이다. 음식에 관한 기억과 그에 관한 이야기는 필연코 한 개인의 본질적인 조건에까지 뿌리가 닿아 있다.

이 책에 든 글들은 대체로 음식에 관한 것이지만 음식만 이야기하려 한 것은 아니다. 음식을 통해서 새삼 깨닫게 되는 사람과 세상에 관해 썼다. 소풍 가서 나무 그늘에 둘러앉아 도시락을 먹고(食) 샘물을 마시는(飮) 것처럼 자연스럽게 느낌(感)이 움직이는(動) 것을 공유하고 싶었다. 숙제를 해치우듯 먹어본 음식은 맛을 느낄 수 없었고 그렇게 해서는 음식이야기를 제대로 할 수 없었다. 그리고 보니 음식을 먹는 것이 소풍이라면 음식이야기 역시 소풍이며, 무릇 이야기란 또한 우리 삶의 소풍과 같은 것이다.

살펴보니 얼마 전에 쓴 것부터 쓴 지 십년이 다된 것도 있다. 언급된 음식점이며 음식이 사라지기도 했고 길이 달라졌으며 내 입맛 자체도 변했다. 그렇지만 처음부터 지금까지 변하지 않았고 앞으로도 결코 변하지 않을 게 있다. 음식을 만들고 나누어 먹는 것이 바로 자비이며 삶의 일부를 교환하고 서로 느낌을 공유하는 행위라는 것이다.

알게모르게 언제나 소풍을 갈 수 있게 준비해주시는 분들께 감사드린다. 함께 음식을 먹고 이야기하며 살아온 사람들에게 감사한다. 삶에 감사한다.

2006년 봄
성석제

제1부

얌전한 맛

❖
너
비
아
니

　　　근래에 내륙의 3번국도를 지나오다가
길가의 식당에 '석쇠구이'라는 명칭이 부쩍 늘어난 것을 발견했다.
사전에 없는 용어인 석쇠구이는 소나 돼지의 고기를 갖은 양념에
재워두었다가 손님이 오면 숯불을 피우고 그 위에 석쇠를 얹어 구
워먹게 하는 것을 말한다.

　사전에 의하면 석쇠는 '고기 또는 굳은 떡조각을 굽는 제구로 굵
은 쇠테두리에 철사나 구리선 따위로 그물처럼 엮어서 네모지거나
둥글게 만듦. 작철(灼鐵), 적철(炙鐵)'인데 원어는 적쇠라고 되어
있다. 석쇠는 지금 흔히 불판이라고 하는 구이용 철판이 출현하기
전부터 있었던 도구이다. 불판은 오늘의 한국을 대표하는 음식인
불고기를 염두에 두고 제작된 까닭에 국물이 아래로 흐르지 않도

록 되어 있다. 불고기가 등장한 것은 불과 오십년 안짝이다. 쇠고기를 얇게 썰고 질척하게 양념해서 국물이 많은데, 불에 구워먹는다기보다는·국물로 익혀서 먹는 '물 고기'라고 어느 요리전문가는 말하고 있다.

불고기와 조리방법은 약간 다르지만 정육을 얇게 저며 양념한다음 불에 구워먹는 것을 예전에는 너비아니라고 불렀다 하고 전통 한식집에 가면 가끔 그 명칭을 볼 수 있다. 너비아니의 조상은 '설하먹적(雪下覓炙)'이라는 낭만적인 명칭을 자랑하는데 '설야적(雪夜炙)'이라고도 불렸다고 한다(눈설, 밤야, 찾을먹임을 참고). 고려시대에 몽골인들이 침공해 들어와 불교를 숭상하던 고려인들도 고기를 구워먹게 되었고 '쇠고기를 저며 칼등으로 두들겨 연하게 한 뒤, 대나무 꼬챙이에 꿰어 기름과 소금을 발라 스며들게 하고 뭉근한 불에 반쯤 익히며 이것을 냉수에 담갔다가 곧 꺼내어 다시 굽는 과정을 세 차례 반복하여 참기름을 발라 구우면 아주 연하고 맛이 좋다'고 했다. 이렇게 복잡하게 요리해서 언제 먹는다? 결국 먹기는 하는 건가?

참고로 불고기에 들어가는 고기보다는 양념에 재지 않고 구워먹는 이른바 '소금구이'(이 역시 조상이 있어 그 이름은 '방자구이'라는데 여기서 방자는 심부름꾼을 뜻하며 심부름하느라 바빠 제대로 얻어먹지도 못하던 방자가 어쩌다 고기를 얻어 양념할 겨를도 없이 얼른 구워먹는 것을 말한다)의 고기가 더 육질이 좋아야 한다. 또 참고로 짐승은 도살한 뒤에 사후강직이 오므로 바로 먹기보다는 숙성시켜 먹는 게 좋은데 숙성기간은 섭씨 4~7도에서 열흘, 2

도에서 2주일 정도라고도 한다. 이렇게 참고만 하다가 언제 먹을지 또 걱정이 된다. 미안하지만 나는 벌써 먹었다.

1980년대 후반에 은사를 모시고 남쪽으로 여행한 일이 있다. 남원이라는 아름다운 고장에 도착했는데 일행 모두 배가 고팠다. 그때 연세가 지금의 나보다 네댓세 위였던 스승께서는 택시를 잡아 타고 기사에게 "이 동네에서 가장 맛있는 집으로 갑시다" 하고 말했다(그후에도 이 방법이 몇번 통하는 걸 봤다.) 기사는 큰길에서 오 분 가량 전진한 뒤 골목으로 접어들어 한참을 가다가 어느 얌전한 기와집 앞에 차를 세웠다. 그 기와집 대문 역시 얌전하게 반 정도 열려 있었고 담 한구석에 손뼘 크기만한 얌전하고 조그만 간판이 있어서 겨우 그 집이 식당이라는 걸 알 수 있었다. 마당으로 들어간 우리의 인기척을 들었는지 아주 얌전하게 생긴 여인이 방에서 나와 대청으로 안내했다.

우리는 얌전의 연속에 압도되어 먼지 하나 없이 반질반질한 마루에 얌전하게 앉아 집안을 이리저리 살피고 있었다. 그러는 동안 그 집의 유일한 식단, 곧 한정식이 준비되었다. 커다란 교자상이 차려지고 얌전한 부인이 얌전하게 음식을 날라 얌전하게 차렸다. 어떤 음식이 있었는지는 정확히 기억나지 않는다. 여느 한정식 식당과 별반 다르지 않게 물고기, 뭍고기, 나물과 전, 김치류, 탕, 장아찌 같은 게 차려져 있었다.

하여튼 우리는 얌전하게 수저를 들어 이것저것 먹고 마셨다. 어쩐지 얌전하게 들리는 매미의 울음소리, 마당 한켠에 얌전하게 피어 있는 꽃, 처마에서 얌전하게 펼쳐지는 그늘, 얌전하게 부는 바

람…… 얌전치 못한 나는 밥을 먹다 말고 마루에서 내려왔다. 신발을 질질 끌며 수돗가로 가서 일부러 소리내어 세수를 한 다음, 화장실을 찾아 집 뒤꼍으로 돌아갔다. 그런데 바로 거기에 환장할 만한 풍경이 펼쳐지고 있었다.

얌전하게 한복을 입고 앞치마를 두른 부인, 얌전하게 풍로에 불을 붙이고 얌전하게 생긴 부채로 얌전하게 부채질을 하고 있는데 숯불 위에 얌전한 석쇠가 놓여 있었고 석쇠 사이에 고기가 얌전하게 끼여 있어 익어가며 얌전하게 냄새를 피워올리는 것이었다. 내가 잠깐 멈추어서자 그 부인은 나를 얌전하게 돌아보며 얌전하게 미소를 지었는데, 그 부인의 콧등에는 크지도 작지도 않게 얌전한 땀방울이 송골송골 맺혀 있었다. 나는 그곳을 다녀온 뒤에 한동안 만나는 사람마다 입에 거품을 풀며 그 부인의 얌전함, 음식 맛에 관해 이야기했다.

그로부터 십여년 뒤. 나는 또다시 남원이라는 향기로운 고장에 도착했다. 그 식당의 위치는 몰랐지만 이름만은 기억하고 있었다. 나는 전화안내에 물어서 그 식당의 전화번호를 알아냈다. 전화를 했더니 얌전한 목소리의 부인이 얌전하게 위치를 알려주는 것이었다. 나는 얌전하게 차를 몰아 그곳으로 갔다. 그런데 그 식당은 얌전한 골목에 있지 않고 큰길가의 사층짜리 빌딩에 들어 있는 것이었다. 빌딩에는 대문만한 크기의 간판이 걸려 있었다. 그렇다. 그 부인은 식당업에 성공해서 땅을 사고 빌딩을 지어 대형식당을 낸 것이다. 그런데 그 집의 너비아니, 아니 불고기, 아니 물 고기, 아니 석쇠구이는 전혀 옛날 같은 맛이 나지 않았다. 너무 달았고 너

무 손님의 입맛에 맞추는 듯했고 너무 짰다. 그 부인은 조금 주름
진 얼굴, 조금 오만해진 표정으로 계산대에 앉아 있었다. 그 자태
역시 얌전하긴 했다.

김밥의 귀족, 귀족의 김밥

김밥

김밥의 기본은 김과 밥이다. 미국 보스턴에 사는 L의 집에 갔을 때 기본에 충실한 김밥을 만들어 먹은 적이 있다. 보스턴에는 도시와 세속을 떠나 자연 속에서의 정결한 삶을 지향한 기록 『월든』(Walden)으로 유명한, 본인 스스로도 유명해지고 싶어했는지 참으로 궁금한, 정현종 시인의 표현대로라면 랠프 왈도 에머슨과 함께 '정신의 귀족'인 헨리 데이비드 소로(정신의 귀족들은 언제나 가운데 이름을 넣어서 부르는지도 궁금한데)의 오두막이 있다. 다섯 평도 되지 않는 그 오두막에서 소로는 이년 이개월 하고도 이틀을 살았다고 한다.

L은 소로가 졸업한 하버드대학에 다니고 있기도 했는데 L이 나하고 같은 대학을 졸업했으니까 한다리만 건너면 소로와 나의 인

연이 없는 것도 아니다. 그 인연을 기념하여 자연주의적이면서 정신의 귀족에 어울리는 소박한 김밥을 만든 건 아니었다. 시간이 있어 월든 호수에 소풍이나 가자던 것이었는데 일행 중에 세계 어디를 가건 하루라도 한국음식을 먹지 않으면 머리에 뿔이 돋는 인간이 있었고 그 인간 때문에 도시락을 싸다보니 그렇게 되었던 것이다. 김은 그 집에 있는 것을 썼다. 밥을 새로 해서 뜨끈뜨끈할 때 있는 간장, 있는 참기름, 있는 소금을 넣어서 주걱으로 비볐다. 달걀은 마침 떨어져서 넣지 못했다. 없는 건 또 있었는데 단무지, 김밥용 햄, 시금치, 당근, 게맛살 같은 것들이 그것이었다. 노력하면 못 구할 건 아니었지만 있으면 있는 대로 먹고 없으면 말자는 게 월든 호수로 소풍 가는 사람들의 기본자세가 아니겠는가.

그렇게 해서 밥을 김 위에 펴고 있는 대나무발로 좀 굵게 김밥을 말았다. 옆구리가 터지는 사고는 없었던 것이 옆구리를 터지게 할 만한 재료가 전혀 없었기 때문이다. 반찬으로는 집에 있는 김치를 싸들고 과일에 생수를 들었다.

그리하여 어른 다섯 아이 둘의 일행은 묵직한 김밥 보따리를 들고 숲속에 지어진 소로의 오두막에 도착했다. 오두막의 내부도 구경하고 오두막 앞에 지어진 친환경적인 화장실에서 볼일을 보면서 이 정신의 귀족은 화장실을 어떤 걸 어떻게 썼을지 궁금해하기도 하다가 월든 호수로 갔다. 화창한 날씨에 미국 민중들이 걷고 수영하고 배를 타고 물장난도 치면서 잘들 놀고 있었다. 우리도 자리를 펴고 좀 노는 척하다가 곧 우리 소풍의 본론으로 들어가 김밥을 먹기 시작했다. 김과 밥과 김치뿐이었지만 그 맛은 아주 정결, 담백했고 김과 밥, 김치 각각의 본질적인 맛을 잘 알게 해주었다. 환경 친화적이고(남는 것도 부산물도 없으니까) 나로서도 처음 맛보는 귀족적인 것이었다. 뿔이 잘 나는 인간도 아직까지 그 김밥의 맛을 잊지 못하고 있을 정도다. 그 김밥의 이름을 보스턴 김밥, 아니 월든 김밥, 아니 소로에게서 영감을 받았으니 '소로 영감 김밥'으로 지을까 하다가 말았다. 장사를 할 것도 아니고, 해봐도 잘된다는 보장이 없고, 잘된다고 해도 영원하리라는 보장이 없으니까.

재작년인가 내 친구의 부인, 친구들이 보통 제수씨라고 부르는 양반이 김밥집을 시작했다. 김밥 한줄이 이천오백원이라고 해서 잘 팔릴까 걱정을 했는데 오히려 제대로 된 재료를 쓰고 제값을 받으니 단골도 생기고 해서 장사가 잘되는 편이라고 했다. 내 친구는 그 당시 어떤 회사의 전무이사였다. 부인의 김밥집이 김밥뿐만 아니라 복잡다단한 식단의 음식을 주변에 배달해주고 있었으므로 바쁠 때는 내 친구가 그릇을 찾아와야 했다. 그는 퇴근을 할 때면 배기량이 큰 검정색 고급승용차를 몰고 인근의 가게들을 한바퀴 돌곤 했다.

양복에 넥타이를 매고 철가방을 든 그가 가게문을 열고 들어선다. "그릇 가지러 왔습니다" 하고 그가 우렁차게 외치면 가게 주인들은 헷갈리는 표정을 짓다가 그릇을 들어서 철가방에 넣어주며 "사장님이세요?" 하고 묻는다. 그러면 그는 "아닙니다, 아직 전뭅니다. 앞으로도 많이 이용해주십시오" 하고는 김밥그룹의 실세인 것처럼 씩씩하게 걸어나왔다고 한다. 그 제수씨의 김밥에는 일반적인 재료말고도 우엉이 들어간다. 우엉이 들어감으로써 그 김밥

은 고급김밥으로서의 변별성을 가지게 되고 이천오백원을 받을 수
있다는 게 그의 주장이었다.

　얼마 전 집 근처 아파트 상가 김밥집의 주인이 새로 바뀌었다.
남자는 환갑을 전후한 나이로 막 은퇴를 한 듯했고 여자는 쉰네댓
쯤 된, 수더분한 인상의 부인네다. 그전에 하던 김밥집의 이름과
간판──'엄마손'까지 그대로 물려받았고 내부도 전혀 손을 대지 않
았다. 원래 장사가 잘되지 않던 거라서 권리금도 주지 않았으며 임
대료도 아주 싸다고 했다. 그 집 김밥은 한줄에 천원이다. 만두, 오
뎅, 떡볶이, 순대 모두 천원이고 라면만 이천원이다.

　어느날 그 집에서 사온 김밥을 먹는데 왠지 모르게 그 김밥의 맛
이 어린시절 소풍을 갈 때 어머니가 만들어주던 김밥과 비슷한 것
같았다. 자세히 살펴봤지만 특별할 게 없었다. 우엉은 물론 없었고
옆구리가 터진 걸 붙인 흔적이 있었으며 썰어놓은 크기도 굵었다
가늘었다 제멋대로였다. 다만 시금치가 씹히는 맛이 조금 오래가
는 것 같았다. 그런데도 왜 이런 맛이 나는지 궁금해져서 이유를
캐보기로 했다.

　'엄마손 김밥'에 갔더니 부인네 혼자 누워 있었다. 내가 깨우자
부인네는 하품을 하면서 잠을 제대로 못 자서 그렇노라고, 김밥을
썰기를 기다리는 동안 먹으라고 커다랗고 불그레한 손으로 만두를
집어서 입에 넣어주다시피 하는 것이었다. 찜통 속에 들어 있는 만
두는 껍질이 두껍고 크기도 제각각이었다.

　"집에서 만두 재료를 다 만들어오거든요. 김밥도 말아오구요.
그래서 잠이 부족해요."

장사를 한 지 얼마 안되어서 옆에서 누가 보고 있으면 김밥을 잘 말지 못한다고 했다. 그래서 집에서 미리 김밥을 말아온다는 것이다. 문득 소풍 가기 전날, 평소에는 구경하기 힘든 김밥용 햄에 단무지며 당근과 시금치를 손질하면서 연신 하품을 하던 어머니의 모습이 떠올랐다. 즉석에서 말고 기계로 썰어주는 김밥과 달리 이 김밥과 어머니의 김밥은 말고 나서 먹기까지의 시간이 비슷해서 그때의 맛이 난 것인지도 몰랐다.

알고 보니 어지간한 재료는 자신들이 직접 농사지은 것을 가져와 쓴다고 했다. 특히 참기름이 그랬고 시금치가 그랬고 쌀이 그랬다. 국산 참기름을 발라 김밥을 만들어서 천원을 받아도 남는 게 있느냐고 물었더니 부인네는 "에구, 싸게 팔아야지요, 요새 아이엠에픈데" 했다. 그러고는 내가 내미는 천원짜리 한장을 받으며 "사실상"이라고 덧붙였다.

내 친구의 부인이 하는 김밥집은 지금 사실상 IMF 경제위기 때보다 장사가 더 안되는 것 같다고 한다. 그 김밥집이 좀 된다 싶으니까 반경 오십 미터 안에 이십사시간 문을 여는 김밥집이 두 개나 생겼다. 그 집들은 물론 김밥 한줄에 천원이다. 아무리 '정신의 왕족 헨리 데이비드 소로 영감 김밥'이 맛있다고 해도 이런 식이 되어서는 견딜 수 없을 것이다.

프로페셔널 아마추어리즘

❖ 간장게장

　　　　내가 워낙 촌놈이라 그런지, 대처(大處)에 나와 살면서도 내가 나서 자란 시골에서 먹어보지 못한 간장게장에는 쉽사리 손이 가지 않았다. 그러다 얼마 전 서울 강남 어디를 가던 길에 하도 길이 막혀 골목으로 들어갔다가 마침내 명성도 드높은 간장게장을 맛볼 기회를 맞게 되었다.

　일단 그 골목 안에 들어서니 처마를 잇대어 간판이 걸렸을 정도로 식당이 많았는데 식당 앞에서 저마다 자기 집으로 오라고 손짓하는 사람들로 정신이 없었다. 그러다가 내 눈에 번쩍 띈 상호가 있었으니 그게 바로 '○○간장게장'이었다. 많이 들어본 듯한 이름인데다 생김새가 '프로페셔널'하게 보여서 나는 망설임 없이 차를 그 앞에 갖다댔다. 그러자 날렵하게 생긴 청년이 뛰어오더니 차문을 열며 내리라고 하는 것이었다. 청년 역시 행동거지며 말투가 아주 프로다웠다. 차를 넘겨주고 난 뒤 나는 식당의 문을 열고 안으로 들어섰다. 문 바로 앞에 계산대가 있었고 계산대 옆에 나보다 먼저 온 사람이 서넛 서 있는 것이었다. 그러고 보니 식당 안은 빈자리 하나 없이 꽉차 있었다. 모두들 그 유명한 간장게장을 먹고 있는 듯했다. 이인분에 사만원, 공깃밥은 따로 계산하는 그 위대한 간장게장을.

나는 원래 인내심이 좀 부족하다. 이건 촌놈답지 않다. 특히 배가 고픈 것과 다리가 아픈 건 잘 참지 못한다. 어릴 때 젖을 곯아서 그런지, 교통사고 후유증 때문인지, 아니면 그런 것과는 아무런 상관 없는 못된 성질머리 때문인지도 모르겠다. 이런 생각을 하면서 한 오분쯤 서 있던 중에 계산대 맞은편 계단참에 '2층 가는 길'이라는 팻말이 붙어 있는 것을 발견했다. 나는 계산대의 주인에게 이층도 자리가 다 찼느냐고 물었다. 그녀는 마침 잘 물어주었다는 듯 이렇게 대답했다.

"우리가 하루 이십사시간 장사를 하잖아요. 힘들어서 이층은 못해요."

그럼 하루 이십사시간 하지 말고 사정에 맞게 사십팔시간만(일주일에) 하다가 손님이 많을 때는 이층도 받으면 되지 않는가. 아니면 팻말을 떼든가, 계단을 없애든가, 이층을 폭파해버리든가…… 하지만 이건 나만의 생각인 것 같았다. 주인은 손님들이 모두 자신의 대답에 만족하는 줄 여기는 듯 사방을 위엄있게 둘러보며, 3번 테이블은 일찍 왔으니 지금 얼른 일어나면 좋겠는데 벌써 소주가 몇병이 들어갔느냐는 식으로 질문인지 설명인지 축객령인지 모를 말을 3번 테이블뿐 아니라 1번에서 8번 테이블 모두에 들리도록 큰 소리로 말했다. 그 말을 듣고 보니 주인의 말은 들은 척도 하지 않고 자기들끼리 무슨 이야기인가를 해대고 있는 3번 테이블의 일행이 밉살스러워지기 시작하는 것이었다. 밥을 다 먹었으면 일어나 가주는 것, 이게 프로페셔널한 손님의 기본 아니겠는가. 주인이 프로면 손님도 프로가 되어야 하지 않겠는가. 나는 결국 참지 못하고 밖으로 나왔다.

손님의 차를 대신 주차해주는 프로 주차원에게 나는 내 차의 행방을 물었다. 그는 대답 대신 '발레파킹' 비용이 천원이라고 했다. 나는 그런 금액을 누가 정했느냐, 경제부총리냐 강남구청장이냐 당신 아버지냐 하고 물으려다가, 프로답지 않은 것 같아 관두고 그냥 차나 빨리 가져다달라고 했다. 그는 내 얼굴을 슬쩍 보고는 식사를 했느냐고 물었다. 나는 먹지 못했다고 대답했다. 손님을 서서 기다리게 하면서도 계속 다른 손님을 끌어들이는 한편 밥을 먹는 손님을 돈 내는 일만 남은 바보로 취급하는 태도가 밥맛이 다 떨어지게 만들었다고는 하지 않았다. 기다리는 손님과 밥을 먹는 손님을 투쟁관계로 설정하는 게 마음에 들지 않는다고도 하지 않았다. 프로들은 그런 투정 따위는 하지 않는다. 그냥 간다.

주차원은 내게 돈을 받기 미안하니 다른 데 가서 먹고 오라고 권했다. 나는 그의 권유에 따라 손님이 별로 없는 다른 식당, 생태찌개인지 갈치조림인지를 하는 곳으로 향했다.

○○간장게장 식당의 간장게장은 맛이 없었다. 정말 맛이 하나

도 없었다. 먹지 못했는데 맛이 있을 리 있겠는가.

먹어본 사람들에 따르면 간장게장은 워낙 맛있는 음식이라고 한다. 얼마나 맛있는지 선미(禪味)에 비견될 정도란다. 게가 맛있고 간장이 맛있으며 손님들이 맛있어할 준비가 되어 있기 때문이다. 그러면 뭘 하나, 내 입에 들어오지 않으면 아무 소용이 없는 것을.

터미네이터

❖
게

　　뉴욕의 차이나타운에 아주 유명하고
맛있는 음식점이 있다고 해서 친구들과 함께 간 적이 있다. 내 생
각에 음식을 잘하는 평판이 있는 음식점은 음식점에 오는 손님의
평균적인 입맛을 만족시킬 만한 특별한 솜씨가 있거나 솜씨와는
별개로 모든 손님이 맛있다고 느끼도록 하는 비결이 있어야 하는
데 그 음식점은 후자였다. 그 음식점에서는 주방에서 만든 요리를
제공하지 않았다. 음식은 손님이 만들어 먹게 했다. 그게 그 음식
점의 성공 비결이었다.
　음식점에 들어서니 음식점 한쪽 면은 뷔페식으로 음식재료들이
진열되어 있었다. 그 음식점에서는 좋은 음식재료를 가져다 골라
먹기 좋도록 진열하는 데 모든 힘을 쏟고 있었다. 즉 야채는 신선

하고 깨끗하게, 고기는 알맞게 숙성된 것을 잘 분류해서, 생선은 신선하고 살진 것으로 풍성하게 늘어놓았다. 과일이며 샐러드와 쏘스 역시 종류가 다양했고 식후의 디저트도 골라먹을 수 있도록 해놓았다. 핵심은 손님이 그 재료를 골라서 자기 자리에서 직접 조리해서 먹는다는 것이었다. 이런 게 뷔페와 다른 점이었다.

우리 세 사람은 일단 적지 않은 입장료——일행 중 하나가 급히 계산하는 바람에 금액은 기억나지 않지만——를 내고 사인용 탁자를 둘러싸고 앉았다. 식탁에는 키가 큰 원통형의 조리기구가 버너 위에 놓여 있었고 거기에는 무엇에서 우려냈는지 정체를 알 수는 없으되 육수는 분명한 국물이 조금씩 끓고 있었다. 옆자리의 손님들이 하는 방식에 따라 음식재료가 있는 진열대로 간 우리는 식성껏 재료를 접시에 담아가지고 돌아왔다. 그러고는 각자 가지고 온 야채며 고기, 생선을 국물에 넣었다가 건져먹었다. 양동이처럼 생긴 조리기구——이름을 모르니 양동이라고 하자——는 가운데 스테인리스 칸막이가 쳐져 있었고 그 칸막이에는 구멍이 뚫려 있어서 두 구역의 육수가 통하도록 되어 있었다. 한쪽에는 조직이 연한 야채나 저민 고기를 넣고 데치듯 살짝 익혀 쏘스에 찍어먹었고 다른 한쪽에는 새우 같은 생선이나 대구살처럼 두툼한 조직을 넣고 좀 오래도록 익혀서 먹었다. 이렇게 각자가 골라와서 조절을 해가며 먹으니까 불평할 일이 없었다. 얼마나 뛰어난 상술인가, 감탄을 하고 있는데 그 모든 것들이 문득 안주로 보이는 것이었다. 감탄에 반드시 수반되는 게 술이 아니던가.

나는 종업원에게 술이 무엇이 있느냐고 물었다. 그는 수백종의 술 이름이 적힌 리스트를 가지고 왔는데 와인에서 위스키, 리큐어, 일본 청주, 그리고 중국의 수많은 술 이름이 열거되어 있는 것이 수많은 음식재료와 쌍벽을 이루는 것이었다. 나는 그중에서도 어린시절 무협지를 읽으며 익힌 그 이름도 유명한 소흥주(紹興酒)를 주문했다. 값이 호되게 비싸기에 나 혼자 한잔만. 맥주잔 크기의 한잔에 칠 달러쯤 했다.

소흥주는 중국 져쟝성(折江省) 소흥 명산의 황주로 멥쌀, 찹쌀, 밀, 보리 등의 곡물에 일초, 진피, 대회향 같은 약초 십여종을 넣어 빚은 술이다. 무협지에서 죽엽청과 함께 자주 언급되는 술인데 죽엽청이 증류주인 것과 달리 소흥주는 발효주이므로 돗수는 와인과 비슷하다. 소흥주 가운데서도 묵은 것을 노주(老酒)라고 하고 색깔은 붉다. 여자아이가 태어나면 술을 빚어 보관해두었다가 결혼할 때 내놓는다 해서 여아홍(女兒紅)이라는 아름다운 이름의 술도 있다.

일반적으로 중국의 건배 인사는 '깐뻬이(乾杯)'다. 하지만 내가 군대에서 읽은 심연섭 선생의 『술, 멋, 맛』이라는, 내가 아는 한 술에 관련된 당대 최고의 교양서적에는 중국의 건배사가 '신차이라이라'라 했으니 곧 '신채(新菜, 여기서 채는 채소가 아니라 요리)가 왔다(來了)'로 어서 잔을 비우자는 의미라고 한다. 따끈하게 데운 붉은 소흥주 한잔이 나와서 건배를 하려고 했을 때 마침 친구가 접시도 아닌 쟁반에, 살아서 다리를 움직거리는 큼직한 게를 담아가지고 오는 것이었다. 그러고는 불문곡직 그 게를 양동이 안에 집어넣으려고 했다. 문제는 게가 너무 커서 양동이에 쉽게 들어가지지 않는다는 것이었다. 나는 잔을 들어 "신차이라이러"를 혼자 외친 뒤 무협지의 주인공인 양 호기롭게 마셔버렸다. 두 친구가 게를 붙들고 제발 들어가라고 으르고 달래고 통사정을 했지만 게는 다리를 한껏 뻗치고 요지부동 버티고 있었다. 나는 입맛을 다시며 다시 소흥주 한잔을 더 주문했다. 바에 있던 종업원이 병을 꺼내서 다시 데워가지고 오는 데 오분쯤 걸렸다. 그 사이에도 게는 여전히 안 죽고 살아 있었다.

어느새 그 게는 다른 식탁의 손님들이며 종업원들의 주목 대상이 되고 말았다. 죽어서 집어넣는 건 가능했지만 중인환시리(衆人環視裏)에 대한 남아의 체면이 있지 도저히 그런 하책을 쓸 수는 없었다. 집게나 끈을 가져와서 결박해서 집어넣는 게 어떠하뇨, 역사에 팽형(烹刑)이라는 게 있어 묶어서 솥〔鼎〕에 집어넣어 삶아죽인 전례가 있지 아니한가 하는 말도 나왔지만 게가, 곧 우리 입에 들어갈 그 불쌍한 것이 무슨 대역죄를 지었느냐는 반론이 즉각 나왔다. 내가 세 잔째 소흥주를 주문하도록 고민은 끝나지 않았다. 결국 나는 종업원의 권유에 따라 소흥주를 병째 주문하고 말았다. 한잔에는 칠 달러지만 한병에는 삼십 달러라며 병째 뜨거운 물이 담긴 통에 가져왔던 것이다.

혼자 석 잔째 소흥주를 마시며 "신차이라이러"를 애달프게 외치던 나는 결단을 내렸다. 음식점에서 주는 장갑을 끼고 게의 발을 잡은 뒤 한쪽 다리부터 집어넣기로 한 것이다. 세 사람이 모두 일어서서 한사람은 양동이를 붙들고 한사람은 게를 움켜쥐었다. 나는 술잔을 다시 들었다. 게는 끓는 물 속으로 다리가 들어가자 미친 듯이 요동쳤다. 마저 집어넣는 친구의 이마에서도 땀이 흘러내렸다.

 그놈의 신차이…… 나는 변명을 하는 척하며 다시 한잔을 더 따랐다. 몸통이 들어가자 게는 저항을 멈췄다. 친구도 게를 놓고 땀을 닦으며 자리에 앉았다.

 아, 우리의 운명은 얼마나 가혹한가. 살기 위해 삶을 먹어야 하는 삶이여. 삶을 위해 삶기는 삶이여. 시가 절로 쏟아지고 있었다. 송나라의 시인 소동파가 즐기기도 했던 소흥주는 명불허전의 명주였다. 그때였다. 천천히 물에 잠기던 게의 다리가 움직거렸다. 앗, 저놈이 아직도 죽지 않고…… 나는 부지불식간에 의자에서 일어서서 도망갈 준비를 했다. 그렇지만 게는 나를 어떻게 하려고 한 게 아니었다. 게의 마지막 다리, 사람으로 치면 엄지에 해당할 다리가 하늘을 향해 곧추섰다. 그 다리는 천천히 아래로, 아래로, 아래로 내려가고 있었다. 내 가혹한 운명을 위하여, 가혹하나 맛있는 운명, 그 운명을 위해 한 운명이 희생하는 장엄한 순간. 누구의 입에선지 모르게 이런 말이 튀어나왔다.

 "와, 저거 터미네이터 투에서 본 장면 아

냐? 아놀드 슈왈츠제네거가 용광로에 들어갈 때 손가락 쳐들던 그거 말이야."

그게 영어였는지 한국말이었는지 지금은 잘 기억나지 않는다. 아무럼 어떠리. 그 게는 아직도 기억이 나도록 맛있었으니. 물론 소흥주도.

여우고개 너머 닭개장

❖
개
장

　　음식점에 가면 유난히 이름이 잘 틀리는 음식이 있다. 요즘에는 종이에 인쇄된 식단은 그런대로 정확해 졌는데 음식점 벽이나 유리 출입문에 사람의 손으로 씌어진 식단은 상대적으로 오류가 많다. 뽁음(볶음), 비법밥(비빔밥) 같은 것이 단순한 혼동에서 그런 것이라면 떡볶이는 '떡복기' '떡복이' '떡뽁이'로 되어 있기 십상이고 찌개가 '찌게'로 씌어 있을 확률은 상당히 높다. 육개장도 '육계장'으로 쓰는 걸 자주 본다. 워낙 자주 보게 되니 나 자신도 어느 때는 헛갈리고 어느 때는 헷갈리며 때로 섞갈린다.

　　'육계장'이 있으려면 '계장'이 먼저 있어야 한다. '육'과 '계장'은 분리되는 거니까. '육+계장'에서 '육'은 소의 고기를 뜻한다. 중국에서는 '육' 하면 돼지이고 소는 우육(牛肉)이라고 쓴다. 계장은 무엇인가. 과장과 평사원 사이에 있는 직급? 그래서 직장인들이 육개장보다는 '육계장'을 즐겨 먹는가, 계장을 씹고 갈아마시고 삼키기 위해서? 그건 음식과 별개의 문제이고 음식의 '계장'은 '개장'으로 쓰는 게 맞다. 게장도 있으니까 계장, 개장, 게장 들은 좁은 터에서 비슷한 얼굴로 혼동하기 쉽게도 생겼다.

개장 역시 분리된다. '개+장'으로. 개는 말 그대로 개다. 병술년의 술(戌)에 해당하고 견(犬), 구(狗), 멍멍이로 표기하며 사냥터에서 토끼가 죽으면 솥에 들어앉게 되는 그 개를 말한다. 장은 간장, 된장 할 때의 그 장(醬)이다. 정확하게 말하면 장국이다.

개장국은 된장을 푼 국물에 초벌 삶은 개고기를 넣고 끓인 뒤 마늘, 생강, 파, 고춧가루 등으로 양념을 하여 푹 곤 것이다. 고기가 흐물흐물하게 익었을 때 건져서 뼈를 발라내고, 고기를 적당히 찢어서 일부는 국에 넣고 일부는 갖은 양념을 하여 버무려 국물 위에 얹거나 마른고기로 먹는다. 여름철 보신용으로 많이 먹었고 이에 따라 '보신탕'이라는, 음식으로서는 영광된 명칭이 붙었다. 특히 더위가 가장 심한 삼복에 먹는 풍습이 있어서 '복날 개 패듯 한다'는 말을 낳기도 했다. 1988년, 서울올림픽을 앞두고 개를 먹는 나라라는 '악명'을 떨치기 위해 대대적인 단속이 있었다. 백성들이 재래의 음식을 숨어서 먹으며 영양을 섭취한다고 해서 '영양탕'이라는 이름도 붙었다. 일부 지방에서는 개를 잡아서 먹는다고 하지 않고 '개를 한다'고도 하고 줄여서 '개 한다'고도 표현한다. 이를테면 처삼촌이 조카사위에게 '자네 개 허는가?' 하는 게 용례가 되겠다.

육개장은 개장국을 꺼리는 사람들을 위해 쇠고기로 개장국처럼 끓이는 국이다. 육개장에 쓰이는 고기는 결대로 찢어지는 양지머리가 좋지만 사태 부위도 쓴다. 양지머리, 양, 곱창이 주요재료이고 큼직하게 잘라서 찢은 대파가 들어간다. 토란대, 숙주나물, 고사리 같은 야채류는 물론이고 고춧가루를 참기름에 개어 만든 고추기름, 마늘, 간장, 참기름, 후추가 들어가고 고추장이나 소금으로 간을 맞춘다. 육개장과 개장국의 요리과정 중 공통점은 고기를 삶아서 익었을 때 건져 뼈를 발라내고, 적당히 결대로 찢어서 놓았다가 나중에 국이 끓었을 때 넣어서 더 끓여서 먹는다는 부분이다.

육개장은 개장국과 달리 대부분의 사람이 '할' 수 있는 보편적인 음식이다. 언제 어디서나 먹을 수 있고 한국사람이라면 누구나 좋아하는 얼큰하고 시원한 맛이다. 이러다보니 라면이며 인스턴트식품들에까지 이름이 '징용'되면서 육개장은 값싸고 흔해빠진 음식의 대명사처럼 돼버렸다. 그러나 정작 육개장을 잘하는 식당은 많지 않다. 육개장이라고 하지만 자세히 보면 쇠고기장국밥과 비슷한 것이 많고 덮어놓고 색깔만 벌겋고 맵게만 한 것이 적지 않다. 내 경험으로는 그래도 정통 육개장에 근접한 것을 먹을 확률이 높은 곳은 병원 근처의 식당이다. 병원에 입원하고 있는 지인에게 병문안을 갔다가 나왔을 때, 식사를 못한 다른 위문객과 아무 식당에나 들어가서 고르는 식단이 대개는 육개장이었고 그게 그런대로 괜찮은 맛이었다. 일부러 먹으러 갈 정도는 되지 않았지만.

언제부터인가 병원의 영안실에 가면 육개장이 나오는 게 상례가 되었다. 육개장이 술국으로도 적당해서 그런 것이겠지만 벌건 국물이며 매운맛은 왁자지껄한 세속을 곧바로 상징하는 것 같다. 이승과 저승이 문턱 하나를 사이에 두고 혼재하는 영안실에서 육개장은 이승의 강력한 기호다.

닭개장은 개장국에서 한걸음 나아간 육개장에서 다시 한걸음 더 나아간 '개장'이다. 양계장 할 때의 그 닭계(鷄)자와 혼동되어서인지 '닭계장'으로 쓰이는 경우가 많다. 말을 풀어보면 '닭닭장국'이니 말이 되지 않는다. 닭을 먼저 삶아서 건져 뼈를 바른 뒤 살을 결대로 찢어놓았다가, 닭 삶은 육수에 양념과 나물을 넣어서 끓이고 그 국물에 닭고기를 넣어 더 끓여서 먹는 게 앞의 두 '개장'과 겹치는 부분이다. 그러고 보면 개, 소, 닭 세 동물의 '개장'이 좁은 나라에서 비슷한 얼굴로 각자의 영역을 차지하고 있는 형국인데 그중에서 닭개장은 닭의 개체수에 비해 그리 흔하지 않은 음식이다.

개장국이든 육개장이든 닭개장이든 오래도록 끓여야 진짜 맛이 우러나온다. 육개장은 나물과 양, 곱창 같은 내장을 오래도록 고다시피 끓이고 닭개장은 닭육수에 뼈를 넣고 나물과 양념을 한 뒤 몇 시간이고 끓인다. 식으면 다시 데워서 먹어도 상관없다. 잔칫집에서는 띄엄띄엄 오는 손님에게 두고두고 대접할 수 있는 것이 육개장, 닭개장이다. 고기가 모자라면 더 삶아서 찢어넣고 나물이 모자라면 더 데쳐서 넣고 물이 모자라면 또 더 넣고…… 오병이어(五餠二魚)의 기적은 아니지만 가마솥 아래 연기가 피어오르는 한 손님대접 걱정은 없었다.

십여년 전, 고향에 혼자 살고 있는 친구의 어머니가 칠순잔치를 하게 되었다. 서울로 나와 산 지 이십년이 넘은 아들이 마찬가지로 서울에 사는 고향친구들에게 청첩을 돌렸다. 청첩장을 보니 첩첩산골 꼬불꼬불 돌아가는 길이 아득하기만 한 동네로 넘어가는 여우고개인지 아리랑고개인지 하는 길은 아직 포장도 되지 않았다니 오라는 것인지 오지 말라는 것인지 알쏭달쏭했다. 그 알쏭달쏭함을 풀기 위해 만난 친구들은 튀김닭에 맥주를 마시며 장시간 의논 끝에 아들에게 전화를 해서 진의를 물어보기로 했다. 그런데 대표로 전화를 한 친구가 다짜고짜 "잔치에 닭개장 나오느냐"고 물었다. 아들은 좀 미안했는지 "글쎄 하는지 안하는지 모르겠다"고 우물쭈물 대답했다. 그러자 대표 친구가 "에이, 닭개장 안하마 우리는 아무도 안 가여!" 하고 오랜만에 듣는 진한 사투리로 소리를 질렀다. 아들은 우리가 한 횟대에 앉은 닭처럼 일제히 고개를 끄덕거리는 것을 면전에서 보기라도 한 듯 다급하게 "닭개장 하겠다. 집에 있는 닭을 다 잡아서 밤새도록 끓여서라도 대접한다"고 약속했다. 우리는 당장 그 자리에서 모두 그 잔치에 가는 것으로 결론을 냈다.

하루종일 눈길을 뚫고 가서 닭개장 한그릇을 먹고 다시 한밤중까지 운전하고 돌아온 친구들은 그후에도 두고두고 그 닭개장의 맛을 이야기했다. 가끔 꿈에서도 닭개장을 먹는다고.

이인분의 외로움

이동갈비

　　　　　　　　초식동물에게는 초원이 낙원일 것 같
은데 땅바닥에 흔전만전 깔린 음식을 먹으면서 초식동물은 늘 불
안해 보인다. 반면 육식동물은 사냥을 했든 훔쳤든 빼앗았든 간에
먹이(초식동물)를 먹을 때는 무슨 큰일이라도 해낸 것처럼 자랑스
러워 보이고 때로는 먹는 행위 자체에 품위가 느껴지기까지 한다.
어느 쪽이 기질적으로 비굴하다거나 어느 쪽이 왕후장상의 기상을
타고나서 그런 것이 아님은 물론이다.

　한 칠팔년 전에 제비도 아니면서 다리가 부러져 병원에 입원했
을 때 「이인실」이라는 제목의 단편소설을 쓴 적이 있었다. 제목만
본 사람들은 이인실이라는 여자가 주인공인 소설이냐고 묻기도 했
다. 김동인의 『김연실전』, 여간첩 이선실이 있어서 더 헛갈렸는지

도 모른다. 두 사람이 있는 병실이라 이인실이라고 했던 것이지만 내가 그런 사실을 친절하게 설명을 해줄 사람이 아닌 고로 아직까지 그렇게 알고 있는 사람들이 있다. 그때 사람들이 문병을 많이 왔는데 이들의 면회순서를 정해주고 식당으로 안내해서 술과 밥을 대접하며 왜 내 다리가 부러졌는지 설명을 해주던 친구가 있었다. 내 다리가 그토록 인기가 있었던 이유를 알 수가 없었고 지금도 잘 모르겠다. 하여튼 그때 그 고마운 친구들 가운데 하나를 나는 '이인분'이라고 불러왔는데 그 일이 있은 후로는 부르지 않게 되었다.

나는 이십대 이전에는 고기를 먹지 않았고 군대에서 고기를 먹기 시작하긴 했지만 삼십대 중반까지도 내 돈 내고 사먹는 경우 외에는 고기를 즐기지 않았다. 인기는 없지만 작품성은 뛰어난 공연, 연극, 책을 제가 땀흘려 번 돈을 지불하고 감상하거나 읽는 것과 마찬가지로 좋아하지 않는 고기라도 제 돈을 내고 먹으면 맛있게 되어 있다. 반면에 그 친구는, 편의상 O라고 하자, 단 하루도 고기, 그중에서도 육고기를 먹지 않으면 먹은 게 없는 것 같다고 할 정도로 고기를 좋아했다. 내가 아는 한 내 친구 중에서 술도 가장 셌다. 그래서 둘이 함께 여행을 가기라도 하면 식사를 두고 약간의 신경전이 벌어졌다.

O가 이인분이 되던 때의 여행경로는 포천 백운계곡에서 하룻밤을 자고 춘천 위쪽으로 갔다가 돌아오는 것으로 되어 있었다. 너도 나도 원조라는 이름을 붙인 갈비집이 단지를 이룬 그 유명한 포천의 이동면 갈비촌을 지나서 백운계곡으로 들어갔다. 입구에 모텔이 하나 있었고 모텔 일층이 식당이었는데 그 식당의 주식단은 볼

것도 없이 이동갈비였다.

이동갈비는 일인분이 열 대라고 했다. 보통 등심이나 삼겹살은 일인분이 이백 그램이지만 이동갈비는 한 대가 대략 백 그램쯤 된다고 한다. 여기서 갈비뼈의 무게를 빼면 살이 얼마 되지 않을 것 같은데 이동갈비의 특징이 바로 갈빗살을 갈비에 붙인 것이라(뼈에 붙은 갈빗살에 앞다릿살을 붙여도 무죄라는 판례도 나왔다) 다른 갈비보다 살이 훨씬 많다. 간장과 조청, 배, 마늘, 생강 등등 양념의 무게를 빼고도 살의 비율을 반은 잡아주어야 할 것 같다. 그렇게 하면 열 대의 살은 오백 그램이다. 즉 이동갈비 이인분 스무 대는 다른 육고기의 오인분인 것이다.

나는 그전에 고기를 먹을 때면 늘 그랬듯이 그런 계산이나 하면서 맥주를 마셨고 곁들여서 나온 쌜러드와 동치미를 먹고 고추와 오이에 된장을 찍어먹었다. O는 부지런히 갈비를 숯불에 얹고 제대로 굽는 법에 따라 딱 한번씩만 뒤집었으며 다 익은 뒤에는 가위로 먹기 좋게 잘랐다. 그러고는 내가 뭐라고 떠들어대든 개의치 않고 묵묵히 고기를 먹었다. 대체로 젓가락질 두 번에 소주 한잔의 비율로 술을 마셨다.

나는 이동갈비 두 대 정도를 먹었다. 그것만으로 충분했다. 육질을 부드럽게 하는 배와 양념간장에 충분히 적셔진 이동갈비는 좀 달착지근했다. 게다가 맥주를 열렬히 들이켜다보니 금방 배가 불렀던 것이다. 그에 따라 O는 남은 열여덟 대의 이동갈비를 먹게 되었다.

앉아 있기가 지겨워진 내가 모텔을 한바퀴 돌고 왔지만 여전히 고기 굽는 연기가 식당 앞마당 평상에서 피어오르고 있었다. O는 마사이마라 초원에서 막 누를 사냥한 사자처럼 위엄있게 앉아서 한손에는 가위, 한손에는 젓가락을 들고 고기를 먹었다. 잠시 앉아 있었지만 도무지 할일도 없고 할말도 없어서 또다시 일어나 나무 사이를 걸었다. 맛있는 고기는커녕 풀과 나뭇잎만 먹다가 맛있는 고기로 먹혀야 하는 초식동물의 서글픈 운명에 대해 꽤 오래 명상을 하고 돌아왔는데 그 평일 초저녁, 그 식당에 온 단 한 팀의 손님 가운데 한 명이 마당에서 피워올리는 연기는 스러질 줄 몰랐다. 그는 여전히 고기를 불에 얹고 법식대로 뒤집어가며 구운 뒤 가위로 잘라 접시에 놓고 젓가락으로 집어먹는 중이었다. 소주병은 둘로 늘어나 있었다.

"야, 너 정말 대단하다. 어떻게 그게 다 들어가냐."

그러자 O는 음식을 같이 먹다가 혼자 가버리면 어떻게 하느냐고 툴툴거렸다. 콧등에 지름이 바늘귀만한 땀방울이 송골송골 맺힌 채로.

"결국 다 먹었잖아. 정말 존경스럽다. 너를 앞으로 이인분이라고 불러줄게."

그때 그는 화를 냈다. 나는 내가 뭔가 잘못한 줄은 알았지만 구체적으로 뭘 잘못했는지는 알 수 없었다. 어떻든 나는 미안하다, 미안하다고 했고 소주가 한두 병 더 늘어나면서 그는 다시 명랑해졌다.

얼마 전 당산동에 아주 유명한 곱창집이 있다길래, 그 식당을 소개한 시인 김정환이 사주겠다길래 쫓아가서 양깃머리라는 걸 얻어

먹었다. 소에게는 네 개의 위가 있는데 첫번째 위가 양, 두번째가 벌양, 세번째가 천엽, 네번째가 막창이다. 첫번째 위의 양깃머리는 큰 황소 한마리에 네댓 근밖에 나오지 않는다고 한다. 고소하고 쫄 깃쫄깃하면서 아삭아삭 씹히는 맛이 근래 먹어본 음식 중 최고였 다. 이 다음에 와서 내 돈을 내고 먹어봐야겠다는 생각이 들 정도 였다. 이제 좀 고기 맛을 알게 된 내가(우리집에는 빈대가 없다) 맛있다고 느낄 정도이니 그 식당은 손님이 꽉찰 수밖에 없었고 바 깥에서도 십여명이 줄을 서서 기다리고 있었다. 연기 속에서 종업 원들이 뛰다시피 하며 음식을 나르고 있었다.

동행이 화장실에 가고 난 뒤 나는 자리가 나기를 기다리고 있는 바깥의 사람들에게 혼자 자리를 차지하고 있는 것으로 오해를 받 을까 신경이 쓰여 등을 돌리고 앉았다. 그러면서 벽 쪽에 앉아 있 던 양복 입은 사내를 보게 되었다. 혼자였고 와이셔츠 위에 앞치마 를 두른 채 양깃머리를 먹고 있었다.

"아줌마, 여기 양 일인분 더! 소주도!"

내 눈을 의식했는지 그는 아무도 듣지 않는 주방 쪽으로 소리쳤 다. 고개를 숙여 다시 고기를 입으로 가져가는 그의 머리숱이 많지 않았다. 그게 외로움과 무슨 상관이 있다고 나는 그에게서 외로움 을 느꼈을까. 나도 덩달아 벨을 무시하고 소리를 질렀다.

"아줌마, 우리도 빨리 부추무침 줘요!"

삶은 살, 살의 삶

❖ 닭곰탕

서울 하고도 남대문시장 골목에 먹을
게 많다는 걸 알게 된 건 카메라를 사러 갔던 육칠년 전이다. 사진
작가인 후배가 따라가주었는데 카메라나 렌즈 때문에 남대문시장
수입상가를 자주 출입하는 그가 카메라를 고르기 전에 데리고 간
곳이 시장의 좁아터진 골목 안에 있는 갈치조림집이었다. 딴데서
는 맛보기 힘든 짭조름하고 매콤한 맛을 보고 나오다보니 골목을
들어가기 전에는 보이지 않았던 그 무엇이 내 눈에 들어왔다. 네모
난 어항처럼 식당 바깥으로 돌출된 유리상자에 찢어놓은 삶은 닭
고기가 노적가리처럼 쌓여 있는 것이었다. 분명히 골목으로 들어
갈 때는 그 닭고기가 유리상자 안에 없었다. 밥을 먹고 나오는 사
이에 누군가 찢어놓은 것 같았다.

막 밥을 먹고 나왔음에도 불구하고 나는 허기를 느꼈다. 물론 배가 고파서 그런 건 아니었다. 아, 저거 먹을걸 하는 후회 때문도 아니고. 그 허기는 입김이 허옇게 피어오르는 추운 날, 군불을 땐 안방 아랫목을 생각하면서 콧날이 시큰해지는 그런 정서와 닿아 있는 것 같았다. 당장 입고 있는 털옷이나 끼고 있는 가죽장갑과는 상관없는 본질적인 그 무엇, 잃어버렸던 것, 본의 아니게 잊어버리고 살아온 것, 한때 신세를 지긴 했으나 갚을 무엇이 있는 건 아닌 그런 것들.

찢어놓은 닭고기는 닭곰탕에 들어갈 것이었다. 그 식당 위쪽에 닭곰탕 전문이라는 간판이 달려 있었으니까 그런 줄 알았다. 마침 문이 열리고 이쑤시개를 물고 나오는 손님이 있어 식당 안을 슬쩍 들여다볼 수 있었다. 점심시간이라 그런지 손님들이 꽤 많았다. 양은냄비에 닭뼈를 우려낸 육수를 붓고 그 위에 찢어놓은 닭고기를 넣은 뒤에 파 같은 양념을 해서 먹는데 몇몇 식탁에는 소주병이 놓여 있었다. 찢은 닭고기를 건져서 양념간장이나 소금에 찍어먹고 남은 국물에 밥을 말아먹게도 되어 있으니까 닭곰탕은 안주도 되고 식사도 되는, '그때그때 다른' 시장 상황에 대처할 수 있는 전천후 음식이었다. 하지만 콧날이 시큰해지는 것은 단지 유명하다는 이유로 갈치조림을 먹은 인간이 시장 상황 어쩌고저쩌고 하는 데서 나오는 간단한 느낌이 아니다.

삶은 닭은 뼈, 살, 껍질로 구분된다. 기름기가 많은 껍질을 떼다 보면 살과 뼈를 분리할 때부터 미끄덩거리기 십상이다. 그러므로 닭살을 먹기 좋게 찢는 데는 상당한 기술과 경험이 필요하다. 찢은 닭고기를 삽시간에 노적가리처럼 쌓을 수 있으려면 힘도 힘이지만 손끝이 야무져야 한다. 그러니까 닭은 그냥 찢는 게 아니라 '쪽쪽' 찢어야 한다. 소 양지머리의 쭉쭉도 아니고 양명문(楊明文) 시의 가곡 「명태」의 '짜악 짝'도 아닌, 닭 살코기의 성질에 맞고 찢는 사람의 손에 맞게 '쪽쪽'인 것이다.

나는 보았다. 계산대 옆에 서 있는 네댓 명의 아주머니들을. 그들은 끊임없이 손끝을 움직여 닭고기를 찢으며 무슨 이야기인가를 나누고 있었다. 그들 중 가장 젊은 사람도 마흔 이전으로 보이지는 않았다. 나이가 들었거나 연만하거나 간에 그들 아주머니들의 팔뚝은 비슷했다. 기름에 젖어 있었고 붉었으며 굵었다. 핵심은 굵다는 것이었다.

'네 팔뚝 굵다' 할 때의 쏘니 리스튼 팔뚝 같은 게 아니라 세월과 삶이라는 쌘드백과 대결해온(어쩌면 아주머니들의 삶이 쌘드백일 수도 있겠지만) 과정에서 굵어진 그 팔뚝이 닭곰탕의 맛을 결정할 것이었다. 그때는 그렇게 생각했다. 먹어보지는 않았다. 그 다음부터 다른 곳에서 닭곰탕을 먹을 때마다 그 팔뚝을 떠올리게 되었다. 작은할머니의 팔뚝, 재당숙모의 팔뚝, 어머니의 팔뚝…… 실상 닭곰탕을 먹는 일이 흔치는 않아서 팔뚝을 자주 생각한 건 아니었다.

얼마 전에 무슨 행사가 있어서 남대문에 가게 되었다. 시간이 남아서 남대문시장을 돌아다니는데 문득 그 닭곰탕이 생각났다. 점심을 먹은 지 얼마 안되었고 저녁식사 약속도 있었지만 나는 기억을 더듬어 그 골목으로 갔다. 막상 가보니 닭곰탕 식당이 하나가 아니어서 어느 곳을 가야 할지 망설이게 만들었다. 마침 유리문 안쪽에 어떤 팔뚝이 하나 보이는 것 같기에 나는 문을 밀고 들어갔다. 단체손님이 온 듯 일층은 꽉찼다. 이층으로 가는 계단을 오르자 소주병과 냄비를 앞에 두고 앉은 어르신들이 제대로 왔다는 확신을 주었다.

닭곰탕을 시키고 나서 보니 내장밥이 사천원, 내장탕이 삼천오백원, 육천원씩 하는 특곰탕과 고기백반, 일만삼천원 하는 통닭(대)이 씌어진 식단이 벽에 걸려 있었다. 점심과 저녁 사이 어중간한 시각인데 지방에서 장을 보러 온 부녀, 장교복을 입은 오십대 초반 사내(우리 해병대 전통은, 하고 자랑을 하는 것으로 보아 단골인 듯했다)가 있었고 중국 여행담을 나누는 어르신들은 이미 취해서 언성이 높아지고 있었다.

오분이나 지났을까. 드디어 닭곰탕이 왔다. 먼저 닭고기부터 건져먹었다. 적당한 크기, 굵기였다. 닭다리도 있었는데 다른 식탁에는 깨끗하게 뼈만 남은 다리가 바닥에 놓여 있었다. 국물은 조금 싱거워서 소금으로 간을 했다. 생마늘을 고추장에 찍어먹게 되어 있었고 깍두기가 따라나왔다. 다 먹을 생각은 없었고 다 먹을 수도 없는 양이었다. 그런데 무엇인가 내 존재의 위를, 허기의 주머니를 마구 쥐락펴락하는 것 같았다. 얇은 양은냄비 바닥에 음식의 신이라도, 신의 장난스러운 아들이라도 있었던 것일까. 결국 나는 국물까지 다 먹고 말았다. 마늘이 매워서 나중에는 맛도 잘 몰랐다.

이층 계단을 내려오다가 나는 멈춰섰다. 계단 아래 계산대 안쪽에 팔뚝의 주인들이 있었다. 처음 보았을 때보다 나이가 들었을 아주머니들 네댓 분이 닭고기를 찢고 있는 것이었다. 여전히 무엇인

가 이야기를 나누어가며. 수년, 수십년 동안 무슨 이야기인가를 해
왔을 터인데 아직도 할 이야기가 있을까. 나는 그런 생각을 했다.
매일 닭고기를 찢었을 터인데 아직 찢을 닭고기가 있단 말인가.
　내가 무슨 생각을 하건 말건 아주머니들은 닭고기를 손에 잡히
는 족족 찢고 있었다. 쪽쪽 찢고 있었다.

요로콤 조로콤 허쌍도

❖ 떡
갈
비

　　근자 "진짜 갈비에 다른 살코기를 붙였다 해도 진짜 갈비의 함량이 가장 많고 성분 함량 표시를 정확하게 했다면 '갈비'로 볼 수 있다"는 판결에 깊이 감동해 있던 차 마침 갈비를 먹을 일이 생겼다. 그것도 그냥 갈비가 아니라 떡갈비다. '굿모닝 대숲쌀'의 고장 담양에서 말이다. 원조가 어딘지는 잘 모르겠지만 간판에 원조라는 말이 아예 없는 곳으로 후배는 시인과 나를 데려갔다. 그게 원조일 가능성이 높다는 것이었다. 그의 말이 맞았다. 그 후배는 나중에 계산까지 하는데 그 동작이 얼마나 빠르고 정확한지 앞으로 한국문학을 이끌고 갈 거목이 될 것임에 틀림없어 보였다.

　　그곳은 남도별미집 16호로 전남도지사가 지정한, 1963년 창업

한('개업'이 아니다, 이 역시 감동적인 자부심 아닌가), 제2, 3, 4회 남도음식대축제에서 청결상과 대상을 수상한, 떡갈비뿐만 아니라 추어탕과 죽순요리, 대나무통요리도 함께 하는, 읍사무소 곁에서 오십여년 동안 변함없는 맛을 보여온 식당이다. 청결상을 먼저 수상하고 다음해에 대상을 수상했다는 게 씹어볼 만한 대목이다. 반찬이 많고 손질이 많이 가는 한식에서 가장 기본적이면서 중요한 조건은 위생과 청결성이니까.

읍사무소 곁에 있다는 것도 연구해볼 만하다. 십여년 전만 해도 낯선 곳에 가서 괜찮은 음식점을 찾을 때는 일단 관공서 옆에 가는 게 상식이었다. 관공서에도 약간씩 차이가 있는데 경찰서 옆의 음식점은 경찰관과 피의자가 자주 시켜먹는 육개장이나 설렁탕 같은, 국물과 밥을 한꺼번에 먹을 수 있는 음식을 전문으로 하는 곳이 많고 세무서나 행정관서 옆에는 방이 나누어져 있거나 칸막이가 있는 한정식집이 많다(이유는 잘 모르겠지만 공무원들이나 민원인들은 남의 눈이나 간섭 없이 먹는 정식을 좋아하는 모양이다). 공통적으로는 불고기나 갈비, 삼겹살같이 씹히는 게 많은 육고깃집이 많았다. 지금은 육고깃집이 어디에나 다 있게 되어서 변별력이 없어졌지만 1963년쯤 읍사무소 옆에다 '창업'한 곳이면 좀 먹는 듯이 먹는 육류를 위주로 하는 식당이었을 거라는 게 1963년에 마당을 기어다니며 닭똥을 주워먹고 있던 나의 편견이다.

내 편견이야 어떻든 떡갈비집 주인어른, 입구의 자그마한 쪽마루에 앉아 전화기와 카드결제기를 슬하에 두고 있는 그 할머니는 약간 무섭게 생겼다. 방에서 음식을 나르는 사십대의 여종업원 역시 '할머니, 무섭다'고 했다. 손님과 농담하기를 좋아한다고 시인이 핀잔을 주었을 정도로 좀 놀고 싶어하는 종업원이 배회하고 있고 수다한 손님들의 대화, 씻고 굽고 나르는 주방의 소음 사이사이에 정확하게 주문과 지시를 전달하기 위해 할머니의 말투도 좀 무섭게(많이는 아니고, 그러면 누가 밥을 먹으러 가겠는가) 진화한 것 같았다. 어떻든 할머니는 식당 주인의 관상을 음식 맛의 일부이자 판단기준의 하나로 생각하는, 내가 알기로 이 시대 최고의 미식가인 시인에게서 일단 합격점을 받았다.

이 떡갈비집은 전라도의 다른 음식점과 마찬가지로 기본적인 반찬이 다채로웠다. 김치는 양념이 진한 묵직한 맛이었고 부추김치가 특히 인기인 것 같았다. 전날 먹은 영암(이곳은 '달마지쌀'의 고장이다. 말난 김에 더 하자면 '님바스모텔'이 있는 고장이기도 한데 달마지는 물론 '달맞이'에서 나온 것일 터이고 님바스는 영어로 하면 'I SAW MY LOVER'이리라, 아 이 땅 곳곳에 문학의 와룡봉추가 숨어 있다!) 월출산 아래의 짱뚱어탕이며 갈낙탕의 반찬과 비슷한 구성이지만 덜 짰다. 드디어 떡갈비가 모습을 드러냈다.

떡갈비는 네이버 백과사전을 빌리자면 '갈빗살을 발라내어 곱게 다져서 양념하여 치댄 후 갈비뼈에 도톰하게 붙여 양념장을 발라가며 구워먹는 구이요리'라고 정의되어 있다. 왜 떡갈비인가 하면 만들 때 인절미 치듯이 쳐서 만들었다고 해서 그렇단다. 네이버 백과사전은 계속해서 다음과 같이 설명해나간다.

'갈비는 5센티미터 길이로 토막내어 기름기를 제거하고 살만 발라 차질 정도로 곱게 다진다. 다진 갈빗살에 후춧가루·소금·생강

즙을 넣고 골고루 끈기가 나도록 치댄다. 살을 발라낸 갈비뼈에 밀가루를 조금 바른 뒤 다져서 양념한 갈빗살을 갈비뼈에 도톰하게 붙인다. 양념장은 냄비에 간장, 배즙, 양파 다진 것, 청주, 설탕, 참기름 등을 넣고 끓인 후 고운 체에 걸러 만든다. 뜨겁게 달군 석쇠에 떡갈비를 올려 애벌구이를 한 다음 기름솔로 양념장을 앞뒤로 발라가며 타지 않게 굽는다. 이때 떡갈비를 구우면서 양념장을 바르지 않고 미리 갈빗살에 모든 양념을 하여 굽기도 한다……'

주방에서 애벌 굽고 내온 떡갈비는 삼인분으로 여섯 개의 뼈, 뼈에 붙은 고기와 붙인 갈빗살이었다(일인분은 이백 그램인데 뼈의 무게까지 포함되어 있다). 이것을 식탁 위에 있는 간이 가스버너에 올려서 두벌 구워먹게 되는 것이다. 그런데 갈비뼈에 원래 붙어 있는 고기의 양보다 갖다붙인 고기의 양이 훨씬 더 많았다. 이것은 갈비인가, 아닌가? 우리 세 사람의 머리에는 같은 의문이 떠올랐을 게 분명했다. 갈비를 굽는 동안 후배가 얼마 전에 있었던 갈비·비갈비에 관련된 재판의 요지를 이야기했고 시인이 "거 참 우습네" 하고 껄껄 웃었다.

그때 우리가 앉은 탁자 뒤 다른 자리에서는 한참 무슨 일인가를 가지고 논쟁이 진행되고 있었다. 연배가 환갑 이상에서 팔십객으로 보이는 어르신 대여섯 명이 무슨 비석이며 참가인원 문제를 가지고 심각한 이야기를 나누고 있었는데 그 자리가 갑자기 더 시끄러워졌다. 우리 자리에서 갈비 굽는 소리가 들리지 않을 정도로. 그런데 그중 한분이 이런 말을 꺼내는 것이었다.

"요로콤 조로콤 말을 해싸봐야 시끄럽기만 하제."

그 양반 말소리는 좌중의 시끄러움을 단숨에 제압할 정도로 엄청나게, 독자적으로 시끄러웠다. 그렇게 시끄러움이 진압된 뒤에 다른 양반이 작지만(소리가 작아서 그때까지 발언 기회를 가져보지 못했을 것이다) 명확하게 그 말을 이어받았다.

"헌다 안헌다 말을 해싸도 다 말뿐이랑게."

그 말 이후의 말들은 해독 불능이었다. 나는 감동을 받으며 갈비뼈에 붙어 있다 떨어진 갈비를 주워서 먹었다. 양념장이 약간 단 것 같았지만 그 외에는 모두 감동적이었다. 뼈에 붙은 것은 약간 질겨서 벗겨 씹는 맛이 있었고 붙어 있는 살은 굳이 힘들여 씹지 않고도 잘 넘어갔다.

전날 오후에 내 배낭을 들어본 시인은 내게 짐이 꽤 무겁다고 말씀하셨다. 나는 "배낭이 가장 무겁습니다" 하고 대답했다.

갈비뼈에 붙어 있는 살이 붙인 다른 살보다 많으면 갈비라고 부를 수 있다. 갈비뼈에 붙어 있는 갈빗살과 발라낸 갈빗살을 다시 붙여 떡갈비를 만든다. 배낭은 배낭 안의 짐과 합쳐져서 배낭의 총 중량이 된다. 한다 안한다 아무리 말을 해봐야 다 말뿐이다. 가끔 세상 한구석에 비슷한 구조를 가진 사건, 생각이 비슷한 사람, 논리가 비슷한 말이 한곳에 모이는 모양이다. 볕 좋고 바람 따사로운 어느날, 담양 떡갈비식당 같은 곳에.

앞니 사이에 끼우고
조근조근 깨물면

❖
어
란

내가 생애 최초로 월급쟁이가 된 때는
1986년 여름이다. 남들처럼 나도 '회식'이라는 세례절차를 거쳐 월
급쟁이 세계에 발을 들여놓았는데 남들과는 약간 다르게 회식의
주최자 내지는 주도자가 대단한 미식가였다. 당시만 해도 우리나
라에서 미식가를 만나는 건 드문 일이었다. 그는 자신이 그때까지
맛봐온 숱한 음식에 대한 이야기를 도도하게 늘어놓았는데 처음
듣는 나로서는 그저 감격스러울 따름이었다. 내 앞에 놓인 접시에
무슨 음식이 올라가 있는지는 논외였다. 회식이 두번 세번 거듭되
면서 차츰 나도 내 앞에 놓인 음식과 미식가의 입에서 흘러나오는
음식의 차이점에 관해 의식하게 되었다. 그의 이야기도 어느 때부
터인가 '젊은 피의 수혈' 같은 결정적인 계기를 맞아 '생명의 도약

(elan vital)'을 하지 못하고 반복의 악순환 속에 들어 있다는 것도 알게 됐다. 회식에 여러번 참석했던 사람들은 적당히 이야기를 듣는 시늉만 한다는 것도 눈치챘다. 하지만 나는 다른 사람들보다 음식에 대해 무지했고 무엇보다 이야기를 좋아하는 병통이 있어서 남들보다는 오래도록 그가 주최하고 주도하는 술자리에 동반하게 되었던 것 같다.

그러던 어느날 그의 입으로만 듣던 음식을 접하게 되었다. 그것이 바로 어란(魚卵)이다. 그의 설명에 따르면 어란은 숭어의 알로 만든다. 숭어를 잡으면 배를 갈라 알을 꺼낸다. 이때 알집이 터지지 않도록 주의해야 한다. 알집을 살살(이야기꾼은 이런 부사어와 형용사어에 강하다. 억양과 표정, 어휘 모두) 꺼내어서 소금물에 담갔다가 간장을 희석한 물에 씻은 뒤 헛간 같은 서늘한 곳에 걸어놓고 참기름으로 빈틈없이 칠한다. 매일 두어 차례, 참기름이 마르지 않게 칠을 하여 수십일을 지나면 알집이 굳어 꾸들꾸들한 상태가 된다. 이렇게 어란이 완성되면 임금에게 진상도 하고 주변의 명문대가에 팔았는데 요즘은 몽땅 일본으로 수출한다. 예나 지금이나 서민들은 먹기 힘들게 되어 있다. 값도 무척 비싸다고 했다. 참기름도 참기름이지만 정성이 더 큰 요소로서 자칫 기름칠을 게을리하면 어란이 되어가는 도중에 산패하기 십상이기 때문이다.

마침내 그 귀하다는 어란이 주방장 도마에 올라오고 내 앞에는 눈부시게 흰 접시가 하나 놓였다. 나는 도저히 그 거무튀튀한, 도마 위의 어란에서 눈을 뗄 수 없었다. 도대체 저 귀하다는 걸 어떻게 먹을 것인지 짐작이 가지 않았다. 입을 크게 벌리면 한입에 들어갈 수 있을 정도의 크기였다. 이윽고 주방장은 칼을 가지고 나와서 어란을 썰기 시작했다. 어쩌면 그 칼은 그 주방에서 가장 얇은 칼이 아닌가 싶을 정도였다. 썬 어란이 내 접시 위로, 그리고 미식가의 접시 위로 날라졌다. 나는 별생각 없이 손으로 그 어란을 집어서 불빛에 대보았다. 그 순간 나도 모르게 입에서 문자가 쏟아져 나왔다.

"이거 안광(眼光)이 지배(紙背)를 투철(透徹)하는군요. 와, 사장님 얼굴이 다 보여요."

"야, 빨리 먹어. 잘못하면 손에서 녹아버린다니까."

"와, 이거 두 장을 겹쳐도 얼굴이 보여요. 세 장도 된다. 신기하네, 정말."

"안 먹을 거면 나 줘. 방정 그만 떨고."

뺏기기 전에 얼른 입에 집어넣어보았는데 그 맛은 글쎄, 찝찔한 기름 맛이라고나 할까. 하긴 워낙 얇아서 입 안에서 살살 녹기는 했다.

어란에 관한 자료를 찾아보니 영산강 하구의 영암어란을 최고로 치는 모양이다. 불에 달군 칼로 1.5~2밀리미터의 두께로 얇게 썰어 '앞니 사이에 끼우고 조근조근 깨물면 입 안 가득히 향이 퍼지며 구수하니 단맛이 난'는 게 어란이다. 이 어란과 이야기 속의 어란은 같을까, 다를까.

일곱 켤레의 남정네 신발과
하나의 두루마리 화장지 미인

❖
채
묵

6·25가 진행되고 있던 때 미국 정부에서는 한국군 가운데 전투병과의 초급장교를 선발해서 미국의 군사학교에서 훈련을 받게 했다. 그들은 훈련을 떠나기 전 '우리들도 이제 국제신사가 되었으니 신문지 쪼가리 같은 건 쓰지 말자'고 결의하고 암시장에서 미제 두루마리 화장지를 하나씩 구입해서 가방에 넣었다. 군사학교에서 몇몇은 좌변기를 쓸 줄 몰라 변기에 올라앉아서 미국을 상징하는 독수리 자세를 취하기도 했는데 정작 사단은 딴데서 났다. 어느날 청소를 맡은 흑인 여성이 한국군 장교 막사에 갔다가 그들의 관물대마다 두루마리 화장지가 하나씩 놓여 있는 것을 발견하고 그 화장지를 모두 치워버렸던 것이다. 또 미군 학생 중대장은 한국 장교들을 집합시켜서 화장실에서 두루마리 화

장지를 가져와 개인적으로 사용하지 말라고 경고했다. 흥분한 국제신사들은 강력하게 항의했고 그런 과정에서 두루마리 화장지는 화장실 밖에서는 쓰지 않는다는 국제적인 관습을 알게 되었다. 몇 년 전 이 이야기를 어디서 듣고 난 뒤부터 나는 식탁에 두루마리 화장지가 놓여 있는 식당에 가면 그 화장지를 써야 할지 말아야 할지 판단하는 데 공연히 시간을 들이게 되었다.

대전에는 묵이라는 음식이 있다. 또 대전에는 정부종합청사가 있다. 대전에 있는 묵집은 구즉마을이라는 곳에 많은데 구즉마을은 정부종합청사에서 그리 멀지 않다. 내가 가본즉, 구즉마을 어느 묵집 벽에 있는 관물대처럼 생긴 선반에는 두루마리 화장지가 열을 지어 놓여 있었다. 거기에 두루마리 화장지가 자리잡기 시작한 건 이미 오래인 듯 장독대에 장독이 있는 것처럼 천연스러웠다.

주문을 받으러 온 아주머니가 뭘 먹겠느냐고 했을 때 나는 묵집에서 묵을 먹지 밀 먹겠느냐는 말이 내 입에서 나오기 직전에 식단에서 본 대로 '채묵'이라고 했다. 일행이 있었으므로 이인분을 주문했다.

"대요? 중이요?"

아주머니의 질문이 내 최종학력이나 신분을 묻는 것이 아님은 알고 있었으므로 보통은 뭐냐고 물었다. 아주머니는 이인이면 보리밥 하나와 채묵 중(中) 둘이 보통 먹는 거라고 했다. 나는 보통으로 해달라고 부탁했다. 아주머니는 갔고 화장실 갔던 내 일행이 왔으며 그 뒤를 이어서 일곱 사내들이 오더니 '작은방'이라고 쓰인, 상 두 개가 놓인 방으로 들어갔다. 사내들 가운데 한사람만 끈

달린 운동화를 신었고 나머지는 모두 구두를 마루 밑에 벗어놓았다. 인상이 공무원으로 보였다. 작은방으로 주문을 받으러 가는 사람이 없자 몸이 가볍고 동작이 빠른 사람이 나와서는 주문을 하고 물병과 잔, 그리고 선반에 있는 새 두루마리 화장지 하나를 들고 돌아가는 것이었다. 그의 구두는 여섯 켤레의 구두 가운데 유일하게 붉은색이었다. 나머지 구두는 모두 검정색이었고 뒤축을 꺾어 신는 버릇이 있는 사람이 하나 있었다.

채묵이 먼저 왔다. 채묵은 채를 썬 묵에 멸치, 다시마, 무 등속을 넣어 만든 육수를 부어먹는 것으로 묵국수에 가까웠다. 내가 아는 안성·이천 부근에서 묵밥이라고 하는 음식과 비슷한데 묵밥에는 밥이 따라나오는 게 보통이다. 채묵 '중' 한그릇이 이천오백원이었고 백김치, 배추김치는 두 사람이 다 먹기에는 좀 많았다. 양념으로 얹어먹으라고 풋고추를 장에 담았다가 꺼내 다진 게 따라나왔다.

채묵의 묵은 젓가락으로 집어들면 미꾸라지처럼 빠져나가기 쉬우므로 숟가락으로 떠먹는다. 엄지손가락 굵기의 총각무로 담은 백김치를 담아 내왔는데 양도 많지만(옛날 총각 떠꺼머리 같은 무청까지 달린 멀쩡한 무가 무려 여섯 개였다) 길어서 한입에 먹기는 애저녁에 글렀다. 겨우 하나를 집어들고 채묵 두 숟가락 퍼먹고 무 한번 으드득 씹는 식으로 먹고 있는데 이번에는 웬 처녀가 대야만한 양푼과 밥그릇, 된장찌개를 놓고 가는 것이었다. 그게 오천원짜리 보리밥인 모양이었다. 에헤라 데헤라.

양푼 속에는 큼직큼직하게 썬 열무가 양푼의 삼분의 일쯤 들어 있었고 콩나물, 무생채가 함께 나왔다. 밥을 얹고 된장찌개의 된장을 슬슬 끼얹은 뒤에 상에 미리 놓여 있던 고추장단지의 고추장을 함께 넣어 주걱으로 비벼먹도록 되어 있었다. 물론 나는 그렇게 했다.

다른 지방에서는 어떻게 하는지 모르겠지만 논밭의 농사일이 많은 내 고향(어딘지 말하는 게 지겨워졌으므로 더이상 내 손으로는 밝히지 않으련다)에서는 밥에 비벼먹을 수 있는 채소는 전부 비벼먹게 만들어놓은 게 들밥이었다. 예컨대 배추 겉절이는 함지에 겉절이를 쫙 깔고 그 위에 밥을 얹을 만큼 얹은 뒤에 참기름과 고추장을 듬뿍 넣어서 힘좋은 총각으로 하여금 숟가락 두어 개를 겹쳐들고 썩썩 비비게 해서 나눠먹었다. 초봄에 씨를 뿌렸다 솎아낸 배추싹이며 무싹은 양푼 바닥에 대충 씻어 깔고 그 위에 밥을 얹은 뒤 또 흔해빠진 참기름과 고추장을 넣고 각자 알아서 싹싹 비벼먹었다. 식물 조직이 연해서 금방 숨이 죽고 향기가 퍽이나 신선했다. 무는 채로 썰어서 겉절이로 만든 뒤에 대접에다 넣고 그 위에 또 불쌍한 밥을 얹은 뒤 고추장과 참기름을 넣어 팍팍 비벼먹었다. 된장찌개만 뺀다면 구즉마을 묵집 보리밥에는 들밥의 풍미가 역연했다. 그러나 지금 묵집이 있는 곳은 들이 아니고 묵집에 앉아 있는 사람들 역시 들일하러 나온 사람들이 아니었다. 이름만 밭〔大田〕일 뿐이었다.

보리밥이 예상보다 훨씬 맛있었다는 것을 고백하지 않을 수 없다. 고추장이 내 어린시절 들밥에 들어갔던 고추장보다 덜 단 대신 더 매콤했고 열무의 거친 질감이 입에 잘 맞았다.

보리밥을 다 먹고 나자 배가 이미 불렀다. 그렇지만 묵집에 와서 주문한 묵을 남긴다는 건 논리적이지 않아서 억지로 채묵을 목구멍으로 넘겼다. 다행히 채묵은 저항도 응답도 없이 술술 목으로 넘어갔다. 그 맛은 뭐랄지, 특별할 게 없고 특별해보자는 생각 없이 만들어졌다는 느낌이었다. 그냥 그런 것이었다. 들에서 해가 뜨고 지고 꽃이 피고 질 때 일하고 쉬듯 천연스러웠다.

부른 배를 부여안고 숨을 식식거리던 나는 작은방의 붉은 구두 주인이 화장지를 적당한 크기로 뜯어서 다른 사람들에게 나눠주는 것을 발견했다. 점심시간이 끝났는지 작은방 손님들은 서둘러 자리에서 일어났다. 바쁠 것 없이 앉아 있던 내게 작은방 식탁에 놓인 두루마리 화장지가 다시 눈에 띄었다. 끝이 약간 풀려 있었는데 흰 피부의 미인이 한손을 땅에 짚은 채 절을 하는 것처럼 요염한 자세였다.

이름이 한밭이라고 식당은 또 얼마나 넓은지 계산대를 찾는데 계산대에서 나를 '손님, 이쪽이요' 하고 불러주기 전에는 나는 다만 하나의 찾는 몸짓에 지나지 않았다. 만원짜리를 내고 천원을 거슬러 받으며 나는 일행에게 말했다.

"왜 같은 일 하는 남정네들은 꼭 일곱 명씩 다닐까? 새벽의 칠인은 왜 일곱이지? 칠인의 사무라이는? 백설공주와 일곱 난쟁이는?"

입구의 큰방 입구에도 신발이 일곱 켤레 놓여 있었고 그들 역시 공무원처럼 보였기 때문이다. 대부분 양복 차림이었지만 복장자율화를 한다더니 편한 옷차림도 있었다. 물론 새 운동화도, 아직 꺾어신은 흔적이 없는.

지상천국의 지하식당

잊을 만하면 생각나는 게 부대찌개다. 좀 잊을 만하면 미군부대가 어쩌고저쩌고 하고 또 잊을 만하면 누가 먹다 버린 걸 공급하다가 어떻게 됐다느니 말았다느니 한다. 부대찌개만큼 한반도에 미군이 진주한 이후의 역사를 상징적으로 보여주는 찌개가, 아니 음식이 있을까. 그런데 이 역사적인 부대찌개를 내가 처음 먹은 곳은 미군부대 근처가 아니라 광화문이었다. 하긴 거기도 미국 비자를 받으려는 사람들이 늘 담 밖에서 줄을 서 있는 미대사관이 있고 보면, 또 미대사관을 지키는 전경들이 타고 다니는 버스가 언제나 줄을 지어 서 있고 보면 미군부대와 전혀 무관하다고 말하기는 어려울 것이다. 각설하고 내가 최초로 먹었던 부대찌개는 광화문 하고도 종합청사 뒤에 있는 건물 지하에 있던 식당의 부대찌개였다.

　식당의 이름이 뭐였는지는 모르겠다. 그냥 '부대찌개집'이라고 불렀던 것 같다. 그때는 1988년 초, 그 건물 팔층에 있는 회사에 취직해서 난생 처음 먹는 불갈비에 소주가 아닌 맥주로 잔을 채우고 건배를 외치는 신입사원 환영회식에서부터 넋이 나가, 여기가 지상천국이니 여기서 일생을 마치자는 다짐을 하루에도 서너 번씩 하던 때였다. 매일 불갈비만 먹을 수 없고 점심까지 불갈비를 먹을 수는 없어서 주변 식당에서 적당한 메뉴를 찾아 헤매다니는 게 점심시간의 일과였지만, 부대를 넣어서 끓이는 것도 아니면서 부대찌개라는 웃기는 이름을 단 서민적인 음식은 눈에 들어오지도 않았다. 그런데 이 부대찌개집 앞에 점심시간이면 언제나 길게 늘어선 줄은 눈에 띄게 마련이었다. 점심시간을 삼십여분 이상 지나서 도저히 시간에 맞춰 먹을 가능성이 없다 싶을 때에야 입맛을 다시며 돌아서는 사람들이 회사에 오륙 년 이상 근무한 고참이라는 걸 알고는 슬슬 궁금증이 일지 않을 수 없었다.

　마침 내가 속한 부서가 사람들이 몇 안되었고 부서 책임자가 맛있는 음식이라면 남 먼저 찾아나서는 사람이었던 고로 별다른 노력 없이 그 부대찌개를 맛보게 되었다. 줄을 안 서도 되는 방법은 간단했다. 점심시간보다 삼십분쯤 일찍, 또는 점심시간이 삼십분쯤 지난 다음에 가면 되는 것이었다. 그리하여 내가 처음 부서장의 지휘, 인솔 아래 부대찌개집에 이른 날은 봄날 하고도 변덕스럽고 을씨년스러운 날씨의 어느날 오후 한시 반이었다. 문간에 있는 그 식당은 그 건물 지하에 있는 식당 중 가장 좁았다. 벽에 기다란 선반을 달아 식탁으로 쓰고 있었고 그 앞에 동그란 간이의자를 여남 은 개 놓았으며 탁자가 세 개쯤 되는 좁다란 공간이 다였다. 식당 안쪽 부엌에는 수십개의 양은냄비가 이미 깨끗하게 씻겨서 겹쳐져 있었다. 그 양은냄비 가운데 가장 작은 것이 일인분에 해당했고 그 날 각자 하나씩의 냄비를 맡음으로써 각자의 입에 들어갔다 나온 숟가락을 한냄비에 번갈아 담그는 일은 피할 수 있었다. 같은 부대 에 속해 있어도 부대원들이 각자의 식판에 음식을 담아 먹듯이.

멸치육수를 냄비 바닥에 얌전하게 붓고 쏘시지 몇토막에 햄 약 간, 갈아낸 스테이크 약간에 통조림콩, 슬라이스치즈, 김치를 넣은 것이 부대찌개 한 냄비였다. 그 위에 고춧가루와 파, 양파 등속의 웃기가 더해졌다. 결정적으로 그 부대찌개를 다른 부대찌개와 구 별짓게 하는 건 당면이었다. 미리 삶아놓았다가 부대찌개가 끓을 때 넣어주는 그 당면은 젓가락 사이를 흘러내릴 정도로 부드러우 면서도 차졌다. 그 당면은 대전에서인가 일부러 주문을 해서 받아 쓴다고 했다. 그것으로도 양이 모자라면 라면을 반토막 정도 넣어 서 먹었다. 그 맛은 삼십대 중반의 나이에 앞치마를 두른 여주인의 생김새처럼 깔끔하고 칼칼하고 개운했다. 그 부대찌개의 맛이 얼 마나 자기완결적인지, 역사도 부대도 부서도 숯불갈비도 잊어버리 게 만들곤 했다.

좀 잊을 만하면 부대찌개가 생각난다. 봄날 변덕스러운 날씨 속 에 바쁜 일도 없이 바쁘게 밖을 돌아다니다보면 저녁나절 문득 부 대찌개라는 이름이 눈에 들어온다. 그러면 결국 세 번에 한번 꼴은 작년 미국 살다 다니러 온 이가 '정크푸드'라고 이름붙인 부대찌개를 먹게 된다. 물론 옛날의 그 맛은 다시 찾아볼 수 없지만 그런대로 괜찮다. 당시 그 건물에서는 그 부대찌개를 먹는 게 '웰빙'이었다. 지금 문득 그 식당의 주인은 어디 가서도 잘살 것 같다는 생각이 든다.

니나노집의 얌전한 닭

❖ 영계백숙

내가 삼십대였을 때 '니나노집'이라는
게 있었다. 지금은 거의 사라졌다. 내 삼십대가 사라지고 기억으로
만 남은 것처럼.

니나노집은 민요 '닐리리야 닐리리야 니나노' 할 때의 '니나노'에
서 이름이 나왔을 것이다. 민요가 나오는 술집의 원조 니나노집,
'닐리리 본당'은 기생집일 텐데 시절을 잘못 타고나서인지 구경도
못해봤다. 어린시절 내가 다니던 성당에서 우시장으로 가는 길 노
변 술집에서 젓가락장단과 함께 니나노 소리가 하루도 쉬지 않고
들려왔지만 그때 나는 너무 어렸다(성스러운 집에서 저자 사이의
길목에 술집이 즐비했다는 것은 흥미롭다. 도취와 노래는 성스러
움과 세속의 공약수인가). 청년기에 신촌역 앞 어디쯤에 아름다운

작부와 노래가 나오는 술집이 있다는 말을 듣고 허위단심 달려갔
으나 솟을대문 안에 있는 한옥, 마루에 기름이 반지르르 흐르던 그
신비한 술집은 막 폐업을 했다고 했다. '매미집'이라는 데가 있다
는 것을 알고는 있었지만 어쩐지 매미라는 단어가 비루하게 느껴
져서 가볼 생각이 전혀 들지 않았다. 민요가 그렇듯 '니나노'에는
'매미'의 즉물성, 천박성과는 다른 세속적이면서도 고전적인 울림
이 느껴졌다.

대학을 졸업하고 직장에 다니는 동안에는 그 업계 말로 '바운더
리(boundary)' 안에서 놀다보니 또 니나노집에 못 갔고 삼십대 중
반에 직장을 그만두고 소설에 입학하고 나서도 나는 니나노집에
가보지 못하고 있었다. 그러고 보니 내가 쓰는 소설이라는 게 세속
에서 고전 사이에 있는 술집 같은 것인데 그 본당에도 가보지 못하
고 어이타 소설을 쓴다고 나댔던가.

니나노집은 아버지들의 바운더리였다. 아버지들은 아들들이 그
곳에 가는 걸 원치 않았던 듯 자신들의 시대가 가면서 함께 가지고
가버린 것 같았다. 연배가 아버지뻘인, 그러나 언제나 스스로를 형
님, 큰형님으로 불러달라고 하던 N선생의 인도가 없었더라면 나
는 영영 니나노집에 가보지 못할 뻔했다.

내가 알기로 서울의 마지막 니나노집은 종로6가 뒷골목 여염집
을 개조한 곳이었다(누가 지금 자기들이 진짜라고 주장하고 나선
다면 이 '서울' 하고도 '마지막'의 영광된 칭호를 언제든 양보할 수
있다). 그곳에는 당시 내 나이에 해당하는 세월 동안 수작(酬酌)
분야에 종사해온 거장들이 진을 치고 있었다. N선생이 야전사령

관처럼 '돌격 앞으로'를 외치는 가운데 우리 동갑내기 셋이 곧 총알에 맞아 죽을 것 같은 인상을 하고 앞줄에 섰으며 그보다 몇살 어린 총각 둘이 고개를 푹 숙이고 뒤를 따랐다.

대문을 들어서니 마당과 마루, 방이 있었고 방은 이동식 칸막이로 구획이 나누어져 있었다. 구획마다 상이 하나씩 있었는데 흔히 '호마이카상'이라고 불리던, 쇠젓가락처럼 가는 다리 넷이 달린, 어린아이 발로 걷어차도 쉽게 뒤집어져버리게 생겨서 '내가 그때 확 상을 뒤집어엎어뿌렀지, 짜아식들이 뭐 하자는 수작이냐고'라고 무용담을 늘어놓기 좋게 생긴 상이었다. 우리의 머릿수가 확인되자 흰 종이가 상 위에 깔리고 주문할 것도 없이 인스턴트 음식처럼 빠르게 주안상이 차려졌다.

물김치가 있었고 색색가지 나물반찬이 있었다. 부침개도 고기구이도 있었다. 음식은 예상한 것보다 훨씬 괜찮았다. 모든 음식이 식어 있다는 걸 빼면. 손님들의 관심이 주안상이나 술에 있지 않고 니나노에 있었기 때문일까.

술은 니나노집의 본령, 노래를 위해 맥주로 주문했다. 니나노를 부르다 소주로 목을 축일 수는 없지 않은가. 이윽고 한복을 차려입은 다섯 거장, 아주머니들이 왕림했다. 처음 아주머니들은 자신들보다 스무살 가까이 어린 우리 일행을 보고 어리둥절해하는 것 같다가 일제히 독한 술을 마시고 난 뒤에 내지르는 트림 같은 소리를 냈다. 글자로 옮기면 "캬흐으" 정도쯤 될까. 오랜만에 젊은것들을 보니 기쁘다는 표현 같았다. 우리 사이에 한사람씩 들어와 앉은 아주머니들은, 애들 공부 좀 시키러 왔다는 N선생의 말에 약간 떨떠

름해하기는 했지만 맥주로 입술을 적시자마자 사양 없이 니나노로 들어갔다.

목이 메인 이별가를 불러야 옳으냐…… 붉은 등불 아래 푸른 등 불 아래…… 갈대의 순정…… 언제까지나 언제까지나…… 내가 던진 그라스에 샹드레아 깨어지고…… 사랑해선 안될 사람을…… 손꼽아 헤어보니…… 거리는 부른다…… 이 한밤아 가지를 마 라…… 아아 우리는 외로운 형제 길 잃은 기러기……

일단 시작이 되자 단방에 스물몇 곡이 자매합창단의 입에서 쏟 아져나왔다. 십여분 이상 대륙횡단열차처럼 쉬지 않고 진행되던 합창은 호마이카상을 서툴게 두드리던 내 젓가락이 천장까지 튀는 바람에 잠시 멈추어졌다. 나는 입도 벙긋하지 않았음에도 목이 탔 다. 맥주를 한잔 마시고 젓가락으로 뭘 집으려고 하는데 웬일인지 젓가락이 접시로 나아가지지 않았다.

아주머니들의 웃음소리가 커질수록 우리의 머리는 수그러졌다. 도대체 우리가 돈 싸들고 술을 마시러 왔는지, 아주머니들이 애들 다 키워 시집 장가 보내놓고 놀러 오셨는지 헷갈리기 시작할 무렵 방문이 열렸다. 앞치마를 두른 한 여인이 쟁반을 들고 왔다. 거기 에는 두 발을 쳐든 닭이 있는 양은냄비가 놓여 있었다. 옛적에 장 모가 사위에게 잡아준다는 씨암탉이 그런 모양이 아니었을까.

손으로 살짝 만져보니 냄비는 따뜻했다. 냄비 바닥에 국물이 있 어서 닭이 삼분의 일 가량 잠겼다. 구석에 있는 일회용 가스버너를 가져다 그 위에 냄비를 올려놓았다. 그리고 또 노래가 시작되었다. 닭으로 향하던 젓가락은 다시 타악기 도구로 바뀌었다. 이번에는 삼십곡이 넘었다. 가사는 물론, 곡조조차 모르는 노래가 점점 많아졌다.

닭국물이 자작거리며 졸아들었다. 나는 조바심이 나서 버너의 불을 껐다. 장모가 잡아주는 씨암탉과 달리 그 닭은 영계였다. 어린 닭은 알몸으로 두 발을 쳐든 채 누워 있었다.

니나노집의 아주머니들은 우리의 아버지에게 그랬듯 안주를 먹여주든가 애교를 부릴 생각은 하지 않았다. 우리의 반응이 시원치 않자 우리를 시원치 않은 인간으로 취급하는 게 분명했다. 이럴 때 N선생이 한마디 도와줄 법도 했는데 그는 빙글빙글 웃기만 했다. 아주머니들이 다른 방에 온 손님들에게 공연을 하기 위해 양해도 없이 방 밖으로 나갔을 때도 아무 말 하지 않았다. 큰방 한구석에 남은 우리는 술만 마셨다. 우리끼리 젓가락을 들고 무슨 노래를 부르려고 해도 아는 노래라는 게 포크송이나 팝송뿐이었고 장단을 맞출 줄 모르는 리듬치, 음치까지 있었다.

닭만은 먹을 만했다. 졸아들어서 짭짤해진 국물을 숟가락으로 끼얹어가며 조금씩 조금씩 뜯어먹는 자그만 닭은 맛있었다. 결국 다 먹은 건 그 닭뿐이었다.

자정 무렵 니나노집을 나섰다. 골목은 어두웠고 지붕 사이로 별이 보였다. 서울에서 별을 보다니. 골목을 나오면서 우리는 추위에 우들우들 몸을 떨었다. 언젠가 우리의 아버지, 아버지의 아비, 아비의 아비가 그랬듯이.

술은 누가 따르는가

❖
생
태
찌
개

　　　　　　　느닷없이 생태찌개를 먹고 싶은 날이
있다. 북태평양 명태어장이 어쩌고 어획쿼터가 저쩌고 해서가 아
니라 그저 날이 이 시리도록 차가워지고 사물과 사물 사이의 거리
가 아득히 멀어져 보일 때, 문득 손에 잡힌 사십대 중반의 흰머리
가 서글퍼질 때, 생태찌개가 먹고 싶어지는 것이다.
　사내는 냄비를 들고 생태찌개를 팔던 식당으로 가서 찌개를 담
아오는 심부름을 하던 소년시절을 떠올린다. 아버지는 그 찌개를
안주로 혼자 벽을 보고 앉아 묵묵히 소주를 비우곤 했다. 소년은
그 침묵의 무게를 감당하기 어려워 바깥으로 나가 우두커니 바람
을 맞았다. 어두워져서 노는 아이들도 하나 없는 골목길을 바라보
며 소년은 어서 자신도 나이가 먹기를 바랐다. 이제 사내도 자신에

게 심부름을 시키던 아버지의 나이가 되었다. 그러나 그의 아들은 저 노호하는 겨울바람을 뚫고 식당에 가서 생태찌개를 담아오라면, 그것도 냄비를 들고 가서 외상으로 얻어오라면 기절을 하거나 아버지가 제정신이 아니라고 여길 것이다. 사내는 스스로 생태찌개를 먹으러 가기로 한다.

생태찌개의 생태는 말할 것도 없이 명태를 말한다. 사전을 들추면 이런 설명이 나와 있다.

'명태는 한국 동해, 일본 북부, 오호쯔끄해, 베링해 등의 북태평양 해역에 분포한다. 주로 대륙붕과 대륙사면에 서식하는데 산란은 1~5℃에서 이루어지며, 산란기는 12~4월이다. 작은 갑각류(요각류, 젓새우류, 단각류 등)와 작은 어류(때로는 명태 치어와 알도 먹음) 등을 먹는다. 예로부터 한국의 중요 수산물인 동시에 영양 식료품이다. 겨울철에 잡아 얼린 것을 동태 또는 동명태라 하고, 말린 것을 북어 또는 건태(乾太)라고 한다. 또 산란기 중에 잡힌 명태를 원료로 동결과 기화(氣化)를 반복하여 만든 것을 더덕북어 또는 황태라고 한다.'(『한국물고기백과』)

여기서 흥미있는 것은 명태가 명태의 치어와 알도 먹는다는 부분이다. 정력을 위해 태반(胎盤)을 먹는 사람들을 식인종이라고 한 표현을 본 적이 있는데 노가리(명태 새끼를 이렇게 부른다)와 알을 먹는 식명태종이 자매결연을 하면 재미있을 것 같다는 생각을 해본다. 하여튼 슬슬 사내를 따라 생태찌개를 먹으러 가보자.

사내 옆에는 몇살 더 위인 또 한 사내가 있다. 사내는 명태를 포나 노가리나 북어국 형태로 여러번 먹어보았지만 찌개로는 먹어본 기억이 별로 없다. 사내는 원래 국물이 바특하고 짜디짠 찌개 종류를 그다지 좋아하지 않는다. 그러나 생태씨개는 찌개 가운데서 가장 시원하다고 알려져 있다. 시원하므로 찌개라도 좋아질 것 같다. 여기서 시원한 것과 온도가 낮다는 것은 의미가 다르다. 그러니까 기온이 낮아져서 그에 걸맞은 생태찌개를 찾아가는 것은 아니라는 말씀이다.

이런 이야기를 하는 동안 두 사내가 탄 차는 경기도 무슨무슨시 아무개면 면사무소 앞에 도착한다. 당신이 어느 도시에 초행이고 배가 고픈데 그 도시의 음식 중에서 특출하고 유명한 것을 모른다면, 그런 건 말고라도 어느정도 수준이 있는 것을 먹고 싶어한다면 관공서 뒷골목 식당으로 가보라는 충고에 따르도록 하시라.

그렇지만 아무개면 같은 단출한 동네에서는 그럴 것도 없는 것이 옆어지면 코닿을 듯한 길가에 있는 그 집이 그 집으로 어느 집이 조금 나아봐야 그저 그런 것이다. 중요한 것은 생태찌개를 하는 집이 있느냐 하는 것이다.

있다. 있지 않으면 애초에 이 글이 시작되지도 않았을 것이다. 생태찌개를 하는 집도, 동태찌개를 하는 집도 있다. '태'자가 들어가는 '찌개'를 하는 식당은 면 전체를 통틀어 단 두 집이다. 그것만으로도 고마운 일이다. 자칫하면 삼십 킬로미터나 떨어진 읍으로 나갈 뻔하지 않았는가.

사내들은 동태와 생태를 두고 잠시 의견을 교환한다. 생태찌개와 동태찌개는 찌개라는 점에서 같고 국물 잡는 것이나 양념도 비슷하다. 그러나 생태는 쫄깃거리는 살의 맛이 살아 있다는 점에서 동태와 비교가 되지 않는다. 가격 역시 차이가 난다.

이윽고 사내들은 생태찌개라는 글자가 적힌 유리문을 민다. 안에 들어서는 순간, 사내의 안경에는 김이 자욱이 서린다. 천장이 낮고 훈기와 음식 냄새가 강렬하게 느껴지는 실내는 부엌을 빼고는 탁자가 하나 있을 뿐이다. 그 탁자에는 동네사람들로 보이는 사십대의 사내들이 앉아 있다. 앞에 선 사내는 멈칫거린다. 그러자 일흔쯤 돼 보이는 노파가 손을 닦으며 사내들에게 안으로 들어가라고 소리친다. 과연 부엌 왼편에 창호지가 발린 여닫이문이 있고 그 문을 열자 벽에 선풍기가 달린 작은 방이 나타난다. 그 안에서 어떤 젊은 여인이 전화를 하고 있다가 황급히 일어선다. 노파는 손님이 자꾸 오는데 전화기에만 매달려서 어쩔 거냐고 여인을 나무란다. 사내들이 신을 벗고 방안으로 들어선다. 그런데 방이 하나가 아니고 둘이다. 안쪽에도 나무로 만든 문이 있고 그 문 안에는 장롱 같은 세간이 엿보이는데 세상에, 그렇게 작은 장롱도 있던가. 명태로 치면 노가리다. 노가리와 자매결연을 맺어도 좋을 자그마하고 앙증맞은, 그러나 오래된 장롱이다.

"우리 이 집 생태찌개가 유명하대서 충청도에서 일부러 왔슈. 잘 부탁드려유."

나이든 사내는 고향인 경상도 사투리의 억양에 억지로 충청도 사투리의 어미만 꿰어맞춘 말투로 너스레를 떤다. 노파는 대범하게 받아넘긴다.

"응, 뭐 그러면 잘해줘야겠네. 마침 아침에 생태가 존 게 들어왔거들랑."

사내는 주변에 있는 물건들을 살펴본다. 때묻은 목침이 있다. 곽성냥이 있고 소주병에 꽂힌 양초가 있다. 정전이 잦던 시절의 유물인가 싶은데 아직 치워지지 않고 있다. 나무로 만든 커다란 재떨이에 껌 자국인지 가래 자국인지가 여러 군데 남아 있다. 사내는 그걸 보고 우두 자국을 떠올린다. 이윽고 생태찌개가 날라져온다.

지름이 한뼘 반쯤 되는 낡은 양은냄비 안에 불그레한 국물이 끓고 있다. 얇고 넓게 썰어넣은 무가 먹음직스러워 보이고 파, 마늘, 양파 같은 양념도 푸짐하다. 사내는 숟가락을 국물에 집어넣고 천천히 휘젓는다. 가슴이 뜨거워진다. 저어지고 섞이는 것이 찌개만은 아닌 것이다. 가스버너 위에서 찌개냄비가 끓는다. 나이든 사내는 다 겪어본 일이라는 듯 빙그레 웃으며 소주병을 집어든다. 그런데.

"어허! 일로 내여!"

사내와 나이든 사내가 깜짝 놀란다. 노파가 가지 않고 오도카니 앉아 있다가 소리를 친 것이다.

"왜 그러세요, 할머니."

"일루 내라니깐, 그 쏘주병."

언제나 무엇인가 끓는 실내에 있어서인지 한겨울인데도 노파는 내복과 속옷의 중간쯤 되는 셔츠밖에 입지 않았다. 그 셔츠 아래로 쭈그러진 젖가슴이 언뜻 보이는 듯도 해서 사내는 얼굴을 돌리고 만다.

"왜요, 뭐 잘못됐어요?"

"좌우당간에 조여, 일루. 젊은 사람들이 이러키 사람 말을 못 알아묵어."

사내는 자신도 모르게 소리를 치고 만다. 뭔가 방해를 받은 듯한 언짢은 기분 때문이었을 것이다.

"아, 왜 그러시느냐고요, 할머니. 술이 어쨌다구요?"

할머니는 기어이 술병을 낚아채고는, 동태살처럼 온 얼굴을 허물어뜨리며 만족스럽게 웃었다.

"술이란 지집이 따러야 맛이제. 자, 받어, 이 잔."

향을 먹는다는 것

❖ 커
리

　지금도 그러는지는 모르겠다. 1990년
대 초 서울 을지로 1가에 있는 어느 아케이드 입구에 들어서면 단
한가지 냄새밖에 나지 않았다. 카레 냄새였다. 정확하게는 커리
(Curry), 더 정확하게는 인도 향신료 냄새였다.

　아케이드에는 인도음식점이 있었다. 인도음식점은 물론 하나뿐
이었고 아케이드에 나란히 있는 한식, 일식, 이딸리아식 음식점에
비하면 규모도 자그마했다. 그런데도 그 음식점에서 뿜어져나오는
냄새는 다른 음식점 모두에서 나는 냄새를 제압했을 뿐 아니라 아
케이드 전체를 지배하는 것처럼 느껴졌다. 점심시간에 그곳을 지
나노라면 두 번에 한 번은 그 음식점으로 가게 됐다. 갈 수밖에 없
었다. 말에 탄 김유신이라도 된 양 눈을 감고 가도 그곳이었다.

내가 처음 카레의 존재에 관해 알게 된 건 '3분카레'라는 레토르트 식품 때문이었다. 3분카레 봉지에는 끓는 물에 넣고 데워 밥 위에 얹어먹으라는 안내문이 인쇄되어 있는데 내용물은 감자와 양파, 당근, 돼지고기로 만드는 일본식 카레다. 카레와 밥이 결합되면 곧 카레라이스다. 그런데 카레라이스는 인도에 없다. 카레도 없다. '커리'를 '카레'로 발음을 바꾸고 자기네 좋아하는 덮밥으로 만든 사람들은 일본인이다. 같은 맥락에서 오므라이스(정식 명칭은 Omlet with rice)가 나왔고 하이라이스(Hashed beef with rice)도 출현했다.

대학 1학년 때 경양식집에서 미팅을 할 때 손쉽게 선택하게 되는 것이 카레라이스, 오므라이스였다. 아무리 '경', 가벼운 양식이라고는 해도 정식이나 스테이크를 먹자면 수프를 먹을 때 훌쩍거리지 않으려고 애써야 하고 나이프며 포크를 어느 손에 드는지 알아야 하지만(별 상관없다는 걸 훨씬 뒤에 알았다) 라이스 돌림의 음식은 그런 부담이 없었다. 경양식이 제대로 된 양식이 아니었듯, 경양식집에서 먹은 카레라이스 역시 제대로 된 커리도, 라이스도 아니었다. 그것으로는 오묘하고 신비한 커리의 세계를 알 수가 없었다.

1994년에 홍콩에 갔을 때 나는 다시 인도의 강렬한 향과 마주치게 되었다. 그때는 돈이 없어(뭐 지금은 많은가?) 아주 낡고 허름한 건물 중간층에 있는 '드래곤인'(굳이 번역하자면 '용문객잔'에서 '문'을 빼면 되겠다)이라는 싸구려 여관에 묵었다. 창문을 열면 맞은편 고층건물의 지저분한 뒷벽이 손이 닿을 듯 가까웠는데 그 건물 어딘가에 인도음식점이 있는 모양이었다. 그 동네는 홍콩에 일자리를 찾으러 온 인도인들이 모여사는 곳이었다. 진짜배기 인도음식 냄새는 근처의 건물뿐 아니라 일대의 뒷골목 공기 전체를 지배하고 있었다. 창문을 열면 후덥지근한 바람에 머리를 다 아프게 하는 커리 냄새가 들어왔고 닫으면 미치도록 더웠으며 에어컨을 틀면 덜덜거리는 소리에 시끄러워 잠을 잘 수 없었다. 창문을 열었다 닫았다 에어컨을 틀었다 껐다 하다가 결국 밤을 꼬박 새우고 말았다. 냄새 때문에 잠을 못 잔 건 그때가 처음이었다.

2003년, 드디어 나도 내가 아는 사람들은 대부분 갔다온 인도로 가는 비행기를 타게 되었다. 싱가포르에서 인도 항공사 비행기로 갈아타고 나서 얼마 안되어 나는 을지로 아케이드와 홍콩 뒷골목의 냄새를 합치고 둘로 나눈 것 같은 냄새를 맡게 되었다. 인도의 전통음식으로 만든 기내식에서 나는 냄새였다. 아니 그 기내식을 가져다주는 아름다운 여승무원의 몸에서 나는 냄새 같기도 했다. 나는 그 기내식을 모조리 다 먹어치웠다. 뜻밖에도 입에 맞았다. 비행기에서 내리자 본격적으로 인도의 향이, 아니 인도 그 자체가 덮쳐왔다.

인도는 향신료의 나라이자 성지이며 본산이다. 인도의 향신료는 톡 쏘는 맛이 나는 자극적인 식물, 고유의 향을 지닌 식물에서 얻는 경우가 많다. 대표적인 향신료는 터메릭, 클로브, 커민, 카르다몸, 샤프란이다. 그 외에도 '싸이먼 앤드 가펑클'이 부른 「스카버로우 패어」(Scarborough fair)의 가사처럼 파슬리, 쎄이지, 로즈마리, 타임이 모두 향신료이고 후추, 월계수 잎, 박하, 계피도 마찬가지다. 이 향신료를 총칭하는 게 마살라인데 힌디어로는 양념이라는 뜻이라고 한다. 외국인에게 '코를 찌르는 인도식당 냄새'의 근원이 바로 이 마살라이다.

인도의 커리는 수십종류가 있지만 대체로 양고기, 닭고기, 생선을 기본재료로 해서 양파, 토마토, 요구르트 등과 마살라를 넣고 걸쭉하게 끓여 만든다. 이것을 주식인 짜빠티나 난에 적셔먹거나 찍어먹는다. 또 비리아니(쌀에 닭고기나 양고기, 각종 향신료를 넣어 쪄서 만든 밥)에 비벼먹기도 한다. 이때는 오른손으로 조몰락조몰락 비비고 손가락을 스푼 모양으로 만들어 비빈 밥을 입으로 운반한다.

인도에 닷새가량 머무르는 동안 한번도 제대로 된 진짜 인도음식을 먹을 일이 없었다. 대체로 음식은 호텔에서 먹거나 한식을 먹었다. 호텔 식당의 인도음식은 서구인의 입에 맞도록 어지간히 개량되어 있어서 성에 차지 않았다. 그렇다고 매캐한 흙냄새와 먼지가 떠도는 시장바닥에서 인도사람들 사이에 끼여앉아 오른손으로 비비고 오른손가락으로 날라다 먹을 자신도 없었다. 그런데도 나는 함께 간 서너 명의 남정네 사이에서는 인도음식에 가장 잘 적응하는 사람으로 인정받았다.

남들이야 뭐라고 생각하건 인도에 와서 제대로 된 인도음식을 먹지 못하고 갈지도 모른다는 내 불안은 나날이 커져갔다. 그게 투정과 타령이 되어 인도 현지에 사는 지인의 귀를 웬만큼 괴롭혔던지 출국을 하루 앞둔 날, 우리는 오로지 먹는 것만을 목적으로 하여 호텔 밖으로 나서게 되었다. 도착한 곳 역시 호텔이었다. 그곳은 북부지방의 요리를 잘하는 유명한 식당이라고 했다.

인도의 전통 화덕 탄두르에 불이 활활 피어오르고 있었다. 먼저 양고기 케밥을 먹었다. 꼬치에 양고기를 꿰어 화덕 깊은 곳에 넣어 구운 케밥에서는 강력한 에너지가 느껴졌다. 강한 불, 풍부한 향, 짙은 눈썹을 한 주방 젊은이의 팔뚝에서도 강렬한 느낌은 뿜어져 나왔다. 바로 이것이 인도다! 여기가 인도다! 콜럼버스처럼 나는 외쳤다. 정신없이 먹고 마셨고 취해서 세세한 건 기억나지 않는다. 중요한 건 그 맛을 잊을 수 없게 되었다는 것이고 그로부터 그 맛을 찾아헤매게 되었다는 것이다.

근래에 광화문에 있는 인도 전문음식점에서 탄두리 치킨(탄두르에서 요리한 닭)을 먹으면서 나는 그 맛의 일부를 다시 찾아냈다. 짙은 향을 맡으며 허리에서 가슴 사이가 조여드는 것 같은, 조마조마한 느낌으로 치킨을 먹고 커리에 난을 찍어먹었다. 그건 진짜였다. 옆에서 진짜를 먹는 사람들이 진짜로서 진짜처럼 진짜로 보였다.

들건대 미각은 오직 쓰고 달고 시고 짠 맛을 구분할 뿐, 음식의 수많은 맛은 혀의 표면이 아니라 비강의 윗부분에서 판별한다고 한다. 지혜롭도다, 향을 먹는 사람들이여.

호랑이가 모르는 사실

❖ 사천랑계

대부분의 과일은 막 따서 먹는 게 맛있다. 사과, 배, 복숭아, 살구, 자두, 포도, 참외, 수박이 다 그렇다. 신맛과 단맛이 함께 들어 있는 과일일수록, 새콤달콤한 것일수록, 곧 과일다운 과일일수록 막 따서 먹는 맛이 좋은 것 같다. 그런데 과일답지 않은, 새콤하지도 달콤하지도 않은 과일의 맛은 도대체 무슨 맛일까. 웅숭깊은 맛? 구린 맛?

따서 먹는 건 '따다'와 '먹다'의 두 동작이다. 먹는 행위는 대체로 죄가 아니지만 따는 건 죄가 될 수 있다. '주인 모르게 나무에 달린 과일을 따서 도망가서 먹는다'는 것을 '서리'라고 하는 모양인데 '아저씨, 막 따서 먹는 게 너무 맛있어서 도저히 참을 수가 없었어요'라고 한다면 '그래, 어린 네가 무슨 죄가 있겠니. 그저 저놈들이 맛있는 게 탈이지' 하고 함께 울며 용서해줄 것인지. 어린시절 내가 경험해본 바로는 용서가 되지 않는다. 그래서 과일을 따자마자 죽어라 하고 도망치게 되는 것이고 숨이 가라앉기도 전에 베어먹는 그 맛이 더 기가 막혔던 것이다.

밭에서 갓 뽑아서 먹는 야채도 맛있다. 무, 배추, 상추는 물론 심지어 양파, 마늘, 고추도 다 맛있다. 어린시절 고향집 마당 한켠 거름더미 옆 텃밭에서 솎아낸 어린 배추싹, 또는 무싹을 밥 위에 푸짐하게 얹고 고추장을 넣어 싹싹 비벼먹으면 그 맛이 또한 기가 막혔다. 여리고 풋풋하고 무엇보다 싱싱한 그 맛은 그것을 먹는 사람을 여리고 풋풋하고 싱싱하게 만들었다. 조금 더 격식을 차리면 보리밥에 솎아낸 싹을 푸짐하게 얹고 애호박 넣어 끓인 된장찌개를 슬금슬금 끼얹은 뒤 고추장과 참기름을 넣어 썩썩 비벼서 먹는다.

쌀의 명산지인 경기도 이천의 마을에서 '청미'라는 것을 맛본 적이 있다. 추석 차례상에 햅쌀로 지은 메를 올리기 위해 음력 8월 보름 전 잎이 푸를 때 벼를 조금 베어 탈곡한다. 청미로 지은 밥은 기름이 잘잘 흘러 참기름 없이 비벼먹어도 기막히게 맛있다.

1994년 5월, 나는 중국 하고도 후난성(湖南省)의 소도시 위에양(岳陽)에 있는 자그마한 음식점에 앉아 있었다. 푸른 동정호를 굽어볼 수 있는 악양루를 보러 왔으나 동정호는 홍수가 져서 흙탕물이었고 악양루 벽에는 역대 최고권력자들의 멋진 시가 훌륭한 사진과 함께 모셔져 있어 고즈넉한 분위기 속에서 고인의 풍취를 느껴보려던 계획은 쩍, 소리도 없이 허무하게 금이 가버렸다. 포장되지 않은 도로에서는 끊임없이 먼지가 날아올랐고 날씨는 후덥지근

했으며 그 속을 오래도록 걸어 발바닥이 뜨뜻해져 있었다. 어쨌든 배가 고파왔다. 외국인 관광객을 찾아보기 힘든 곳에 와 있다는 것, 예정된 대로 길을 갈 수 있을지 모른다는 불안, 풍경과 인민과 우리가 서로 소통되지 않는다는 불만이 곧바로 배고픔으로 치환되었는데 그 허기를 없애줄 음식을 찾는 것도 쉽지 않았다. 우리는 당시 악양에 유일한 별 세 개짜리 호텔에 묵고 있었다. 악양루에서 호텔까지 걸어오는 동안 수백 군데의 식당을, 지나치게 중국식이라거나 메뉴가 불분명하다거나 비위생적이라거나 바가지 씌우게 생겼다는 이유로 그냥 지나쳤다. 호텔 근처, 자그마한 음식점에 들어가게 된 것은 너무 지쳐서, 더이상 걸음을 뗄 수 없게 허기가 져서였다.

손님은 우리 두 사람밖에 없었다. 여남은 개의 탁자가 있었고 식당 맨 안쪽의 탁자 두 개를 차지한 사람들은 손님이 아니고 음식점 주인의 식구거나 친인척이었다. 예닐곱 명의 아이들까지 제법 차려입고 있는 것이 무슨 잔치라도 있는 날인 듯했다. 그들은 열몇 쌍의 눈을 뜨고 고요하게 우리를 지켜보고 있었다. 그중 한쌍의 눈을 가진 청년이 다가와 식단을 내밀었고 우리는 고르고 고른 끝에, 지금 내 기억이 맞다면 '사천랄계(四川辣鷄, 사천식 매운닭튀김)'와 맥주를 선택했다. 사천식 음식이 우리 입맛에 비교적 맞는다는 토막상식, 튀김이므로 입에 맞지 않는 쏘스나 장이며 모르고 반갑지 않은 요리기술이 들어가지 않으리라는 판단이 작용했다. 그리고 공장에서 출고된 이후 한번도 냉장고에 들어가보지 못한 듯한 맥주를 마시며 요리가 나오기를 기다렸다. 물론 아무런 말도 없이,

기운도 없이.

코밑에 수염이 가무잡잡한 청년이 주문을 받고는 식당 안쪽 식구들이 모여앉은 탁자를 향해 무어라고 소리치자 두어 사람이 주방으로 들어갔고 한 사람은 청년과 함께 식당 벽에 붙은 문을 열고 들어갔다. 그 문 안쪽은 뒤뜰이었고 닭장이 있었다. 두 청년은 문을 열어놓은 채 닭장 안으로 들어갔다. 곧바로 닭을 잡으려는 두 청년과 여남은 마리쯤 되는 닭들 간의 경주가 시작됐다. 좁은 공간이라도 날개를 가진 쪽이 유리해서 닭들은 쉽사리 잡히지 않았다. 시간이 지나자 우리를 지켜보고 있던 사람들 가운데 나이든 두 사람이 일어나, "에이, 요새 젊은 녀석들은 도대체 제대로 하는 게 하나도 없구먼" 하는 말을 하면서(이상하게 이런 말은 통역 없이도 알아들을 수 있다) 닭장 안으로 들어갔다. 닭장 안은 불난 호떡집처럼 시끄러워졌고 손발을 내뻗으며 응원하는 남녀노소 식구들로 식당 전체가 열광의 도가니로 변했다. 우리는 그저 지켜볼 수밖에 없었다.

이윽고 일진이 나쁜 닭 한마리가 나이든 사람의 갈퀴 같은 손아귀에 붙들렸다. 꼬꼬댁 소리 두 번을 마지막으로 목이 비틀린 닭은 대장간 모루처럼 생긴 도마에 얹혔다. 청년이 복어처럼 생긴 무쇠 칼을 들고 짧은 기합소리를 넣으며 닭의 목을 댕강 잘랐다. 피와 목이 튀는 바로 그 순간 문이 닫혔고 짧은 한숨과 감탄사, 닭과 인간의 경주에 대한 분석과 평가가 섞인 중얼거림이 식당 공기를 잠시 흔드는가 싶더니 사람들은 원래 있던 자리로 돌아갔다. 다시 열몇 쌍의 눈이 우리를 조용히 지켜보기 시작했고 우리는 아무렇지

인간들은 우리를
알 낳는 기계로
전락시켰소.

비좁은 공간에서
스트레스를 받아 자해하는
암탉까지 생기지 않았소.

이제 일어나야 합니다.
자유를 찾아 달려나갑시다!

달리자!

옳소!

꼬꼬댁!

요즘 사람들은
입맛이 까다로워서 말이야,
저렇게 틈틈이 운동을
시켜줘야 한다니까.

뱅글뱅글

도 않은 척하면서 맥주를 들이켰다.

한참 후에 닭튀김이 접시에 담겨 나왔다. 예상했던 것처럼 닭은 붉은 고추를 넣어 맵게 튀기기만 했을 뿐, 다른 식의 가미는 하지 않았다. 잘린 목 근처에 털이 다 뽑히지 않은 게 눈에 띄었다. 나는 그 털을 뽑았다. 닭을 뒤집자 엉덩이 부근에 역시 뽑히지 않은 털이 대량으로 발견됐다. 우리는 남모르게 기뻐하며 그 털을 뽑았다.

진작에 주방에서 두 사람, 뒤뜰에서 네 사람이 나와서 식당 안쪽 무리에 합류했다. 그들은 꼼짝도 하지 않고 앉아서 꼼지락꼼지락 털을 뽑고 있는 우리를 지켜보았다. 닭을 먹을 생각은 전혀 없었고 먹을 수도 없었다. 우리를 지켜보는 눈을 생각하면, 목이 잘린 닭의 운명을 생각하면 안 먹을 수도 없었다. 맥주를 더 주문해서 마셔가며 우리는 털을 뽑고 또 뽑았다. 털만 뽑고 있었다.

그러던 어느 순간, 구세주처럼 동방박사처럼 싼타클로스처럼 손님 세 사람이 무슨 말인가 하면서 식당에 들어섰다. 그들에게 잠시 관중의 관심이 분산된 틈을 타 나는 몸을 날려 잽싸게 계산을 했고 친구와 함께 호텔로 도망쳤다. 어린시절, 서리를 하던 때보다 훨씬 빠른 속도로, 만세를 부르며.

동물은, 또는 동물 비슷한 것들, 움직이는 존재는 막 붙잡아 먹는다고 다 맛있는 게 아니다. 육류가 맛있게 되는 데는 얼마간의 숙성기간이 필요하다고 한다. 호랑이는 모르고 있겠지만.

새벽의 맵고 아린 맛

❖ 순두부

언젠가 소설 속에 '새벽 네시에 나이트 클럽이 끝나고 난 뒤 그들은 밖으로 나와 노점에서 순두부를 사먹었다'는 구절을 쓴 적이 있다. 이 구절은 내 경험과 직결되어 있다. 경험했으므로 그 장소, 시간도 대략 기억하고 있다. 기억을 되살려 보면 을지로 4가쯤에 있는 풍전호텔 하고도 '나이트'(본디 나이트 클럽이겠지만 금석을 막론하고 나이트라고 부르는 듯하다) 앞의 손수레에서 팔던 순두부이며 때는 1980년에서 81년으로 넘어가던 겨울이었다. 그 순두부의 맛은 뜨겁고 매콤하여 화끈했다. 그리고 매끄러웠다. 입안에서 씹을 것도 없이 잠시 입속을 배회하다가 목구멍으로 슬슬 넘어가는 그런 느낌이었다. 당시 그들, 아니 우리 셋 중 둘은 그때까지 나이트에서 만날 만한 여자친구 하나도 없는

신세였다. 대략 열시쯤 호텔 앞에서 만난 우리는 나이트 안에서의
술값을 아끼기 위해 근처의 선술집에서 소주를 한두 병 마신(당시
용어로는 '깐') 다음 열한시쯤 나이트에 입장했다. 그때부터 통금
이 해제되는 새벽 네시까지 요샛말로 '부킹'을 하거나 그때 말로
'헌팅'(누가 누구를, 누가 짐승이고 누가 인간인데?), 또는 '배팅'
(춤추면서 배를 부딪친다고 이런 이름이 붙었던가?)을 해야 하는
데 도대체 성공한 적이 한번도 없었다. 무대 위에서는 '현철과 벌
떼들'이라는 그룹싸운드가 트롯에서 디스코, 블루스까지 자유자재
로 연주하며 장내를 휘어잡았다. 얼마나 많이 노래를 불러댔는지
현철의 목소리는 푹 쉬어서 곧 은퇴할 것처럼 들렸는데 그 뒤에 오
히려 그때 단련된 허스키보이스로 엄청난 성공을 거두는 것 같았
다. 하여튼 돈은 없어 테이블당 '기본'인 마른안주와 맥주 '대짜'
(640ml) 두 병만 시켜놓고 아끼고 아껴 마시며 어쩌다 한번 블루
스라도 '땡길' 상대를 물색하는 것이었으나 언제나 퇴짜, 거절이었
다. 화장실에라도 갈라치면 머리에 기름을 바른 웨이터가 달라붙
어 먼지를 털어준다, 구두를 닦아준다, 손 씻은 뒤 수건을 건네준
다 하며 얼마 남지 않은 차비까지 팁으로 빼앗아가곤 했다. 그러다
가 신이 점지한 새벽 네시가 되면 '현철과 벌떼들'이 '이제는 우리
가 헤어져야 할 시간'을 아무런 사심 없는 천사처럼, 무정하게 연
주하여 우리를 나이트 밖으로 몰아내는 것이었다. 나이트 밖 캄캄
한 새벽, 허기는 허기대로 지고 갈증은 갈증대로 나며 찬바람이 코
가 아리게 몰아쳐와 눈물이 다 나려고 할 때 문득 눈에 들어오는
순두부 수레의 카바이드 등불. 그 불빛 아래에서 김이 펄펄 날리는

순두부를 한그릇씩 먹고, 내일은 내일의 나이트가 있을 거라고 위로하면서 새벽버스를 기다리곤 했다. 그게 두 번이었던가, 세 번이었던가.

그런데 그 나이트 앞 순두부는 어디로 가버렸는지. 근래에 내가 먹어본 '무농약 우리콩 순두부'라고 하는 권위있는 순두부들에서는 그 맛이 나지 않았다. 옛날식, 손으로 만들었다는 점을 강조하는 대부분의 순두부는 입자가 거칠고 쓴맛이 약간 돌았다. 몸에 좋다는 건 알겠는데 이건 새 순두부지 옛날 순두부가 아니라는 생각이 자꾸 드는 것이었다. 그러던 중 몇달 전 미국에 간 길에 우리나라 사람들이 하는 순두부집에 들렀다가 바로 그 맛, 1980년대 초의 '나이트 바로 앞 새벽의 순두부 맛'을 재발견했다. 그 식당 주인은 이십년도 훨씬 전에 이민을 오는 바람에 그동안 한국에서 순두부(또는 내 혀 내지는 우리 사회)가 겪은 격렬한 변화를 거의 겪지 않은 것 같았다. 그들의 말투가 이민온 시절 그대로 남아 있듯. 근래 서울 강남 어딘가를 지나다가 미국에서 역수입된 듯한 순두부집을 보았는데 들어가보지는 않았다. 이름도 내가 가본 곳과는 영판 달랐다.

그런데 왜 옛날 순두부는 매끄럽게 잘 넘어갔는데 요새 것은 입안에서 오래 돌까.

"대량으로 싸게 순두부를 파는 데는 콩을 방앗간에서 빻아다가 재료로 쓰기 때문에 입자가 곱다. 요즘 소량으로, 집에서 하는 순두부는 기껏 믹서기로 갈 뿐이니 입자가 거친 것이다."

두달 전쯤 강원도에서 들었던 이야기다. 그 집 안주인이 직접 순두부를 만들어서 주면서 한 말이니 맞을 것이다.

연어, 영어 그리고 스포츠카

연어구이

       한 사오년 전쯤 미국에 갔을 때의 일이
다. 뉴욕에서 서부의 씨애틀로 가서 캐나다 로키 산맥을 가볼 여정
으로 비행기를 탔다. 공항에 내리고 보니 여권을 뉴욕의 친척집에
두고 온 것이었다. 전화를 해서 여권을 택배로 보내달라고 하고 여
권이 오기까지의 며칠 동안 근처를 돌아보기로 했다. 다행히 신용
카드는 가지고 있어서 한국에서 내가 운전하던 차와 같은 차종을
색깔까지 같은 것으로 빌렸다. 이렇게 쓰노라니 내가 제법 적응을
잘한 것처럼 보일지도 모르는데 사실은 가는 곳마다 우리말과 영
어 둘 다 할 줄 아는 사람들의 도움을 받아야 했다. 제발이지 영어
를 안 써도, 아니 덜 써도 되는 곳으로 가고 싶었다. 그런 곳이라면
한인타운 아니면 사람이 드문 산간 오지밖에 없을 터였다.

나는 차를 몰고 씨애틀 시내를 빠져나와 백칠십 킬로미터쯤 떨어진 레이니어 산으로 달려갔다. 산 아래 거의 다 가서 보니 차의 기름이 간당간당했다. 가장 가까운 주유소에 세우긴 했는데 도대체 어떻게 주유를 해야 하는지 알 수가 없었다. 주유소마다 종업원이 상주하는 우리네와 달라서 쎌프써비스가 대부분인 미국 주유소에서 나 같은 초행자가 기름을 제대로 넣기란 어린 닭이 날기를 바라는 것과 같았다. 카드를 먼저 통과시키고 주유를 하는지, 주유를 하고 돈을 어디다 지불하는지, 주유기를 어떻게 쓰는지 몰라 헤매고 있는데 주유소 안쪽 가게에서 어떤 여성이 나오며 유창한 한국말로 "레버를 위로 올린 다음에 넣으세요"라고 하는 것이었다. 레이니어 국립공원 내에 장사를 하는 한국인 가족이 단둘인데 그중 한 가게에 기적적으로 들어간 것이었다. 그 여성의 남편인 주유소 주인은 내게 다른 한국인 가족이 여관을 운영하고 있다면서 오늘 묵을 곳이 정해지지 않았다면 그곳으로 가라고 전화번호와 위치를 가르쳐주었다. 그리고 내가 묻지도 않았는데 이런 이야기를 해주었다.

"만약에 차를 몰고 가는데 누가 일부러 따라와서 접촉사고를 낸다든지 하면 절대로 차를 세울 생각 하지 말고 그냥 가라. 차는 어차피 보험에 들어 있으니 렌터카 회사에 연락하면 다 알아서 한다. 당신이 열받는다고 차에서 내리면 상대도 차에서 내릴 것이고 자기 차의 트렁크에서 흙묻은 삽을 꺼내들고 올 것이다. 당신은 그 삽으로 당신이 들어갈 만한 크기의 구덩이를 파야 한다. 물론 상대는 당신에게 총을 겨누고 있는데 구덩이를 다 파면 구덩이 바닥에 누우라고 명령할 것이다. 당신을 묻은 뒤에 그 사람은 당신의 지갑을 가지고 배고파 우는 아이들과 강아지가 기다리는 집으로 향하게 된다."

다행스럽게도, 또 한편 소설가로서는 유감스럽게도 그가 가르쳐준 여관으로 가는 도중 나는 내 차에 입을 맞추러 쫓아오는 차는 한대도 만나지 못했고 여관에 이르러서야 지붕이 없는 최고급 스포츠카가 마당에 주차된 것을 볼 수 있었다. 여관은 식당과 기념품 가게를 겸하고 있었고 주인은 마음씨 좋게 생긴 오십대 후반의 남자였다. 나는 벽난로가 있는 방갈로를 숙소로 정하고 여관에 붙어 있는 식당으로 갔다.

식당에는 뚱뚱한 히스패닉계 요리사와 금발의 여종업원밖에 없었다. 급하면 기념품가게에 있는 주인에게 구원을 요청하면 될 터이니 나는 마음 턱 놓고 메뉴를 살폈다. 가장 굵고 큰, 대문자로 씌어 있는 식단은 그 지방 특산인 연어로 만든 연어구이 정식이었다. 주문을 기다리는 종업원은 "올여름 휴가는 레이니어로 오세요오오오" 하는 관광홍보 포스터에 나가도 전혀 손색이 없을 듯한 미인이었다. 나는 숙고한 끝에 조심스럽게 영어를 입에 올렸다.

"나는 연어구이 정식을 좋아합니다. 그러나 내 위는 보통사람보다 작습니다. 이 식당에서 가장 작은 연어를 주시면 좋겠습니다. 그리고 나는 맥주 두 병을 원합니다."

종업원이 상냥하게 알겠다고 한 뒤 주방으로 돌아갔다. 먼저 가져다준 맥주를 마시는 중에 연어구이 정식이 날라져왔다. 요리가 담긴 접시는 세 개였다. 그중 가장 큰 접시에 누워 있는 연어는 한국에서처럼 아이들 손바닥만한 한토막이 아니라 한마리였다. 두 뼘쯤 되는 크기로 한국식 연어구이 이십인분은 넘게 나올 것 같았다. 다음 접시에는 매시트포테이토와 옥수수가 담겨 있었다. 매시트포테이토는 내 얼굴만한 면적에 코만한 높이였고 옥수수도 그의 반 정도의 양이었다. 게다가 내가 한국인임을 배려한 듯 쌀밥과 야채, 쏘시지까지 또하나의 접시에 따라나왔다. 나는 양이 너무 많다고 말하기 위해 종업원을 찾았는데 그는 한쪽 구석에 요리사와 나란히 서서 내가 그것을 어떻게 처리하는지 심각하게 지켜보고 있는 것이었다. 나는 그들의 기대에 부응하기 위해, 또 만리타국에 간 나그네들의 전통에 따라 포크와 나이프를 어깨까지 쳐들었다 내리찍으며 접시와 격투를 벌이기 시작했다.

감자를 삶아 으깬 뒤에 버터와 설탕, 소금, 우유 따위를 넣어 반죽하듯 하여 낸 매시트포테이토는 그냥저냥 맛있었다. 옥수수 역시 괜찮았다. 밥도 지은 지 얼마 안된 것이었고 쏘시지는 집에서 자기들끼리 먹기 위해 만든 것 같았다. 그것으로 내 저녁식사는 끝났다. 더이상 먹을 수가 없었던 것이다.

접시를 치우러 온 종업원에게 나는 손도 대지 않아 멀쩡한 연어가 누워 있는 접시는 그냥 놔두라고 했다. 하도 크고 잘생겨서 구경이라도 해야 본전을 찾을 수 있을 것 같았다. 그리고 계속 맥주를 마셨다. 아는 사람은 알지만 맥주는, 특히 맛있는 흑맥주는 들어가는 배가 따로 있어서 배가 터지는 것과 상관없이 마실 수 있다.

삼십분쯤 있다 금발 미인이 다시 다가와서 자신의 아르바이트 시간이 끝났는데 더 필요한 게 없느냐고 했다. 나는 눈치껏 팁을

주었고 맥주병을 들고 밖으로 나가 야외탁자에 앉았다. 그녀는 평
상복으로 갈아입은 뒤 관람용 연어가 누워 있는 접시를 가져다주
었다.

나는 술기운으로 용감해져서 다시 영어를 입에 담아 그녀에게
학생이냐고 물었다. 그녀는 그렇다고 했다. 나는 이 근처에서 오가
는 도중에 흙묻은 삽을 트렁크에 넣고 다니는 사람을 만난 적이 있
느냐고 물었다. 그녀는 자신이 이 근처에서 오년 넘게 운전을 했지
만 아직 그런 사람을 만나지 못했다고 했다. 나는 아직 만나지 못
했다면 만날 수 있는 확률이 상당히 높아진 것이라고 하면서 이토
록 위험한 곳에서 고학을 해야 학교에 다닐 수 있는 그녀의 처지에
동정을 표시했다. 그녀는 학비와 용돈을 제 손발로 버는 건 미국에
서는 아주 자연스러운 일이라고 했다. 그러고는 내 차가 서 있는
쪽으로 걸어갔다.

놀랍게도 그녀는 빨간 스포츠카에 올라타더니 썬글라스를 꺼내
쓰고는 시동을 걸었다. 로켓 같은 멋진 폭음이 마당을 뒤흔들었다.
그녀는 내게 손을 흔들고 사라져갔다. 연어가 갑자기 맛있어 보이
기 시작했다. 사오년 후 한미정상회담에서 두 정상이 먹었다는 그
연어구이가.

가재는 게 편이 아니었다

❖ 매운 게 볶음

　　가재는 게 편이라는 말이 있다. 생김새
나 형편이 비슷한 사람들끼리 어울려서 서로의 사정을 봐주는 경
우를 이르는 말일 터인데 실제로 가재와 게가 만나는 경우를 상정
하기는 쉽지 않다. 어찌어찌 만나기는 한다 해도 서로 봐주기까지
할까. 그런데 희한하게도 바로 그런 경우를 나는 보았다. 아니 정
확하게는 맛을 보았다. 맛봤다고 해야겠다.

　　뉴욕에 갔을 때의 일이다. 이름은 들어 알고 있었지만 대면하기
는 처음인 후배가 그곳에 살고 있었다. 자신의 밥벌이며 앞가림을
잘하는 건 물론이고 어쩌다 한번 미국에 오게 된 선배에게 잘해주
려는 정신과 태세를 갖추고 있었다. 나는 맨해튼에 나갈 때마다 그
의 가게에 일단 들러 차를 마시며 오늘은 어디서 놀지에 관한 정보

를 얻었고 저녁에는 그가 안내하는 장소에서의 여흥까지 보장받았다. 이런 후배는 세계 어디를 가도 흔치 않다. 서역의 일과는 대체로 생맥주나 일본 청주를 곁들인 술집 순례였다. 매일 술만 퍼마시니 어느날인가는 뭔가 영양을 섭취해야 할 게 아니냐는 소식이 내뱃속에서 들려오는 것이었다. 그런 말을 후배에게 했더니 그 세계 최고수준의 후배는 『뉴욕타임즈』에서 연속 사주 별 다섯 개를 매긴 식당이 있는데 예약을 할 수 있는지 알아보겠다고 했다. 내가 딴데 가서 노는 동안 그는 계속 전화통을 붙들고 있었고 내가 오후에 그의 가게로 가자 마침 운좋게 예약을 했다고 하는 것이었다. 그 집은 바닷가재로 유명한 식당이라는 것이며 어지간한 배로는 바닷가재 한마리를 다 먹을 수 없다, 다른 사람을 더 데려가자고 했다. 마침 그 근처에 사무실이 있는 친구가 있었고 뉴욕타임즈 어쩌고 바닷가재 어쩌고 하는 말이 나온 뒤 삼분도 되지 않아 득달같이 당도했다. 그리하여 그 배 큰 친구와 나, 그리고 아름다운 후배 셋이서 보무도 당당하게 바닷가재 식당으로 향했다.

그 식당은 그렇게 크다는 느낌은 주지 않았다. 사람은 많았다. 모든 식탁이 만원이었다. 붉은 물방울무늬 냅킨을 목에 두르고 고함을 지르다시피 하며 사람들은 가재를 먹고 새우를 먹고 포도주를 마셨다. 우리 옆 식탁에서는 동창회를 하는지 연신 생맥주잔을 부딪쳐가며 서로가 서로의 편임을 확인하고 있었다. 우리는 엄청난 소란 속에서도 바닷가재를 주문하는 데 성공했다. 적포도주를 주문했는지 생맥주를 주문했는지는 모르겠다. 백포도주였을 수도 있다. 전채가 나왔다. 샐러드 종류였는데 뭔지 잊었다. 수프가 나왔다. 게살수프쯤이었을까. 모르겠다. 그리고 드디어 기다리고 기다리던 바닷가재가 아닌, 게가 나왔다. 그런데 이놈의 게가 어지간한 식당의 어지간한 메인디시보다 큰, 세숫대야만한 접시에 그득하게 담겨 있는 것이었다. 이걸 어쩌라고. 우리는 서로의 얼굴을 마주보았지만 결국 내가 먼저 먹기 시작했다.

기름에 볶은 게였다. 고추를 넣었는지 매콤했다. 매운맛은 니코틴이나 알코올 중독과 비슷한 종류의 뇌신경 전달물질을 분비하게 한다, 그러므로 중독성이 있다고 육칠년 후에 이야기한 사람이 그자리에 있던 배 큰 친구였다. 게다가 게 내장 부위에 있는 초강력 미각 활성물질에 맞닥뜨리다보니 한번 먹기 시작하자 도저히 멈출 수 없었다. 그게 바로 쏘프트 셀 크랩(soft shell crab)——껍데기째 먹을 수 있는 게였다. 게 껍데기에는 몸에 좋다는 키토산이 들어 있다는 걸 알았는지 몰랐는지 모르겠다. 그냥 먹고 또 먹었다. 열 손가락을 빨아가며. 옆에서 동창회를 하는지 미식축구를 하는지 전혀 신경쓰지 않았다. 그리하여 접시가 반쯤 비어갈 무렵, 마침내 바닷가재가 수레에 실려 천천히 통로에 들어서는 것이었다. 그 당당한 자태, 우아한 자세, 늠름한 집게발, 풍성한 살…… 나는 후배가 뜯어주는 가재다리를 손에 들었다. 그런데 그 가재가 별맛이 없는 것이었다. 작고 껍데기까지 씹히는, 매콤하게 볶은 게가 훨씬 맛있었다. 그나마 더이상은 아무것도 먹을 수 없다는 걸 깨닫고 나는 반도 못 뜯어먹은 가재다리를 접시에 내려놓았다. 시간이 흘렀다.

침묵 속에 가재는 사라져갔다. 나는 숨만 쉬고 있을 뿐이었다. 스페인식이라던가 이태리식이라던가 하는 볶음밥이 왔을 때도 꼼

짝할 수 없었다. 친구와 후배는 처음 보는 사이임에도 금방 친해졌
다. 하긴 함께 전쟁을 겪으면 그렇게 되는 법이다.

눈 내린 들판 환한 달빛처럼

제삿밥

　　　　　　　　　자정을 넘긴 한밤중이다. 오줌이 마려
워 잠을 깬다. 마루에 있는 요강까지 무릎걸음으로 간다. 방문을
여니 마당은 온통 눈이고 달빛이다. 언제 눈이 와서 세상을 덮었
나. 언제 또 구름을 헤치고 저리 환한 달이 떠올랐나. 마을 어디선
가 개가 컹컹 짖는다. 우리집 개는 바보다. 덩치는 송아지만한 게
사람이라면 소도둑놈한테도 꼬리를 흔든다. 그 개는 마루 밑에 엎
드려 자고 있다. 사람 잘 때 저도 자고 사람 깨어서 일할 때 저는
자고 밥먹을 때나 깰까. 오줌을 누고 다시 방문 쪽으로 가려는데
대문 쪽에서 무슨 소리가 들린다. 끼우웅, 소리를 내며 개가 귀찮
다는 듯 고개를 든다. 대문 쪽에서 나를 부르는 소리가 난다. 어,
옆집 선종이 목소리다. 나하고 같은 초등학교 6학년이다. 섬돌의

고무신에 발을 넣고 내복 바람으로 마당을 걸어가니 발밑에서 뿌득뿌득 소리가 난다. 눈이 고무신 안으로 들어와서 팔짝 뛰도록 발이 시리다. 대문을 열고 보니 선종이가 보자기가 덮인 쟁반을 들고 서 있다. 야, 너 그게 뭐냐. 보자기를 들추자 뚜껑이 닫힌 놋그릇과 접시가 네댓 개 놓여 있다. 어, 너희 집 오늘 제사 지냈구나. 선종이는, 빨리 받아, 나 추워서 돌아가시겠다,고 말하면서 쟁반을 내밀고는 제집으로 돌아가버린다. 짜아식, 기특하구먼. 형님 드시라고 제삿밥을 가져오다니…… 하지만 그 음식이 할아버지에게 보내온 것임을 나도 알고 있다.

우리집은 겨울에 제사가 없다. 증조할아버지는 단오 지나서 있고 증조할머니는 여름이다. 고조부모는 큰집에서 지내는데 그 역시 겨울은 아니다. 제사를 지내는 날에는 자정까지 불을 환히 켜놓고 시간이 되기를 기다린다. 아버지는 문어를 오리고 제사 준비를 마친 어머니, 고모와 아주머니들은 라디오연속극에 빠져 있고 아이들은 삼촌과 고모부가 두는 장기 구경을 하고 있다. 나는 사랑방에서 할아버지 앞에 무릎을 꿇고 '죽은 혹(획), 건방시로운(겉멋이 들어간) 삐침'이 나타날 때마다 알밤을 맞아가며 지방을 쓰느라 죽을 지경이다. 제사가 끝날 때까지는 아무것도 먹지 못한다.

제사 뒤에 식구들 먹을 것과는 따로 쟁반에 밥과 탕국, 나물과 전, 떡 따위를 담아 아이에게 들려 이웃에 보낸다. 선종이네, 그 뒷집 침쟁이 할아버지 모두 할아버지의 친구분이고 그 집안에서 제사가 있으면 으레 쟁반을 보내왔다. 여름밤에 제사음식을 이웃으로 가져가는 건 일도 아니다. 하지만 겨울은 다르다. 춥고 손발이 시리고 음식은 가져가는 도중에 식어버린다.

선종이가 건네준 쟁반을 들고 사랑방 앞으로 가니 방에 촛불이 켜진다. 할머니가 연 미닫이문 뒤에서 할아버지가 옷고름을 매고 있다. 할머니가 눈을 비비면서 큰 대접과 물그릇, 간장이 든 종지를 가져온다. 정좌한 할아버지는 밥을 반쯤 떠내어 대접에 넣고 그위에 나물——고사리, 도라지, 콩나물, 무나물, 숙주나물 등등을 얹은 뒤 간장을 가볍게 넣어 비빈다. 평소에는 밥을 비벼먹는 것이나 국물에 말아먹는 것을 마땅치 않아하던 할아버지다. 식은 음식은 쉽게 비벼지지 않는다. 제사음식을 장만하는 정성만큼 먹는 데도 정성이 필요한 것 같다. 이윽고 나물 씹히는 소리와 참기름 냄새가 희미하게 퍼지는 가운데 탕국 훌쩍이는 소리가 곁들여진다. 할아버지의 식사가 끝난 뒤 내가 그 수저를 든다. 할머니가 남은 찬밥과 찬 나물을 비벼준다. 차가운 탕국을 마셔가며 찬 비빔밥을 먹는다. 눈빛에 달빛이 더하여 밖은 대낮보다 환하다. 내가 밥알이 하나라도 남았을까 싶어 빨던 놋숟가락을 아쉽게 내려놓자 할아버지가 굉장한 경구인 것처럼 말씀하신다. "시장이 반찬이다."

스무해가 지난 뒤 우리집에도 겨울 제사가 생겼다. 할머니가 겨울에 돌아가신 것이다. 그렇지만 서울에서의 제사는 저녁 일곱시, 보통 저녁 먹는 시간에 지낸다. 아파트에는 쟁반에 음식을 담아 돌릴 이웃이 없다. 보내지도 않고 오지도 않는다. 옛날 같으면 쟁반을 들고 갈 아이들은 제삿밥을 좋아하지 않는다.

몇해 전 겨울에 고향에 갔다가 제사가 있는 친구를 만났다. 아니 친구를 만났는데 마침 그날 밤이 제사라고 했다. 얼씨구나 하고 읍에서 반백릿길이나 되는 동네까지 쫓아갔다. 고향에서도 오지의 대명사인 동네이다보니 길 곳곳이 비포장이었고 얼어붙어 있었다. 제주(祭主)인 친구 형님은 오밤중에 웬 손님들인가 싶어 어리둥절해했다. 우리는 그 형님에게 넙죽넙죽 절을 하고 나서 평소에는 안 쓰는 방에 모여앉아 제사가 끝나기를 기다리고 있었다. 화장실에 갔던 한 친구가 밖에 걸려 있더라며 곶감을 하나 빼와서 제 아가리에만 처넣었다. 아직 다 마르지 않은 상태라 먹기는 좋단다. 나도 화장실을 가는 체하고 나가서 처마밑에 걸려 있는 곶감을 두 개 빼먹고 왔다. 나 다음에 갔던 친구가 아예 한줄을 빼서 들고 오다가 집주인에게 현행범으로 적발됐다. 그래 배고프마 밥 머이(먼저) 주라 하까. 형님 말씀에 우리는 싹싹 빌며 아니라고 도리질했다.

그로부터 한시간은 좋이 지나 기다리고 기다리던 제삿밥이 나왔다. 밥상 앞에서 말들이 많다. 요새 고사리는 전부 중국산이라 카더라. 도라지는 표백까지 한다면서? 신숙주 집안에서는 숙주나물을 녹두나물이라고 한다대. 설마 무나물은 국산이겠지. 무는 확실히 전라도 무가 최고랑께.

탕국은 양지머리를 넣어서 큼직큼직하게 썬 무, 두부와 함께 넉넉히 오래 끓인 국이다. 그 훈기에 대번 감동이 느껴진다. 갖가지 전이나 적, 배가 황금색이고 머리에 다이아몬드 돌기가 뚜렷한 조기는 고맙긴 하지만 오늘의 본론은 아니다.

식어서 약간 딱딱해진 밥을 큰 그릇에 넣고 나물을 넉넉하게 얹는다. 간장 맛이 중요하다. 묵은 조선간장이다. 제사음식에는 귀신이 싫어하는 붉은빛이 나는 고추장이나 고춧가루는 쓰지 않는다.

시장이 반찬이라고 주문을 외우며 비빈다. 경상도 북부의 큰 제사 치르는 가문에서는 맏며느리가 손으로 수십인분을 이런 식으로 비벼서 손님을 대접했다고 한다. 제삿밥의 변형이라는 전주비빔밥은 젓가락으로 비빈다고도 한다. 이렇거나 저렇거나 다 좋다. 왼손으로 비비고 오른손으로 비비고…… 이미 입안은 침으로 홍수가 났다.

한입 그득할 만큼 밥이 담긴 놋숟가락이 덤벼온다. 온몸이 입이 된다. 혀가 삶이다. 한순간이 눈 내린 들판의 달빛처럼 환해진다.

아주 특별하고 신화적이고
개성적이며 영웅적인 '벌거'

❖ 햄버거

　　　　　미국은 패스트푸드의 천국이다. 또한
체인점의 나라다. 미국음식 하면 맛이나 문화를 떠올리기보다는
손쉽고 싸게, 많이 먹을 수 있는 음식이라고 생각하는 사람이 많고
그건 1995년, 미국행 비행기에 몸을 실은 나 역시 마찬가지였다.
미국에 도착해서는 뉴욕 외곽의 아파트에 사는 누이 집에 머물렀
고 밖에 나가서도 술집 아니면 한식당에나 드나들었으므로 도대체
미국음식다운 미국음식을 먹어볼 기회가 없었다.
　그러던 차에 연수를 와 있던 선배와 함께 워싱턴을 다녀오게 되
었다. 갔다오는 길에 미국 동부 최대의 도박도시인 어틀랜틱씨티
에 들러 미국 도박계를 평정 내지 박살내자는 기마민족의 후예다
운 원대한 계획을 세우고 출발한 길이었다. 워싱턴에서는 워싱턴

스퀘어며 스미쏘니언박물관을 돌아다니면서 노점에서 대충 끼니를 해결하고 호텔로 돌아와 맥주와 켄터키치킨을 먹으며 월드씨리즈를 보는 것으로 일정을 마감했다. 다음날 오전에 전날과 비슷한 메뉴로 배를 채우고 드디어 어틀랜틱씨티(나는 발음하기가 힘들어 '거시기'라고 부르는 'Atlantic City'를 영문과 출신이자 연수 2년차인 선배는 '어를래닉씨리'로, 혹은 두문자를 따서 '에이씨'로 불렀다)로 출발했다.

고속도로를 달리다가 우리의 국도에 해당하는 길로 막 빠져나왔을 때 배가 고파오기 시작했다. 그러면서 '뭐 좀 특별한 음식이 없을까. 이 시골 아니면 못 먹는 그런 음식 말이야. 매일 똑같은 체인점에서 남들하고 똑같은 음식 먹는 것도 좀 지겹네'라는 대화가 우리 둘 사이에 오갔다. 우리는 길가에 우리나라 국도변의 가든처럼 흔한 몇몇 체인점을 그냥 지나쳤고 뭔가 특별한 게 나와주기를 기대하면서 삼십여분을 더 갔다. 가을이었고 세상은 황금빛으로 물들어 있었는데 그림같이 생긴 집들이 어쩌다 한두채씩 띄엄띄엄 있는 것이 어쩐지 쓸쓸하게 느껴지기도 했다.

결국 우리는 남다른 음식점을 찾아내고 그 앞에 차를 세웠다. 버거킹도 맥도날드도 켄터키치킨도 아닌, 그 지역의 이름을 딴 자그마한 식당이었다. 안에 들어가자 촌스럽게 생긴 처녀 혼자서 우리를 맞이했다. 텔레비전을 보면 패스트푸드, 체인점과 함께 총의 천국이기도 한 이 나라에서 처녀 혼자 장사를 하는 걸 보니 시골은 시골인 듯했다. 처녀와 몇마디 말을 주고받은 선배는 시간이 지났든가 이르든가 해서 주방 아줌마가 주방에 없다고 했다. 따라서 우리식으로 하면 가정식 백반 같은 건 먹을 수가 없으며 쌘드위치나 햄버거 같은 간단한 음식은 가능하다고 하는 것이었다.

그렇다고는 해도 이 집의 음식은 체인점과는 뭔가 좀 다를 것 같았다. 메뉴는 아크릴 판으로 계산대 위쪽에 붙어 있었는데 그중에 상당히 특이한 이름이 눈에 띄었다. 'HICKE BURGER'가 그것이었다. 나는 그 특이함에 감동, 덮어놓고 그걸로 먹겠다고 선언했다. 뭔가 특별한 걸 먹자는 거듭된 내 주장에 선배 역시 그 발음하기 어려운 버거를 먹는 데 동의했다. 그의 발음관에 따르면 그건 '히키 버얼거' 또는 '히케 벌거'였다. 나는 전문가인 그가 발음 연구를 계속하도록 놓아두고 그 처녀에게 흰 바탕에 검은 아크릴 글자가 붙여진 메뉴를 가리키며 "투" 하고 손가락 두 개를 내밀었다. 처녀는 왜 그러는지는 모르지만 웃으면서 가져가겠느냐, 여기서 먹겠느냐고 물었고 나는 같은 손가락 중의 하나로 바깥을 가리켰다.

랩으로 싼 두 개의 특별한 '벌거' 또는 '버얼거', 청량음료 중짜컵 하나씩을 든 우리는 밖으로 나와서 사방을 살피다가 아늑한 햇볕이 내리쬐는 건물 뒤편 잔디밭을 식사장소로 정했다. 소풍 온 기분으로 잘 다듬어진 잔디밭에 앉아 우리는 흔치 않은 점심을 먹기 시작했다. 패스트푸드라고 해도 처음 와본 시골에서나 맛볼 수 있는 맛이었다. 정감있고 고유한 맛이 살아 있었으며 무엇보다 따뜻한 느낌이 좋았다. 내 말에 선배도 고개를 끄덕였다. 나는 이렇게 맛있는 '벌거'가 세상에 널리 알려지지 않은 게 이상하긴 하지만 우리에게는 다행한 일이다, 이 정도로 맛있는 걸 보면 '히케'는 코네티컷(혹은 코네리컷)이나 씨애틀(혹은 씨애를)처럼 미국의 원주민신화 또는 전설적인 영웅과 연관이 있는 이름이 틀림없다, 가는 길에 정확한 발음을 물어보고 가자고 했다.

그리하여 그 특별한 장소와 시간과 식사를 누리고 돌아오는 길에 우리는 처녀에게 그 '벌거'의 이름을 다시 들을 수 있었다. 그건 '히케'도, '하이키'도, 내 주장대로 H가 묵음이어서 '이케'인 것도 아닌, 치킨버거(CHICKEN BURGER)였다. 메뉴판이 오래되어 아크릴 글자 C와 N이 떨어져 나간 것이었다. 처녀가 마구 웃어대는 이유를 이번에는 알 것 같았다.

서럽고 아련한 외로움

갱죽

　　　초저녁부터 발밑에서 얼음이 서걱거리
는 이맘때쯤이면 늘 생각나는 음식이 있다. 그것은 내가 어릴 때
어른들이 '갱죽' 또는 '갱시기'라고 부르던, 죽도 아니고 밥도 아닌
그 무엇이다. 식은 밥과 남은 반찬, 묵은 김치를 썰어 솥에 대충 붓
고 물을 넣어서 끓인 음식인데 여유가 있는 집에서는 거기다 참기
름을 몇방울 떨어뜨리고 계란 노른자를 터뜨려 저어먹기도 했다.
반드시 식은 밥이라야 하고 또 반드시 푹 삭아서 신 김치, 남은 반
찬이라야 했다. 그러지 않고서는 제맛이 나지 않았다. 뜨거운 갱죽
을 후후 불며 한그릇 먹고 나면 호롱불을 켜야 할 만큼 캄캄해졌고
사랑방에서는 동네에 하나밖에 없는 라디오 소리가 나기 시작했
다. 기나긴 겨울밤에 더이상 나올 음식이 없으니 다시 배가 고파지

기 전에 얼른 잠을 자는 게 상책이었다.

갱죽을 끓이기 전에 어머니, 또는 할머니는 열살에서 열서너살 난 우리에게 양동이를 들려서 삼이웃을 돌며 쌀을 씻고 난 뜨물이며 구정물을 얻어오게 했다. 그 양동이에 구정물을 얻어오면 거기다 집에서 나온 구정물을 보태서 돼지우리에 갖다준 뒤에야 갱죽 한그릇을 얻어먹을 수 있었다.

갱죽은 맛있었다. 보통의 끼니와 달리 노동의 댓가라서 맛있었고 운동을 한 뒤라서 맛있었고 그냥도 맛있었다.

그런데 그 구정물을 가지고 오는 일이 쉽지 않았다. 하필이면 구정물이 많이 나오는 집은 언덕 위에만 있었는데 땅바닥이 얼기 시작할 무렵 무거운 양동이를 들고 언덕길을 오르내리다보면 미끄러지기 일쑤였다. 빈 양동이를 들고 있을 때보다는 구정물이 가득 차서 무거운 양동이를 들고 있을 때 균형을 잃거나 미끄러지기 쉽다. 애써 얻어오던 구정물을 땅바닥에 쏟고 옷은 옷대로 버리고 너는 왜 늘 그 모양이냐는 잔소리는 잔소리대로 듣고 손가락은 곱아 아파오고 돼지는 배고프다고 꽥꽥거리고 갱죽은 끓고…… 사람이 약이 오르면 머리에 김이 날 수도 있다는 것을 그때 깨닫게 되었다.

빈 양동이를 들고 돌아가면 옷에 묻은 구정물에서 나는 냄새 때문에 방에 들어갈 수가 없었다. 그렇다고 목욕을 하고 새옷으로 갈아입은 뒤 방안에 좌정하여 새로 내오는 밥상을 맞는 일은, 나를 포함해 식구들 그 누구에게도 해당되지 않는 일이었다. 식구들은 바닥이 뜨끈한 방안 두레상에 둘러앉아 서로의 얼굴을 정답게 마주보며 갱죽을 다 먹고 난 뒤였다. 귀퉁이 떨어진 상도 없이 마루에 앉아 식은 갱죽 밥알을 씹다보면 버림받은 아이라도 되는 양 서러워지기도 했다.

왜 갱죽일까. 갱은 제상에 올리는 '메와 갱(羹)'할 때의 그 갱인 것 같다. 메는 밥이고 갱은 무 같은 야채와 고기를 넣고 오래 끓인 국이다. 죽은 말 그대로 죽인데 물이나 국에다 밥을 넣고 끓여서 만든 죽이다. 쌀알을 넣어 끓이는 죽과 달리 이건 한번 밥이 된 것을 다시 끓인다는 게 다르다. 갱죽의 다른 말인 '갱시기'는 '갱식'에서 나온 말이다.

초등학교를 졸업하고 서울로 올라온 뒤에는 집에서 돼지를 키우지 않았다. 따라서 구정물 얻으러 다닐 일이 없었고 겨울이 와도 갱죽이 식탁에 오르는 일이 드물어졌다. 전기밥솥이 등장하면서 식은 밥이 없어졌고 냉장고는 아주 푹 신 김치를, 일부러 푹 시게 한 건 말고는, 사라지게 만들었다. 구정물 냄새 때문에 방에 들어가지 못하는 아이가 걸터앉을 마루도 없었고 불어터진 밥알이며 아이의 서러움도 있을 리 없었다.

십여년 전에 집안에 상사가 나서 출상(出喪)을 하던 새벽, 문득 갱죽이 다시 등장했다. 나는 상주의 신분을 잠시 잊고 그 맛에 매달려 있었다. 아니 매달리고 싶어했는지도 모르겠다. 그때는 5월이어서 겨울에 먹는 갱죽의 진미는 느껴지지 않았다. 갱죽을 후후 불어가며 바쁘게 먹는 사람들을 바라보면서 이제부터 내가 어른이 되었다는 느낌으로 목이 메었더랬다.

입속에 가득 차는 환희

✿ 겉절이

       입맛이 없을 때 이따금 겉절이를 만들어 먹는다. 배추, 상추, 얼갈이, 무 등등 어떤 야채로도 겉절이를 만들 수 있지만 나는 대체로 배추나 무를 쓴다. 예컨대 내 식의 배추 겉절이는 이렇게 만든다.

  먼저 배추를 잘 씻는다. 뻣뻣하고 질긴 겉잎은 버리고 배추 속의 연약하고 달큰한 부분은 씻으면서 먹어치운다. 잎을 하나씩 뜯어 깨끗이 씻어 물기를 뺀 다음, 그날 기분에 따라 큼직하게, 또는 가늘게 썬다. 요컨대 맘대로라는 것이다. 쌀을 씻는 바가지에 썬 배추를 담고 고춧가루, 소금, 간장, 통깨를 뿌리고 끼얹은 뒤에 손으로 잘 버무린다. 그 다음에 참기름을 듬뿍 치고 냄비뚜껑으로 덮어 절인다. 아 참, 마늘을 빼먹었다. 마늘 한 통 정도를 벗겨서 칼 손잡이의 뭉툭한 부분으로 힘차게 찧고 칼로 다져서 넣고 버무린다.

겉절이는 냉장고가 없어 김치를 담가먹기가 힘들던 시절에 김치 대용으로 많이 쓰였다. 김치처럼 발효된 것이 아니어서 신선한 야채의 풍미가 살아 있다는 것이 장점이다. 김치를 밥과 함께 비벼먹는 것은 상상하기가 어렵지만, 겉절이는 훌륭한 비빔밥 재료가 된다. 겉절이는 김치와 비빔밥 나물의 중간쯤 되는 위치에 있다. 깊지도 얕지도 않은 중간의 맛.

자, 이제 밥을 비벼 먹어보자. 비비는 그릇은 작은 그릇보다는 바가지, 함지 같은 커다란 용기가 좋겠다. 많이 비벼서 그릇으로 나누어 여럿이 먹는 게, 혼자서 적당한 그릇에 비벼먹는 것보다 훨씬 맛있다. 막 솥에서 꺼낸 밥, 뜨겁고 윤기 흐르는 밥에 숨이 죽은 겉절이를 섞는다. 숟갈을 두 개씩 양손에 나눠들고 '썩썩' 비빈다. 이 '썩썩'이 중요한 점이다. 황소가 풀을 먹을 때처럼, 싸리 빗자루로 마당을 쓸 때처럼 힘있고 숙달된 자세, 힘의 낭비가 없되 힘있게. 숨이 죽는 동안 삼투압작용으로 겉절이에서 나온 물이 비비는 일을 쉽게 한다. 다 비벼진 밥을 그릇에 나누어 담아 먹는다. 향긋한 맛. 이건 참기름의 공로다. 산뜻한 질감. 이건 배추의 공덕이다. 혀를 바쁘게 만드는 양감. 이건 밥의 은혜다. 더이상 구별할 필요가 없다. 대부분은 과식을 한다. 여럿이 둘러앉아 경쟁적으로 숟가락질을 하다 보면 양을 조절하기가 힘이 드는 데다 맛있기 때문이다.

또 80년으로 돌아가자. 1880년이나 980년 말고 1980년이니 멀리 안 가도 된다. 휴교령이 떨어져 고향에 내려가니 역시 휴교령으로 집에 돌아온 친구들이 모여 있었다. 마침 모내기철이었다. 노느니 이나 잡자고 합의한 우리는 모내기를 돕기로 했다.

농촌 출신이라고는 하지만 책상 앞에서 '국산사자' 공부만 해왔던 우리는 농사일의 기초부터 배워야 했다. 새벽 네시에 일어나 못자리에 가서 모를 찐다. 짚으로 허리를 묶은 모를 논둑 위에 올려놓고 집으로 가서 아침을 먹는다. 그동안 논 주인은 그 모를 지게나 손수레를 이용해서 모내기를 할 논에 가져다놓는다. 왜 경운기나 트럭, 트랙터, 이앙기를 안 쓰느냐고 할지도 모르겠는데 우선 쓰려고 해도 그런 기계가 흔치 않았고, 기계가 있다 하더라도 우리가 모내기를 할 논은 꼬불꼬불한 다락논으로 바퀴 달린 기계가 들어갈 수가 없는 곳이 대부분이었다. 아침을 먹고 논으로 가서 논주인이 지급하는 최고급 담배 한 갑과 커피 한 잔을 수령한다. 그러고는 논에 들어가서 동네 아주머니들과 함께 못줄에 맞춰 모를 심는다. 너무 깊이 심어서는 모가 물에 빠져죽게 되고 너무 얕게 심어서는 뜨게 된다. 어중간하게 하는 게 아니라 적절하게 하는 것이 중요했다. 처음 며칠 동안은 우리가 모 심은 자리를 따라다니며 다시 손질을 하는 사람이 있어야 했다. 그 사람 입에서 좋은 말이 나올 리는 없으니,

"아니 저 녀석들은 모 하나도 제대로 못 심으면서 무슨 공부다 데모다 휴교다 한디야."

"못 줄 하나 못 대면서 입으로 밥이 들어가나. 코로 씹어라, 이놈들아."

며칠이 지나 그럭저럭 모내기가 손에 익게 되었을 무렵, 우리가 합숙하고 있던 집으로 어느 노인이 찾아왔다. 노인의 손에는 짚으

로 싼 달걀이 한 꾸러미 들려 있었다.

"힘이 부쳐서 마을에서 같이 모내기를 못했단다. 그래서 저 어른 논만 남게 되었다니 내일 아침에 잠깐 가서 해드리려무나. 달랑 여덟 마지기짜리 하나랜다. 너희도 이제 상일꾼이니 충분히 할 수 있을 거다."

중개료인지 뇌물인지를 받아든 채 집주인인 친구의 고모가 말했다.

다음날 우리 세 사람은 우쭐대며 노인의 논으로 향했다. 그런데 노인은 커피는 몰라서 주지 못했고 담배는 제일 싼 백원짜리 '환희'를 사주었다. 우리의 입은 저절로 튀어나왔다.

그래도 어떻든 우리는 모를 심었다. 노인의 자식들은 모두 도시로 나가 공장에 다니고 있다고 했다. 아무리 기다려도 오전 새참이 오지 않았다. 알고 보니 할머니가 허리가 아파서 남처럼 새참을 댈 수 없다는 것이었다. 그러니까 동네의 두렛일에서도 소외될 수밖에 없었다. 그럭저럭 점심시간이 되고 배가 고파 허리가 끊어질 지경이 되어서야 할머니는 함지가 든 지게를 진 할아버지를 앞세우고 나타났다. 함지의 반은 밥, 반은 겉절이였다. 그뿐이었다. 우리는 서로의 얼굴을 마주보았다. 할머니는 고추장을 한사발 함지에 퍼넣었다. 그러고는 물어보지도 않고 세상에 나온 지 80년 된 주름진 손으로 밥을 비비기 시작했다. 우리는 위생, 맛, 재료, 과정을 과감하게 생략하고 멋대로 해석하는 그 모든 행동에 치를 떨었다. 그러나 그 논은 인가에서 십리는 떨어진 외진 곳이었다. 먹을 도리밖에 없었다. 그런데 그게 그렇게 맛있을 줄이야. 그야말로 '입속에 가득 차는 환희'라고 할 수밖에 없었다. 볼이 미어지게 곁눈질도 하지 않고 죽어라 하고 퍼먹는 우리를 보며 노부부는 나란히 논둑에 앉아 삼십원짜리 새마을 담배를 피웠다.

우리는 밥을 다 먹고 나서 나란히 개구리처럼 뻗었다. 목구멍까지 밥이 차 있어서 말 한마디 할 수 없었다.

사실 그 논은 우리의 분수에 넘치는 크기였다. 깊이 심는지 얕게 심는지 모르고 저녁도 사양하고 바쁘게 손을 움직였지만 밤 여덟 시가 되어서야 모내기가 끝났다. 노인은 우리에게 일당으로 막걸리 한 말을 주었다.

그해에 냉해가 들어 대부분의 논이 농사를 망쳤다고 했다. 냉해가 들지 않았다면 잘되었을까. 아직도 궁금하다. 그뒤로는 모내기를 해본 적이 없다. 겉절이는 입맛이 없을 때 해먹는다. 썩썩 비벼서, 아귀아귀……

껍디기로만 껍디기로만

❖ 묵 한사발

       산역(山役)을 하노라고, 국밥이라도 얻어먹으러 오라는 이민구의 전화에 덜렁 남의 조상 산소 이장하는 데 따라간 것이 몸살의 시초였다. 그 조상은 민구에게는 증조가 되는, 백여년 전에 돌아가신 분의 산소였다. 민구의 조부가 둘째였고 민구의 아버지 역시 둘째이며 민구도 둘째 아들이니 민구는 지손(支孫)의 지손이었다. 그런데도 민구와 그의 형제들이 극력 주장해서 증조의 산소가 앉아 있는 방향을 바꾸기로 했던 것은 그동안 민구의 집안에 일어난 일이 예사롭지 않아서였다. 돈을 떼인 뒤 적반하장의 송사가 있었고 교통사고에다 인큐베이터 신세를 지는 아기까지 나오니 저 못되면 조상 탓이라고, 산소에 무슨 문제가 있는 게 아니냐는 말이 나왔던 것이다. 마침 민구 형의 동무가 유명한 풍수장이의 제자였는데 그 산소에 다니러 왔다가, "자리는 명당이나 좌향이 틀려서 자손 중에 급사할 사람이 나왔을 것"이라고 한게 결정적인 계기가 되었다. 산소라는 게 건드리면 잘해야 본전이라고 믿고 있는 민구 아버지에게 증조의 산소를 쓰고 나서 얼마 안있어 갑자기 죽은 자손, 곧 그가 본 적도 없는 종손에 관한 기억이떠올랐고 그로부터 일은 급진전되었다. 마침 나 역시 할아버지 산소를 돌볼 일이 있어 내려갔던 차에 남의 일일망정 산역을 한다는말을 듣고서는 공부 겸 구경을 할 생각이 들었던 것이다.

산에 올라가니 새벽부터 일이 시작되었던 까닭에 길을 내고 나무를 자르며 제사를 지내는 여러 절차를 거쳐 어지간히 산소가 파헤쳐져 있었다. 그런데 일이 되어가는 것을 곁눈질하며 한쪽 구석에서 국밥을 얻어먹고 있자니 뭔가 분위기가 심상치가 않았다. 포클레인으로 팔 만큼 팠는데도 유골이 나오지 않는다는 것이었다. 백여년 전에 장례를 치렀을진대 그때 무슨 땅 파는 기계를 썼을 리없고 사람이 곡괭이와 삽으로 팠다면 깊어도 두세 길일 것이다. 포클레인으로 봉분 전체를 들어내고 수직으로 오 미터가 넘게 파내려가서 지금까지의 표토와는 전혀 다른 빛깔의 백토가 나왔는데도유골이 나오지 않으니 짜장 문제는 큰 문제였다.

"내가 남의 산소 이장해주러 수십년을 댕기도 이래 깊이 판 적이 없어. 필시 유골이 어데 가고 없는 기라. 아, 그런데 여게 상주들은 왜 담배를 안 주나?"

포클레인 곁에 서 있던 늙수그레한 인부가 말했다. 그러자 인상이 우악스럽고 덩치가 큰 상주 가운데 하나가 반대편에서 대뜸 대꾸했다.

"거 씨잘데기없는 소리 하지 말고 줄 틴께 기양 있기나 하소. 저래 입을 함부로 놀려대니 이 짓이나 하고 살지."

다행히 인부쪽에서 상주 말을 알아듣지 못하는 듯했지만 중간에 있던 나는 사람들 신경이 날카로워져 있다는 걸 알게 되었다. 전날 어지간히 술을 퍼마신 터라 국밥은 반도 먹지 못하고 남았다. 솥을 걸고 제사 음식을 준비하는 아낙네들에게 버려질 음식이 있는 그릇을 가져다 주는 것도 미안스러운 일이었다. 주변을 설렁거리며 돌아다니다 왔는데도 여전히 갑론을박이 진행중일 뿐 내게 관심을 가지는 사람은 아무도 없었다. 마침 할아버지 산소에 뿌릴 잔디 씨를 부탁해놓았던 농약가게에서 전화가 걸려와서 그걸 핑계로 차를 끌고 읍내로 내려와버렸다. 민구와는 일이 끝나는 대로 만나기로 했는데, 정상적으로 일이 진행된다면 점심때쯤 마치게 되어 있었다.

잔디씨를 얻어 산소로 갔다. 봄이라고는 해도 아직 코끝이 매운 날씨였다. 양동이에 모래흙과 잔디씨를 섞어 산소에 뿌리고 내려올 때쯤 몸이 떨리기 시작했다. 오후 세시가 되도록 민구에게서 전화가 걸려오지 않았다. 그렇다고 내가 전화를 걸거나 가볼 생각은 없었다. 어쩌면 유골이 끝내 나오지 않았을지도 몰랐다. 산역을 하자고 주장한 지손과 반대한 종손 간에 무슨 사단이 생겼을 수도 있고 인부와 풍수가 주먹다짐을 했을지도 몰랐다.

무엇보다 몸이 떨려서 견딜 수가 없었다. 결국 나는 눈에 띄는 길가 여관에 들어가 온돌방에 이불을 덮어쓰고 누웠다. 잠깐 잠이

들었다 깨니 저녁 일곱시였다. 핸드폰을 들여다봐도 전화가 걸려
온 흔적이 없었다. 몸은 조금 나아진 것 같았지만 밖에 나가 약을
사와서 먹고 다시 잠이 들었다. 잠에서 깬 건 전화가 걸려와서였
다. 핸드폰이 아니고 여관방에 있는 전화가 울고 있었다. 나는 의
아하게 생각하면서 전화를 받았다. 여관 주인이었다.

"혹시 밖에서 소리지르는 사람 아는 사람인지 보세요. 아까부터
고함을 질러대는데 정말 미치겠구만요."

커튼을 젖히고 내려다보니 민구였다. 그는 몸을 앞뒤로 흔들거
리며 "친구야, 이 문디자슥아, 숨어 있어도 소용없다. 당장 나온
나. 안 나오마 여관에 불을 확 싸질러버린다" 하고 한껏 큰 소리로
외치고 있었다. 워낙 목소리가 큰 데다 덩치까지 우람하고 보니 여
관 주인이 말릴 엄두를 못 내고 각 방마다 전화를 해서 손님들에게
살펴보라고 하는 모양이었다. 그리고 보니 차를 여관 앞 한길에 그
냥 세워둔 게 생각이 났다. 지나가다가 우연히 내 차를 보고 들어
와본 게 틀림없었다. 시계를 보니 밤 열시였다.

"알았어. 알았다구. 내가 나간다. 좀 조용히 해라."

내가 창문을 열고 소리치자 민구는 "엉, 짜슥이, 거기 숨어 있을
줄 내 알았다. 빨리 안 나오면 내가 올라가버릴 끼야. 니 혼자 아이
제? 딜고 온 가시나 있제?" 하고 중얼중얼 해대는 것이 어지간히
취한 것 같았다.

"가자."

내가 내려가서 재촉하자 그는 "어데로?" 하고 한껏 혀꼬부라진
소리로 물었다.

"너 지금 어디서 왔는데?"

"할부지 산소서."

"지금 끝났어?"

"아니, 아까."

"그런데 왜 지금 왔어?"

"기분이 하도 좋아서 산소 앞에서 술 한잔 묵었다, 친구야. 시야가 바래다조서 여까지 오다가 네가 숨가논 차 봤다."

"하여간 타."

"어데로 갈 건데?"

"난 지금 몸이 안 좋아서 그러니까 네 집으로 데려다줄게."

"힝, 그래 타자."

차로 십여분 거리에 있는 그의 집으로 향하는데 중간쯤에 갑자기 그가 "스토오프!" 하고 외쳤다. 차가 급정거하자 그는 차에서 뛰어내려 손짓으로 예전에 가보았던 묵집을 가리켰다.

"저리로 가자."

"왜?"

"묵 한그릇 묵고 가자고."

"묵만?"

"그래, 묵만."

차를 길가에 세우고 들어서니 두어번 오면서 눈에 익은 노인이 웃어 보였다. 지방의 소도시에서는 밤 열시 넘어까지 문을 여는 식당이 드문데 이 묵집은 묵 하나만을 하는 관계로, 밤이 긴 겨울에 주로 밤참을 먹으러 오는 손님을 기다리는 듯 열시나 되어야 시작하는 분위기였다. 또 지방의 음식점 주인 할머니치고는 드물게 화장을 진하게 한 여주인의 '할매묵집'의 주메뉴는 '묵 한사발'이었다. 묵을 숭덩숭덩 썰어 육수를 담은 그릇에 넣고 파와 마늘, 풋고추를 송송 썰어넣고 참기름을 떨어뜨린 간장으로 간을 맞춘 뒤 그 위에 잘게 썬 김치를 얹어주는 게 묵 한사발이다. 멸치로 육수를 낸 듯한 국물은 담백했고 신 김장김치 고명은 묵의 약간 떫고 거친 맛과 잘 어울렸다. 차를 세우고 들어가자 묵만 먹겠다고 한 약속은 벌써 깨뜨려지고 소주 한 병이 자리에 날라져오고 있었다. 소주와 김치를 가져오는 사람은 할머니의 동생뻘 된다는 머리가 벗겨진 노인이었다.

"술은 누가 먹는다고 시켜. 난 몸살나고 운전해야 돼서 못 먹어. 너도 술은 너무 많이 먹어서 더 못 먹잖아."

"친구야. 앉아라. 앉아서 못 먹어도 못 먹어라."

결국 그의 강권에 두 잔을 마시고 난 뒤에 난 차를 가져가는 걸 포기하고 말았다.

"산소에서 유골이 안 나오더라, 친구야. 그러이까네 우리 종부가, 종부는 나한테 아지매다잉, 나를 보고 하는 말이 누가 이런 일 벌이자 캤느냐고 눈을 하얗기 흘기는데 소름이 쫙 끼치는 기라. 그래도 풍수 형님이 더 파보라 캐서 한 길을 더 안 팠나. 파니 나오더라꼬. 질래 파니 나오더라카이. 그때 기분은 정말 로또가 따로 없더라잉."

그리고 민구는 묵을 썰고 있는 노인에게 집 유리창이 들썩이도록 소리쳤다.

"할매요. 묵은 껍디기로만 넣어주소, 야! 껍디기로만 해달라이까네요. 껍디기로만, 어이, 껍디기로만."

노인은 손을 재게 놀리면서 대꾸했다.

"하이고, 혼자서 껍디기 다 자시마 다른 사람들은 뭘 먹능교. 알아서 드릴 테이 가마이 계시봐요."

이윽고 날라져온 사발그릇 속의 묵은 아닌게아니라 묵의 겉만 살짝 도려낸 듯한 묵껍데기가 반은 되었다. 민구는 숟가락을 거기에 걸치고 한술 뜨는가 마는가 하더니 다시 이야기했다.

"산소에서 징조할배 유골이 안 나오더라카이, 친구야. 그러이까네 우리 종손 아지매가 나한테 눈을 하야이 홀기민서 누가 이런 일을 벌이자 캤냐고 하는데 소름이 쪽쪽 끼치는 기라. 그래도 우리 풍수 형님이 쪼매만 더 파보라 캐서 딱 한 길을 더 안 팠나. 파니 나오더라고. 파니 진짜 나오더라고. 그때 기분은 정말 홍콩 가겠더라잉."

그리고 그는 다시 고개를 돌려 주방을 향해 소리쳤다.

"할매요. 묵은 껍디기로만 넣어주소, 야! 껍디기로만 해달라이까네요. 껍디기로만, 어이, 껍디기로만."

노인은 대꾸했다.

"어허요, 껍디기로만 줬는 거를. 그기 다 껍데기라요."

민구는 단호히 고개를 저었다.

"노오, 노! 이건 껍디기가 아이라. 껍디기로만, 껍디기로만 달라이까."

할 수 없이 내가 나섰다.

"할머니. 한 그릇 더 주세요. 이 친구 말마따나 껍데기로만, 예?"

노인은 "혼자 껍디기 다 주먹으마 남는 물컹한 거는 누가 먹노" 하면서도 묵을 다시 썰기 시작했다. 그런데 어느 순간 남동생이라던 다른 노인이 할머니 곁에서 껍데기를 집어먹다가 손등을 얻어맞는 게 내 눈에 띄었다. 딱, 소리가 들릴 정도로 할머니의 손은 매웠고 노인은 꽤 아파하는 듯했다. 그런데도 다시 슬며시 손을 내밀어 묵껍데기를 집어먹는 것이었다. 다시 한번 더 딱, 소리가 난 뒤에야 묵사발이 날라져왔다. 민구는 숟가락을 새 묵사발에 걸치고는 내게 말했다.

"우리 징조할배 산소에서 유골이 안 나오더라. 어이, 친구야. 그러이까네 우리 종부 아지매가 나를 가마이 부르디마 누가 산소 파가 일 벌리자 캤냐고 눈을 하야이, 똑 백여우겉이 흘기는 기라. 내가 우리 형제 중에서 젤 만만해 보인 기야. 사실 나도 할말이 없더라고. 그란데 풍수가 쪼매만 더 파보자 캐서 더 안 팠나. 파니 완전히 미라 같은 유골이 나오더라고. 그랜깨 내 눈에서 눈물이 확 쏟아지더라, 으이. 그때 기분은 진짜 칠선녀탕 양귀비가 따로 없더라잉."

그는 다시 주방을 향해 소리쳤다.

"할매요. 묵은 껍디기로만 넣어주소, 야! 껍디기로만 해달라이까. 껍디기로만, 껍디기로만."

그날 그 집의 묵은 모두 껍데기가 달아났을 것이다. 나중에 계산할 때 세어보니 우리 앞에 날라져왔던 묵사발이 다섯이었다.

묵껍데기는 맛있다. 묵껍데기는 묵집 할머니의 나이 일흔셋 먹
은 동생이 손등을 맞아가면서도 훔쳐먹을 정도로 맛있다.

원조의 품위

❖ 묵밥

| 원조 |　　　　　묵밥이라는 걸 아시는지. 묵을 듬성듬성 채썰듯 썰어 알맞은 육수에 담아 간장과 양념으로 간해서 먹도록 만든 음식이 묵밥이다. 주식으로는 모자랄 것 같지만 묵을 건져 먹은 뒤에 밥을 말아먹으면 한끼로도 충분하다. 한여름 땀을 잔뜩 흘린 뒤에 찬 육수와 함께 먹는 묵밥은 수분과 염분을 보충하고 더위를 씻는 데 그만이다. 한겨울 기나긴 밤에 따뜻한 방안에서 먹는 묵밥 또한 별미이다. 밖에서 소리없이 눈이라도 쌓여준다면 더욱 좋을 것이고.

　모든 음식에 원조가 있을 필요는 없지만, 또 원조라고 해서 맛있다는 보장도 없지만, 내가 알고 있는 묵밥의 원조는 경기도와 충청도의 경계선에 있는 어느 할머니가 만든 것이다. 경기도 장호원에

서 충청도 충주로 가는 38번국도를 따라 묵밥을 파는 집들이 좀 있다. 다른 곳에서는 묵밥이라는 걸 본 적이 없는 듯하니 그 일대에 묵밥의 원조가 있을 법하고 또 그렇게 주장한다 해서 부정할 방법도 없겠다. 하지만 내가 처음 먹어본 묵밥이 그 할머니가 만든 것이고 그 묵밥에 대한 기억이 참으로 강렬해서 나는 그 할머니가 자신이 묵밥을 만든 원조라고 주장하지 않더라도 악착같이 원조로 추천하고 싶다. 물론 그 할머니의 집에는 '원조'라는 간판이 달려 있지 않다. '달려 있지 않았다'고 하는 게 맞겠다. 한번 간 이후에는 가본 적이 없으니, 아니, 가보지 못했으니.

몇해 전 어느 나른한 봄날, 이웃에서 차를 가지고 와서 묵밥을 먹으러 가자고 했다. 묵이라는 게 도무지 먹어도 배부르지 않을 듯한 헐렁한 음식이고 반찬에 가까운 것인데, 거기에 '밥'이라는 이름을 붙인다는 게 나로서는 이해가 가지 않았다. 이웃의 차는 어디서 주워온 도토리처럼 차량 번호판도 달아나고 없었고 바퀴가 반질반질하게 닳았는데도 갈아끼울 생각을 하지 않았다. 동네 근처에서 왔다갔다하는 차이니 자신의 얼굴이 번호판이라는 것이었고 바퀴값이 차값보다 더 나갈지도 모른다고 했다. 마찬가지로 두 측면경과 헤드라이트 한쪽이 달아나고 없었는데 그 역시 차값에 필적할 만한 비용이 들 것이므로 새로 끼울 이유가 없다는 것이었다. 그런 화제로 즐거워하며 가느라 나는 미처 가는 길을 눈여겨보지 못했다. 이윽고 차가 도착한 곳은 경기도인지 충청도인지 모를 어느 곳이었는데, 그 일대는 충청도와 경기도의 경계선이 꼬불꼬불하게 서로 맞물려 있는 곳이었기 때문이다. 경기도와 충청도의 경계 어디에서나 흔히 볼 수 있는 야트막한 산 아래, 또 어디에나 흔한 개울이 길 옆으로 흐르는 동네 속으로 오목하게 오십여 미터를 들어가는 곳에 묵밥을 파는 집이 있었다.

그 집은 동네의 다른 살림집과 비슷했다. 여느 살림집이 그렇듯 간판이 없었다. 문패가 있었는지 기억나지 않는다. 하여튼 마당에 들어서니 봄빛이 환하게 집을 비추어 아늑하다는 느낌을 주었다. 뒤꼍 어딘가에서 나무를 때는지 연기가 나고 나무 탈 때의 기분좋은 냄새가 났다. 아마 묵을 쑤는 듯했다. 나는 눈을 살짝 감고 봄날의 농가에서 느낄 수 있는 고요와 정다움을 한껏 즐겼다.

그런 내 팔을 이웃이 잡아끌어 따라가니 계단이 만들어져 있었고 그 계단을 올라가니 알루미늄 문짝이 나왔다. 문을 열자 냄새의 연합군이라 할 만한 안의 공기가 밖으로 쏟아져나왔다. 나는 코를 벌름거리며 그 냄새를 분별하느라 애를 썼다. 우선 고기를 삶은 뒤에 나는 특유의 누린내가 들어 있는 듯했다. 묵은 간장 냄새도 섞였다. 메주 띄우는 냄새도 있었다. 발 고린내, 땀내도 들어 있었다. 약간 매콤한, 후추처럼 즉각적으로 맵지도 않고 고추처럼 독하게 맵지도 않은, 하여간 맵다는 느낌을 주는 냄새도 났다. 담배 냄새도 물론 있었다.

신발을 벗으려고 보니 먼저 온 사람들이 많아서 신발을 벗어두는 곳이 복잡했다. 아니, 신발을 벗어두는 곳이 너무 좁았다. 손님이 많이 올 것이라 예측하지 못하고 만든, 그저 여염집에서 식구끼리 드나들면서 신발을 벗고 신고 하는 정도의 공간밖에 되지 않았다. 할 수 없이 신발을 문밖에 벗어두고 마루로 올라갔다. 마루에 있는 단 하나의 상은 막 농사일을 시작한 농부로 보이는 사람들이 차지하고 음식이 나오기를 기다리고 있었다. 우리는 자연스럽게 방안으로 들어섰다.

방에는 묵은 두레상이 두 개 놓여 있었다. 그 역시 접대용은 아니고 식구들끼리 둘러앉아 먹는 밥상 같았다. 밥상에는 숟가락통과 양념간장이 놓여 있었는데 낡았으나마 먼지 하나 없이 청결했다. 안경 쓴 도시풍의 남자가 물을 가져왔고 "두 분이세요?" 하고 물었다. 우리가 고개를 끄덕이자 그는 주문을 받지도 않고 돌아갔다.

"왜 주문을 안 받지요?"

내가 묻자 먼저 와본 적이 있는 이웃은 "아, 메뉴가 한가진데 주문은 무슨……" 하고 대답했다.

"한가지라니, 묵도 메밀묵, 도토리묵 두 종류인데 물어보지도 않아요?"

"여긴 다 메밀묵이여. 도토리묵은 떫어서 묵밥으로는 잘 안 써."

"그런데 오늘은 왜 아까부터 반말이야?"

"시끄러. 알아들었으면 됐지, 반말이나 싸래기말이나."

우리는 이런 이야기로 시간을 때우며 음식이 나오기를 기다렸다. 이윽고 두 그릇의 묵밥과 밥 두 공기, 배추김치가 나왔다. 양념으로는 푸른 고추를 썰어 간장에 담아둔 것과 고춧가루, 소금이 있었던 것 같다. 아, 풋고추와 된장이 있었다. 풋고추는 시장에서 흔히 볼 수 있는 것이었는데 된장은 콩 모양이 그대로 남아 있는, 집에서 만든 된장이었다. 나는 우선 된장을 찍어 먹어보았다. 집에서 만든 것답게 짰다. 묵밥의 육수는 고기를 삶아서 낸 듯 기름이 조금 떠 있었다.

"이거 고기로 만든 육수인가보네."

"왜, 떫어?"

"그냥 그렇다는 거지, 뭐. 이거 그쪽에서 사는 거지? 공짠데 양 잿물이라고 못 말아먹을까."

나는 양념간장을 듬뿍 넣고 잘 저은 다음 묵밥을 입에 넣었다. 그 맛은, 정말 내가 태어나서 처음 보는 맛이었다. 육수에서는 윤기가 돌아 허한 느낌을 줄여주었고 고추 덕분으로 매콤했다. 묵은 이와 싸울 생각이 없는 듯 사락사락 입속에서 놀다가 목으로 술술 잘 넘어갔다. 무엇보다 간이 잘 맞았다. 값은 기억이 나지 않지만 아주 쌌다. 이천오백원쯤?

그로부터 약 한달 뒤, 나는 서울에서 온 진객을 맞아 이 고장의 진정한 향토음식을 맛보여주겠노라고 큰소리를 치며 묵집으로 향했다. 그러나 경기도의 길은, 말 그대로 왕도의 터〔畿〕가 될 농토 사이로 종횡무진 나 있어서, 제갈량의 팔진도인 양 복잡했고 지역의 토산물인 안개로 도무지 묵밥집을 찾을 수가 없었다. 나는 백배 사죄하며 다음에는 꼭 그 집을 찾아내겠노라고, 다음에 꼭 오시라고 빌었다. 손님은 묵밥이라니, 그게 뭐 대단한 음식이겠느냐고 나를 위로하는 건지 우습게 보는 건지 모를 말을 하고는 표표히 떠나가서 다시는 오지 않았다.

그 뒤에 나는 길거리에서 우연히 묵밥이라는 간판을 내건 음식점에 들어가 묵밥을 먹었다. 산뜻하고 깔끔했다. 그렇지만 내가 아는 그 맛, 식구끼리 해먹는 그 맛은 아니었다.

어쩌면 그 집은 없어졌을지도 모르겠다. 그래도 그 집은 원조라고 나는 생각한다. 원조라고 주장할 만한 이유가 없고 그럴 생각도 하지 않는 사람들이 만든 음식, 묵밥. 그 묵밥의 원조를 나는 맛보았다. 좋은 이웃의 덕분이며 봄날의 은혜이다.

식도, 또 식도, 식격, 식칼이 있는 먹음직스러운 풍경

음식을 만들고 나누어먹으며 서로 상찬하거나 돌아앉아 타박하는 것이 사람의 일일진대는, 어떤 음식에든 인격이 개재하게 마련이다. 인격이 음식으로 표현되었을 때 그것을 뭐라 부를까. 식격(食格)? 이게 좋겠다. 또한 음식에서 깨달음을 찾고 먹는 데서 구원을 궁구하는 무리들이 걷는 길은 식도(食道)요, 그 무리는 식도(食徒)겠다.

언젠가 '묵집의 원조'에 다녀온 일을 이야기 삼아 꾀죄죄하게 글로 썼더니, 그 글을 실었던 잡지의 편집자에게서 연락이 왔다. 이리공저리공하여 바로 그 원조 묵집의 주인이 연락을 해왔다는 것이며, 내가 도무지 한번 가보고 찾지를 못했다는 말을 듣고는 안타까워하며 내 연락처를 묻더라는 것이다. 내가 연락처를 알려줘도 상관없다고 하자 이윽고 바로 그 원조 묵집의 주인장에게서 전화가 왔다. "그 원조 묵집이 바로 우리집인데 진짜 원조가 맞노라. 한번 와서 옛적의 맛을 확인하는 것이 어떠하냐"고 자못 상쾌하게 제의하는 것이었다. 그는 내게 자세한 지리를 가르쳐주었다. 나는 그 집이 내가 이따금 지나치던 길가에 있는 집인 줄 새삼 깨닫고 한번 가마고 대답했다. 그렇지만 일부러 가기에는 도시 쑥스러웠고 지나칠 일도 없어서 그냥 머릿속에 담아두었다.

그러던 중 2월 어느날, 먼길을 갔다가 돌아오는 길에 조금 돌아서 그 집으로 가보게 되었다. 내 동행은 음식이라면 못 먹는 게 없는데 그중 맛있는 거라면 불원천리하고 갈 태세가 되어 있는 모범적인 '식도(食徒)'였다. 그와 동행한 사흘 동안 이런 일도 있었다.

내가 아는 곳에 칼국수를 잘하는 집과 콩나물밥을 잘하는 집이 이삼백 미터를 사이에 두고 나란히 있었다. 아침은 또다른 기념할 만한 해장국집에서(이 해장국집의 해장국은 한마디로 세계적 수준인데, 그 수준이 무차별적이고 값싼 서민성은 세계 어디에 내놓아도 꿀리지 않는 데에서 기인한다) 먹고 점심때까지 일을 본 뒤 두 식당이 있는 곳에 도착했다. 그러고는 두 집 사이에서 한참을 고민한 끝에 콩나물밥집에 가서 콩나물밥을 먹었다. 그런 다음 다시 일백오십여 킬로미터나 되는 거리를 차로 돌아다니며 일을 보다보니 어느덧 저녁 무렵이 되었다. 그는 문득 칼국수를 먹으러 가자고 청해왔다. 내가 점심때 한꺼번에 두 가지를 먹지 못해 한탄한 사실을 기억하고 있었던 것이다. 나는 그의 배려가 눈물이 날 정도로 고마웠다. 그래서 우리는 백릿길을 멀다 하지 않고 다시 돌아가 칼국수를 먹었다. 이러니 내가 그를, 어제도 오늘도 내일도 여일하게 식도(食道)를 걷는 도반이라 아니할 수 있으랴.

각설하고, 원조 묵집은 내가 기억한 대로 어느 아늑한 산 아래 동네에 있었는데, 그 마을의 이름은 대략 경기도 안성시 일죽면 산전리였다. 산전리에는 상산전리와 하산전리가 있는데 어느 쪽이었는지, 길눈 어두운 이 인간은 기억할 수 없다.

그 집을 찾고서도 조금 헷갈렸는데, 전에 있던 담을 허물고 마당을 주차장으로 삼아서 그런 듯했다. 그 외는 근처의 다른 집과 다를 바 없는 농가의 상이었다.

동행이 차를 대는 사이 주춤거리며 가서 알루미늄 문을 열었다. 안쪽에 있던 안경 쓴 사람이 나를 보고는 "어서 오세요!" 하며 명랑하고 친근하게 인사를 하는 것이었다. 아이고, 그 순간 나는 잡지에 글을 쓴 사람이 나란 걸 알아본 줄 알았다. 그러나 그 사람은 나에게만 그러는 게 아니고 내 뒤를 따라오는 동행에게도 똑같은 어조, 태도로 인사를 하는 것이었다.

마루에는 상이 두어 개 있었고 방에도 상이 세 개 붙어 있었으며 왼쪽이 주방이었다. 우리는 방으로 들어가 앉았다. 내가 앉은 벽위쪽에 젊은 신랑신부의 결혼식 사진이 걸려 있는 게 인상적이었다. 아마 그 신랑이 내게 인사를 한 사람인 듯했다. 사진에는 없는 아기가 마루에서 할아버지와 나란히 누워 콜콜 자고 있었다.

방을 둘러보며 앉아 있는데, 젊은 주인이 물을 가져오더니 "묵밥 두 개요?" 하고 물어왔다. 우리가 고개를 끄덕이자 그는 주방 쪽으로 나갔다. 묵은 자개장이 벽 하나를 차지하고 있었고 방바닥은 식탁과 마찬가지로 깨끗했다. 점심때라 그런지 우리 뒤를 이어서 다른 손님들이 한무리 들어왔다. 곧 방과 마루의 상은 손님들로 그득하게 되었다. 할아버지가 일어나더니 어디론가 사라졌다. 아기는 그대로 자고 있었는데 손님들이 아기를 들여다보며 귀엽다, 많이 컸다, 예쁘다 하며 한마디씩 했다.

사진에 나오는 신부로 보이는 여인이 묵밥을 날라왔다. 동치미와 썬 김치, 고추양념이 반찬이었다. 넉넉하게 썰어넣은 묵밥 위에는 김과 썬 김치가 고명으로 얹혀 있었다. 묵밥을 먹기 전에 맛본 동치미는 약간 짜고 또 썼다. 덮어놓고 입에 달라붙는 공연한 애교가 없어서 좋았다.

우리 옆의 손님들은 반주로 소주 한병을 시켜 나누어 먹어가며 식사를 했다. 단골인 모양인지 주인과 "할머니는 잘 계시느냐?" 하는 등의 인사를 나누었다. 듣자하니 원조 묵밥의 창시자인 할머니는 아흔살이 넘었는데, 아직도 부엌에 나오신다고 한다.

맛은 전반적으로 전에 먹었던 것보다 강했다. 양념을 넣기 나름이겠다. 소 무릎도가니로 우려냈다는 육수는 따라나온 밥을 말아 먹기에는 조금 모자라는 듯한 느낌이었다. 전체적으로 양이 좀 많은 것 같았는데 의외로 수월하게 그릇이 비었다. 조심스럽게 동행에게 맛을 물었더니 "별미로 먹을 만하다"고 긍정적인 대답을 했다. 손님이 자꾸 닥쳐서 오래 지체할 수가 없었다.

"두부를 판다고 하셨지요?"

전화로 두부도 있다고 한 게 기억나, 계산을 하려다 내가 물었다. 젊은 주인은 그렇다고 했다. 두 모쯤 사가겠다고 하자, 부엌 안쪽에서 식칼을 든 노인이 나왔다. 나는 그 노인이 원조 묵밥의 창시자인가 싶어 바짝 긴장했다. 그러나 그러기에는 젊어 보였다. 몸뻬를 입고 있었고, 얼굴의 선이 강인했으며, 어딘가 모르게 기품이 있었다. 진작 그 노인의 상을 보았더라면 그 집의 음식에 대해 짐작할 수 있었을 것이다. 그 얼굴은 자신의 인생을 살아온 사람만이

가질 수 있는 얼굴이었다.

"두부가 좀 비쌉니다. 집에서 만드는 것이 돼서……"

노인은 경기도 특유의 아름답고 군더더기없는 말씨로 말했다. 그러고 보니 묵밥은 한그릇에 삼천원인데 두부는 한모에 삼천오백원이었다. 그렇지만 비싸다는 생각은 들지 않았다. 그 두부는 자신감과 오랜 경험에서 만들어진 특별한 두부였다. 나중에 동행에게 들으니 아주 맛있었다고, 그날 밤에 다 먹었노라고 했다. 그러면 그렇지.

꿩 대신 닭, 그러나 자존심이 고명처럼 살아 있는 세상에 단 하나뿐인 냉면

십여 년 전 직장생활을 하는 도중에 만난 사람 가운데 아직도 잊혀지지 않는 사람이 있다. 그는 냉면을 지독히도 좋아하는 사람이었다. 지금의 내 나이쯤 되었던가, 아니 조금 더 되어 사십대 후반쯤이었던가보다. 그는 사춘기에 냉면을 알게 된 뒤부터 근 이십여 년 넘게 냉면을 먹어오면서 종내는 그 세월 속에서 태어난 아들까지 냉면광으로 만들었고 부자가 합동으로 전국 유수의 냉면집을 돌아다니면서 냉면을 맛보고 점수를 매겨 1위부터 50위까지 서열을 정해두었을 정도였다. 그게 책으로 나왔다면 한국의 미슐랭가이드가 따로 있었겠는가.

그때만 해도 나 역시 냉면이라면 누구에게도 뒤지고 싶은 생각이 없던 터라 우리는 점심시간에 냉면집에서 만나자마자 즉시 냉면 예찬, 애호론에서 각자의 경험담을 다투어 늘어놓았다. 정신을 차리고 보니 우리 두 사람 앞에는 언제 날라져왔는지 냉면이 퉁퉁 불은 채 놓여 있었고 우리와 동행했던 네댓 명쯤 되는 사람들이 각자 말끔히 빈 그릇을 앞에 두고 우리를 좀 안되었다는 눈으로 바라보고 있었다. 그 뒤로도 한번 더 그와 냉면에 관한 이야기를 할 기회가 있었다. 이번에는 저녁이었다. 그러나 원래 만나기로 한 목적인 회사일은 도외시하고 얼어죽을 냉면 이야기만 하다 왔다고 다음날 회사에서 호되게 질책을 받았다. 그는 냉면에 관해 나름대로 체계적인 이론을 갖추고 있었고 한반도의 냉면 지도를 그리겠다는 야심찬 계획을 가지고 있었다. 그 지도는 전국 냉면집들의 명성과 특징, 개성, 주방장의 출신과 경력, 식당 운영 햇수 등등을 총체적으로 반영하게 될 거라고 했다. 이를테면 정통적이고 정평이 있는 냉면을 담게 될 지도였다. 나는 대구떼의 이동경로를 가지고 아시아의 역사를 새로 쓰는 판에 한반도의 냉면 지도가 왜 안되겠느냐고 그의 의견에 적극적으로 찬동했다. 그렇지만 그에게 무슨 사정이 생겼던 것 같다. 아직 그런 지도가 나왔다는 소식이 없는 걸 보면.

그가 아들과 함께 냉면 지도를 완성했다 해도 그 지도에는 절대 오르지 않았을 냉면을 나는 먹어보았다. 십오년 전, 서울의 최남단 동네의 낡은 아파트에 세들어 살 때였다. 그땐 일요일이면 도시락을 싸들고 식구들과 근처 산에 올라갔다 내려오는 게 낙이었다. 도시락은 산에서 좀 움직이다보면 진작 소화되어버리고 오후 서너시쯤 산에서 내려오면 허기까지는 몰라도 출출한 느낌은 갖게 마련이었다. 그렇다고 아이들처럼 과자를 사먹을 수도 없었고 길에

서서 음식을 사먹는 걸 극도로 싫어하던 터에 길가에 흔해빠진 떡볶이니 순대 같은 주전부리를 사먹는 것은 체면이 손상되는 일이었다.

그렇다면 뭘 먹을까. 정답은 국수였다. 국수라면 빨리 만들 수도 있고 양이든 가격이든 부담스럽지 않게 먹을 수 있다. 그런데 가까운 데서 국수를 찾으려면 시장 안 간이식당으로 들어가야 했다. 한창 산에서 맑은 공기와 양양한 햇빛을 만끽하다가 어두컴컴한 시장 안으로 들어가려니 어쩐지 내키지 않는 게 사실이었다. 그러던 어느날 눈에 띈 집이 있었다.

큰길가에 있었고 포장마차 같은 간이시설이 아닌 엄연한 식당이었다. 간판이 있었는지 없었는지 확실하지 않은데—있다 해도 글자가 다 떨어져나갈 정도로 낡아서 옥호를 알아보기가 어려웠을 것이다—나는 그 집 이름을 '쌍할머니집'이라고 불렀다. 식당에 두 할머니가 '근무'하고 있었기 때문이다. 그런데 언제나 두 할머니 중 한 할머니는 손자인지 손녀인지 몰라도 꽤나 자주 울어대는 녀석을 등에 업고 있었다. 손님이 많아 한 할머니가 '전업'으로 근무하는 동안 다른 할머니는 아이를 업고 '홀'—홀이라고 해야 탁자 네 개에 그 네 배쯤 되는 개수의 의자가 들어 있는 좁아터진 공간이다—안을 행주와 쟁반을 들고 오가며 '써비스'를 하는 '씨스템'이었다. 이 집의 메뉴는 두 가지였는데 하나는 냉면, 또하나는 삶은 닭고기였다.

냉면은 비빔냉면 단 한가지였다. 그런데 자세히 보면 비빔냉면인지 물냉면인지 구별하기가 쉽지 않았다. 메밀국수를 삶아 건져

내고 그릇에 담은 뒤에 양념과 무채, 달걀 반쪽을 얹어 내는 것까지는 여느 비빔냉면과 비슷하다. 냉면의 맨 위쪽에 닭벼슬처럼 자리잡은 것은 바로 할머니가 직접 손으로 찢어 얹은 닭고기다. 그런데 미리 바닥에 붓는 육수의 양이 꽤 많다. 면이 반쯤 잠길 정도니까. 거기다가 대부분의 비빔냉면이 그렇듯 얼음이 띄워진 찬 육수가 담긴 밥사발이—물잔이 아니다—따로 나온다. '비빔'과 '물'의 구별이 불분명한 막국수에 가까운 형식이라고 할까. 육수는 좀 짰다. 할머니들이니 소금을 많이 넣고도 짠 줄 몰라서 그럴 거라고 우리는 추리했다. 그래도 균형잡히고 담백하면서도 풍부한 맛이었다. 도대체 어떻게 이런 맛이 났을까.

그 비밀은 닭고기에 있었다. 본디 냉면의 본향인 이북에서는 냉면 육수를 낼 때 꿩고기를 쓰는데 그 잘난 꿩이, 아무리 변두리라해도 서울에서 쉽게 구해질 리 없었다. 그래서 꿩 대신 닭이 불려나온 것이었다. 두 할머니 모두 고향이 이북이라 그런지 냉면을 만드는 법은 제대로여서 닭고기를 쓰되 기름을 깨끗이 걷어내어 느끼한 맛이 전혀 나지 않도록 했다. 그러고도 남는 닭고기는 두 할머니를 사모하여 찾아드는 주변 할아버지들의 안주로 충당되었다. 할아버지들은 거의 매일 하나 내지는 두 개의 탁자를 차지하고 앉아 담배를 아무데나 버린다, 쓸데없이 참견한다, 앉아 있는 새 더 늙었다 등등의 구박을 받아가면서도 육수가 빠져나가 맛도 없이 질기기만 한 닭고기와 함께 탁자에 세워진 소주병처럼 꿋꿋이 버티고들 계셨다. 그 안주가 맛이 있었을까. 나는 먹어보지 않아서 모르지만 그리 맛있을 것 같지는 않았다. 값도 그리 비싸지 않았

다. 반면에 냉면값은 주변 어느 식당과 비교해도 결코 싸지 않았다. 냉면은 두 할머니의 자존심이 걸린 음식이자 그 집의 주메뉴가 틀림없었다. 그래도 남는 장사였는지는 모르겠다. 할머니들의 등에 업혀 있던 아이가 누구의 아이였는지도.

그 할머니들, 살아 계신다면 연세가 여든은 훨씬 넘어 아흔에 육박할 것이다. 물론 그 식당은 없어졌다. 이 사실은 몇달 전에 확인한 것이다.

일상에서 자주 부딪치는 사물이나 자주 먹게 되는 음식에 결부된 사람들은 좀체 잊혀지지 않는 법이다. 나는 뜻하지 않게 맛있는 냉면을 먹을 때마다 냉면 지도를 그리겠다고 한 사람을 떠올린다. 그리고 그 지도에 들어가지 않은, 결코 들어갈 일이 없는 내 마음속의 냉면들을 함께 떠올리게 된다.

우리는 우리끼리

❖ 냉면

| 냉면광 | 내 주변에는 냉면광들이 많다. 그들의
특징은 오랜만에 만나서, 점심으로 뭐 먹을까 하면 즉시 "냉면이
지, 먹을 게 뭐 있다고"라고 대답하거나(저녁에도 마찬가지다) 몇
년 만에 전화를 했어도 바로 어제 만났던 사람처럼 다정하게 "우리
○○냉면 먹으러 가야지" 하는 식으로 말한다(죽어서도 마찬가지
일 것이다). 내가 아는 한 어떤 음식도 냉면처럼 열렬한 신도를 거
느리고 있지 못하다. 비빔밥, 육개장, 찰떡 뒤에 '광'자를 붙였다
떼보면 냉면의 위대성을 쉽게 알 수 있다.

음식 이름 뒤에 '광'을 붙일 만한 것은 그 음식이 그만큼 중독성
이 있어서일 것이다. 도대체 냉면에 무슨 맛이 있기에 사람을 중독
시키는가.

1930년대 초반에 쓴 김유정의 글에 전차 차장이 일이 끝나면 냉면이나 한그릇 먹고 들어가자고 생각하는 것이 나오는 걸 보면 그때도 이미 냉면이 겨울 밤참으로 서울을 지배하고 있었다. 겨울에 먹는 냉면이 맛있다는 건 몇년 전 텔레비전을 보다가 알게 됐다. 서울 근처 동네에서 냉면만 전문으로 해왔다는 어느 식당 할머니가 "냉면은 겨울에 먹어야 돼"라고 했기 때문이다. "메밀이 햇거걸랑은."

그런데 냉면 맛은 메밀로만 결정되는 게 아니다. 육수는 물론 중요하고 냉면김치, 달걀에 편육도 상당한 비중을 차지하며 식탁 위에 양념통이 제대로 갖춰졌는지도 무시할 수 없는 기준이다. 간장, 식초, 겨자, 고춧가루에 결정적으로는 설탕이 있느냐 없느냐에 따라 그 식당의 전문성이며 수준이 결정된다는 식이다.

간단한 듯하면서도 이토록 까다로운 음식이 없고 전문가를 자처하는 사람이 많은 음식도 따로 없다. 다른 음식점과 달리 냉면집 앞에서는 줄을 서도 별로 억울하지 않다. 금방 차례가 오기 때문에.

내 주변의 냉면광들은 어디의 어떤 냉면이 맛있다 하면 한 다섯 시간 차를 몰고 가서 십오분 동안 곱빼기에 사리까지 먹고 다시 다섯 시간 동안 차를 타고 근래에 경험한 이런저런 냉면 이야기를 하면서 돌아오는 사람들이다. 지방에 사는 사람은 아무래도 정보나 기회에서 서울 사는 사람들에게 밀리게 마련이고 그 대신 자신이 사는 동네에서 어떻든 좋은 냉면을 발견하려고 애를 쓴다. 그 냉면이 조금이라도 사줄 점이 있다면 삼천리 강토가 병동인 '냉면 신경 정신과 환자' 동지들에게 침을 튀겨가며 그 작은 미덕에 대해 두고 두고 홍보를 한다. 그 냉면의 맛이 자신이 사는 동네, 심지어 자신의 인격에 대한 평가와 직결된다는 것을 알기 때문이다.

오륙년 전부터 지방 소도시 농촌마을에 살게 된 L은 자신의 집에서 가장 가까운 곳에 있는 인구 삼사만의 읍에 최소한 하나쯤은 제대로 된 냉면집이 있을 거라고 생각했다. 그리하여 샅샅이 뒤진 끝에 그럴싸한 식당을 하나 발견했다. 그 식당은 1) 가정집을 개조한 곳으로 2) 재래시장의 뒷골목에 있었고 3) 아주 낡았으며 4) 대머리인데다 늘 얼굴에 웃음기가 감도는 주인 등, 그가 생각하는 전문적인 냉면의 요건을 어느정도 갖추고 있었다. 결정적으로는 그날따라 '냉면 전문'이라는 그 냉면 깃발의 '전문'이라는 말이 문자에 민감한 그의 발길을 잡아끌었다. 요새는 김밥집, 분식집, 심지어 중국집에서도 냉면을 팔긴 하지만 그런 곳에서는 감히 '전문'이라는 말을 붙이지 못한다는 것이었다.

그는 식당 안으로 들어서자마자 냉면을 주문했다. L은 냉면의 종류에는 물냉면과 비빔냉면, 회냉면에 칡냉면, 야콘냉면이 있고 응용으로 섞기미냉면이나 물비빔냉면이 있다는 등의 대도시 거주 냉면광들의 신경질적인 이론을 전혀 용납하지 않는다. 그는 냉면 전문식당에서 먹을 수 있는 냉면은 오로지 평양식 물냉면, 그 하나뿐이라고 단언한다. 메밀이 주재료로 감자나 고구마 전분이 들어가는 함경도식 냉면과는 달리 앞니로도 툭툭 잘 끊기는 물냉면은 면 외에 육수, 달걀, 편육, 무절임, 배, 오이채 등으로 구성되어 있고 식초와 겨자 외의 첨가물은 일체 인정되지 않는다. 어떻든 그가 주문한 냉면을 만들기 위해 파리채를 들고 있던 식당 주인은 주방으로 갔다.

 늦은 오후라 그런지 다른 손님은 하나도 없었다. 그는 내가 좋아하는 비빔냉면처럼 달착지근하게 입에 달라붙는, 수준 이하의 냉면에 길이 든 지역 사람들에게는 그리 인기는 없지만 어떻든 냉면에 '전문'임을 내세울 만한 비범한 무엇인가가 있어 어려운 여건 속에서도 그 무엇을 지켜내야 하는 고독한 책무를 수행하고 있기 때문에 손님이 없는 것이라고 이해했다. 벽에 종이로 급히 써붙인 듯한 특육계장('보통 육개장'이 아닌), 돌솥비빔밥 따위의 식단에 대해서는 진짜배기 냉면을 지키기 위해 조금은 타협을 해야 하기 때문에 그렇게 한 것이라고 생각했다.

 화장실은 주방 곁을 통과해서 뒷문을 지나 마당으로 들어가서 있었다. 주방 옆을 지나며 그는 무엇인가 끓이고 있는 주인을 보았다. 깨끗하다고 하기는 힘든, 좋게 말해 전통적인 풍정을 온존하고 있는 화장실에 갔다오면서 그의 발걸음은 본능적으로 느려졌다.

 냄비에는 물이 끓고 있었고 그 물에 주인이 막 집어넣은 면이 삶기고 있었다. 나 혼자만을 위해서 특별한 도구를 쓰는구나, 하는 감동에서 그가 빠져나오기도 전에 주인은 면을 꺼냈던 비닐봉지를 머리높이의 선반에 턱 얹어놓았다. 그리고 그 봉지에서 꺼낸 또다른 자그마한 봉지──우리가 라면을 끓일 때 함께 첨부된 자그마한 봉지와 비슷한 크기의 봉지를 토끼를 연상케 하는 큰 앞니로 찢었다. 이어 냉면 그릇에 수돗물을 따르고 봉지 안의 가루를 넣고는 굵직한 손가락으로 휘젓기 시작했다. 한손을 허리에 얹고 도닦는 사람처럼 지그시 먼산을 보며 손가락을 휘젓는 그 모습을 말로 표현하자면 '내 입에 들어갈 거 아니니까'라고 한다. 그는 선반 위의 비닐봉지에 적힌 글자까지 보고 말았는데 그건 그가 가끔 집에서 해먹던 'ㅊㅅ냉면'이었다. 그게 그나마 가게에서 포장해서 파는 냉면 가운데서는 전통이 가장 오래된 것이라고 했다.

"그래도 그 상표가 면에서 메밀 함량이 기중 높은 기라."

그는 말했다. 그래도 함량이 십 퍼센트 미만이라는 걸 우리는 알고 있다. 그 메밀이 중국산이라는 것도.

언젠가 가짜 냉면 육수를 전국 식당에 배달 판매하던 공장이 적발되었다. 그 육수라는 것이 고기의 육(肉)과는 별 상관이 없는, 일본에선가 수입한 조미료를 물에 풀어서 판매했다는 것을 알게 되면서 우리는 한동안 육수를 자체적으로 만들지 않는 곳에는 가지 않았다. 사실은 못 갔다. 우리는 환자니까 안 가는 경우는 없다. 금단증상으로 울면서 못 갔다.

얼마 전 냉면광으로서는 자격이 부족한 내가 황송하게도 동지들에 앞서 냉면의 수도라 할 수 있는 평양에 가게 되었다. 막상 가보니 평양에는 냉면이 없었다,고 한다면 동지들은 거품을 내뿜으며 쓰러질지도 모른다.

동지들, 냉면은 없었지만 랭면은 있었습네다. 기냥 랭면도 있구 평양랭면도 있었댔시요. 다시 먹는 이야기를 인차 하게 되면 랭면 이야기부터 하갔습네다. 조금만 기다리시라요.

| 가만히 먹는 랭면, 와락 먹는 냉면 |

동지 여러분, 평양에서는 우리가 냉면이라고 알고 있는 음식을 '평양랭면'이라고 불렀습니다. 5박 6일의 일정, 열다섯 끼를 먹는 동안 제가 먹은 랭면은 여덟 그릇이었습니다. 이 정도로는 우리 냉면 광 동지들의 기대에 미치지 못할까 싶어 북에 머무는 내내 한그릇, 한올의 냉면이라도 더 먹으려고 진력했습니다만 일정상 여러가지 제약이 있는데다 함께 이동하는 사람들이 많아 마음대로 할 수가 없었습니다.

인천공항에서 출발한 고려항공 전세기는 오십분 만에 평양 순안 공항에 도착했습니다. 평양의 최고급 호텔이라는 고려호텔에 도착한 시간은 두시가 넘었고 일층 로비에서 한복을 입은 종업원들이 박수로 우리를 맞았습니다. 곧장 식당으로 가서 늦은 점심을 먹게 되었는데 식당 입구에 씌어 있는 글자가 '랭면'과 불고기였습니다.

이미 준비가 되어 있었던 듯, 흰 식탁보가 깔린 탁자 앞에 앉자마자 지체없이 김치와 녹두지짐이 날라져왔습니다. 김치는 남쪽의 배추김치와 백김치의 중간쯤이라고나 할지, 아니 배추김치에 가까운데 물이 많은 김치로 한사람이 먹을 만한 양이 그릇에 담겨 있었습니다. 젓갈을 쓰지 않은 듯 맛은 담백했고 고춧가루의 붉은색은 옅고 흐린 편이었으며 약간의 신맛이 느껴졌습니다. 녹두지짐은 평양에서 자랑하는 음식 가운데 하나라고 하더군요. 아이 손바닥만한 크기로 두 장이 나왔는데 돼지비계와 씻은 김치, 파, 마늘의 맛이 느껴졌습니다. 이어서 불고기가 나왔지요. 남쪽의 일인분에는 조금 못 미칠 듯한 양이었습니다. 양념에 재어 물기가 많은 것을 끓여먹다시피 하는 남쪽 불고기와 달리 양념을 고기에 발라서 제대로 구운 것 같았습니다. 제주도 형님 말마따나 전복죽에서 전복을 건져내고 죽만 먹던 제가 고기 맛을 어찌 알겠습니까만 덮어 놓고 입맛에 영합하려 하지 않는 깔끔한 맛이었습니다.

드디어 평양랭면이 나왔습니다. 놋그릇에 담긴 평양랭면은 이인 분이 이백 그램이라고 합니다. 추가를 하면 백 그램이 더 나옵니다. 물론 저는 첫번째 냉면 그릇이 놓일 때 추가 주문을 했습니다. 메밀국수 사리는 생각보다 가늘었고 색깔은 짙은 회색이었습니다. 언젠가 뉴욕 형님이 면은 서울 마포의 '을밀대'의 것이 가장 나은 것 같다고 하셨는데 그에 비하면 삼분의 이쯤의 굵기였습니다. 을 밀대 면처럼 평양랭면의 면도 이로 끊기는 합니다만 예상보다는 질겼습니다. 가위는 보이지 않았고 저도 자를 생각은 없었습니다. 얌전하게 놓인 국수사리 위에 먼저 쇠고기와 돼지고기 편육이 놓였고 그 위에 버들잎 모양의 배와 오이, 그리고 달걀지단을 마름모 꼴로 썬 것과 실처럼 가늘게 썬 것―실닭알이라고 합니다―을 얹었습니다. 남쪽의 냉면김치처럼 김치가 꾸미로 얹혀 있었는데 때에 따라 동치미에서 통배추김치, 무김치, 오이를 바꿔가며 쓴다 고 합니다. 소, 돼지, 닭을 삶아서 기름을 걷어내가며 끓인 것을 소 금으로 간을 맞추고 간장으로 연한 밤색이 나도록 한 육수에 7 대 3의 비율로 동치밋국물을 섞어서 만든 국물을 사리가 삼분의 이쯤 잠길 정도로 부었습니다. 겨자와 식초가 기본양념으로 나왔지요.

먹어본 사람들의 말에 의하면 평양랭면을 먹을 때는 꾸미를 가 만히 밀어젖히고 국수에 곧바로 식초와 겨자를 양념해서 먹는 게 제격이라 합니다. 겨자나 식초를 그다지 좋아하지 않는 저는 배를 건져먹고는 와락 국수에 꾸미를 비비듯이 섞어서 국물에 풀어버렸습니다. 입에 들어온 평양랭면의 첫맛은 익숙한 듯하면서도 낯설었고 낯선 것의 정체가 무엇인지 알아내기도 전에 모든 국수가 그렇듯 목구멍으로 술술 넘어가버렸습니다. 그 다음에는 젓가락에 걸린 국숫가닥을 붙들고 입을 최대한 오므려 빨아들이듯 했는데 그게 냉면을 제대로 먹는 방법이라는 말을 고향이 북쪽인 털털이 형님에게서 들은 적이 있기 때문입니다. 국물의 온도를 13도에서 15도로 한다고 하던가요. 알맞게 시원했고 간도 잘 맞았습니다. 첫번째 그릇을 먹을 때는 열렬한 탐구심에, 두번째로 나온 백 그램짜리 귀여운 놋그릇 냉면을 먹을 때는 마침내 우리 냉면, 그 시원의 잃어버린 고리를 찾은 것 같다는 흔연함에 목젖이 다 떨려왔습니다.

동지들, 우리가 동의한 바대로라면 서울에는 을밀대, 우래옥, 을지면옥, 필동면옥, 평양면옥, 함흥면옥, 강서면옥이 있지 않습니까. 지방의 명가들은 일단 빼고 말입니다. 그런데 평양랭면과 같은 것은 어디에도 없었습니다. 우리는 평양랭면의 환상을 먹어온 것일까요?

이튿날 점심때 폭염 속에 시내를 돌아다닌 끝에 드디어 옥류관에 갔습니다. 옥류관은 사진으로 많이 보셨겠지만 콘크리트로 지은 기와집 모양의 큰 건축물입니다. 계단을 통해 이층으로 올라가던 저는 복도에서 평생 잊지 못할 장면을 목격했습니다. 병원에서 식사를 나를 때 쓰는 것 같은 수레에 수백의 놋그릇에 담긴 냉면이 운반되고 있었습니다. 수레를 밀고 가는 사람은 역시 분홍색 한복을 입은 여종업원이었고 놀란 제가 그 앞에 멈춰서자 미소를 짓더군요. 저는 그만 목이 메어버렸습니다. 여종업원이 아름다워서 그

랬던 건 아닙니다. 무더위 속에 길가에 앉거나 서거나 하며 기다리면서 우리에게 손을 흔들던 평양 시민들 생각이 나서였는지도 모르겠습니다. 저는 그 수레를 본 것으로 옥류관의 냉면은 이미 먹은 것이나 다름없다고 생각했습니다.

그럼에도 불구하고 옥류관 냉면의 맛을 물으신다면 고려호텔 냉면의 맛과 그리 다르지 않다고 말씀드릴 수 있습니다. 국물은 약간 심심한 듯하기도 하고 양이 다소 적기도 한데 그 국물을 다 마신다고 생각하면 염분의 양은 결코 적지 않을 것 같습니다. 국물이 모자라다고 신호하면 그 우아한 종업원들이 한복자락을 휘날리며 주전자를 들고 달려옵니다. 한꺼번에 사백 그램을 주문하면 쟁반처럼 굽이 있는 그릇에 담겨나오는 것 같았습니다. 어떤 사람은 고려호텔의 냉면이 더 맛있다고 했고 어떤 사람은 그 다음에 먹었던 민족식당의 냉면이 매콤한 게 입맛에 맞는다고도 했습니다.

남쪽으로 돌아와서 저는 며칠 동안 하루도 빼놓지 않고 이름없는 냉면을 먹었습니다. 집 근처의 분식집에서도 먹고 시장에서도 먹고 북의 냉면 계보에는 보이지 않는 비빔냉면도 먹었습니다. 심지어 옥류관이라는 이름을 쓰고 있는 냉면전문점에 가서도 먹어보았습니다. 평양랭면과 같은 냉면은 없었습니다. 그 냉면은 그 나름대로의 냉면이었습니다.

그러고 보니 같을 이유가 전혀 없군요. 그게 우리의 가치관인지도 모르겠습니다. 원조가 있고 본산이 있어 그것을 존경하긴 해도 우리는 우리끼리 맛있는 것을 찾고 만들어서 먹는 쪽이지요. 중앙집권적인 체제 안에 살며 주어지는 대로 평양랭면을 먹는 사람들은 우리와 견해가 다른 것 같았습니다. 서로 다른 거지, 누가 틀린 건 아니겠지요? 통일은 좋지만 자기 좋은 걸 일방적으로 버리거나 버리게 하거나, 한쪽의 것으로 다른 것을 억압하고 깔보는 건 나쁜 거겠지요? 냉면에도, 랭면에도 삼라만상을 부드럽게 화육하는 순리가 들어 있는 것 같습니다.

국수 살롱 싸롱 국시

　　　　　　　　　봄은 남쪽에서 온다. 또 봄은 어린것들
에게 먼저 온다.

　며칠 전 남쪽 마을 서귀포에 다녀왔다. 그곳에 시 까페라는, 요
즘 보기 드문 '문학살롱'을 연 분이 있어서이다. 제주도에 가는 이
유의 반은 국수 때문이라고 하는 L선생이 제주에 내려와 있어서
자연스럽게 서귀포 시내의 국수식당으로 가게 되었다. 일행은 다
섯이었는데 나는 비빔국수를 먹었고 세 사람은 멸치국수, 한 사람
은 고기국수였다. 멸치국수는 멸치로 국물을 내서 먹지 멸치 자체
를 먹지는 않는다. 고기국수는 고기로 국물을 낼 뿐 아니라 그 고
기를 함께 먹는다. 제주도에서 '고기'는 조랑말도 소도 아니고 요즘
인기있는 갈치나 고등어도 아니고, 돼지다. 초행자가 고기국수를

먹기는 쉽지 않다. 십수년 전 제주도에 들어와 살고 있는 사람도 몇년 전부터 먹기 시작했다고 한다. 비빔국수는 여느 지역의 비빔국수와 별반 다르지 않았는데 곁들여서 주는 멸치국수 국물이 괜찮은 편이었다. 국숫집을 나와 L선생에게 방금 먹은 국수 맛에 대해 품평을 청하자 그는 모든 분야의 전문가들이 그렇듯 간단명료하게 말했다.

"나는 제주도에서 춘자싸롱 국시말고는 국시로 안 보네."

'춘자싸롱'은 룸살롱이나 17,8세기 프랑스의 문학살롱 같은 게 아니라 식당 이름이다. 아니 식당 이름이라고 단정할 수 없다. 그 식당에는 간판이 없으니까. 메뉴는 오로지 멸치국수 하나뿐이다.

내가 알기로 음식을 먹고 마실 수 있는 곳을 '싸롱'이라고 부르는 경우는 하나 더 있다. 서울 양평동에 사는 시인 김정환의 집앞 대로변에 있는 '내외싸롱'이 그곳인데 골뱅이무침과 삶은 계란 안주에 맥주를 한병 이천원 정도의 실비로 먹을 수 있는 곳이다. 그런데 그곳에는 엄연하게 '내외슈퍼'라는 간판이 달려 있다. 내외슈퍼의 주인은 물론 함께 상근하는 '내외'다. 그럼 춘자싸롱의 주인은 춘자일까. 같은 이름의 손위친척이 있는 내게는 민망하게도 그렇다고 한다. 사십대 이상에 흔한 봄춘(春), 아들자(子)라는 이름이다.

단골들에 의하면 이 집 여주인은 전화를 걸면 "나 춘잔데" 하고 말을 하기 시작하더라는 것이다. 그러니까 내외싸롱이 그렇듯 주인이 이름을 붙인 게 아니라 단골 중 하나가 지어붙인 옥호다. 때로는 '춘자국수'로 불리기도 하고 '춘자싸롱에 춘자국수 먹으러 갈까' 하는 식으로 구분되어 쓰이기도 하는데 싸롱 주인장이 정작 그런 이름을 아는지 모르겠다.

춘자싸롱은 제주도 남쪽의 표선면 면사무소 앞 버스정류장 근처에 있다. 도로에서 조금 안쪽으로 들어간 곳에 있는데 지붕이 검은 보온덮개로 덮인 재래식 가옥 앞의 블록집이다. 집앞에 난데없는 소파가 하나 있으므로 그걸 표식으로 삼으면 된다. 유리문 안으로 들어서면 나무탁자 양쪽으로 한번에 여남은 명은 앉을 긴 의자가 있고 국수를 삶고 헹굴 수 있는 수도시설과 양동이, 큰 대야가 있으며 양은냄비가 가지런히 쌓여 있다. 주문을 하면 즉각 그 냄비에 국수가 일인분씩 담겨나온다. 국수를 미리 삶아 사리로 해놓고 국물도 미리 준비해서 일정한 온도로 데우고 있다가 손님이 오면 냄비에 담아주는 방식이다. 국수 한 그릇 가격은 이천원, 곱빼기는 삼천원이다. 어김없이 곱빼기를 먹는 L선생으로서는 멸치국수 한 그릇 값이 삼천원인 셈이다. 지역 경제사정이라든가 전국적인 물가수준에 비추어 결코 싸다고 할 수 없다. 중요한 건 세상 어디에도 없는 그 맛이다. 그는 바로 그 맛 때문에 가격을 감내하고 있다. 도대체 무슨 맛일까.

춘자국수는 일단 국숫가닥이 굵다. 제주도에서 주로 팔리는 국수의 면 자체가 좀 굵지만 춘자국수는 일반 소면의 1.5배는 되지 싶다. 미리 삶아놓기 때문에 국수가 불어서 그런 것 같다. 국수를 막 삶아냈을 때 가면 비교적 가늘고 쫄깃한 국수를 먹을 수도 있겠지만 L선생은 평소에도 면이 퍼진 것을 좋아하므로 문제는 없다.

시장의 그릇가게에서 흔히 파는 양은냄비는 특별히 새로울 건 없지만 자연스럽게 닳았다. 따라나오는 깍두기는 조금 시고 국수에는 파와 고춧가루를 듬뿍 뿌려준다. 공간 곳곳에 배어 있는 냄새, 조용조용한 주인의 말씨가 모두 그 국수 맛을 구성한다.

하지만 맛의 핵심은 역시 국물에 있다. 서울의 잔치국수에 비해 국물이 굉장히 진하다. 멸치국수 국물은 남쪽 바닷가, 특히 부산·경남 쪽이 진한 편인데 L선생 역시 경남 출신이다.

어느 때인가 국수라면 일가견이 있다는 사람들이 모인 자리에서 춘자국수의 국물에 관한 쎄미나가 열렸다. 장소는 표선면의 모처 농장이었다. 그들 중 두 사람은 농장에서 공사를 할 때 춘자싸롱에 미리 몇만원의 선금을 줘놓고 할인을 받으며 하루도 빠짐없이 그 국수를 먹었다는 광신자였다. 나는 쎄미나 초장에 국수의 국물 맛은 간장과 물에 있다는 설을 꺼냈지만 전혀 호응을 얻지 못하고 그 뒤로는 그들끼리의 논쟁을 지켜볼 수밖에 없었다. 남녘 출신 사나이들이 주축인 쎄미나는, 국수 하나를 가지고 한다고 하지만, 열정적이고 진지하고 무엇보다 집이 떠나갈 듯 시끄러웠다. 하여간 그렇게 먹고도 뭐가 들어 있는지 모르는 국물이라면 뭔가 남다른 게 있지 않을까. 그 맛의 비밀을 결국 알아낸 집념의 사나이가 있었다.

춘자씨는 국물 맛의 비밀에 대해, 만의 하나 경쟁자가 될 수도 있는 남정네에게 말하려 하지 않았다. 그가 수십인분의 국수를 더 먹어주고 현생에서는 국숫집을 내지 않겠다는 맹세를 하고 난 뒤 비로소 춘자씨는 국물에 들어가는 재료를 딱 한가지 더 말해주었다고 한다. 그것은 제주도에서만 나는 어떤 물고기 새끼라고 한다. 그러니 제주도 밖에서는 그 맛을 볼 수 없는 것이다. 제주도에서도 아는 사람만 그 맛을 볼 수 있는 것이다. 바로 이런 게 비범성이 아닐까.

　오전 아홉시쯤 표선면에서 공항으로 가는 버스를 타기 전에 춘자씨 댁에 들렀지만 문이 닫혀 있었다. 전날 밤부터 그렇게 먹으려고 별렀던 국수였지만 이번 길에는 먹지 못했다.

　봄은 슬쩍 맛보았다. 표선면 세화리 앞 연청색 바다, 초병의 이를 악물게 하는 바람으로. 무슨 물고기인지 몰라도 그 물고기 새끼에 봄이 들면 춘자국수도 더 맛있어지겠다.

가을낮 마법의 길에서

비빔국수

가을은 유난히 시간의 흐름이 빠르게 느껴지는 계절이다. 황금 햇살과 푸른 하늘, 단풍과 낙엽이 힘겹게 얻어지는 것과는 달리 너무 쉽게, 아쉽게 단숨에 사라져버리는 듯한 느낌을 주는 것이다. 그래서 허기가 자주 지는 것일까?

대략 스무 해 전부터 가을만 되면 내가 들르는 식당이 있다. 가을햇살이 유난히 강한 강화도의 비빔국수집이다. 가을과 비빔국수를 찾아가는 여행길은 이렇다. 신촌에서 시외버스를 타고 강화 버스터미널에서 내려 버스 뒤쪽, 그러니까 북쪽으로 스무 걸음쯤 걸어가서 왼쪽으로 서너 걸음 이동해서 보면 김이 뿜어져나오는 가파른 지하계단 입구와 맞닥뜨린다. 그 안으로 들어가면 오른쪽으로 무엇인가 끓고 있는 솥들이 보이고 낡은 탁자 예닐곱 개가 있는

지하가 나타난다. 늦가을에 딱 알맞게 따뜻한 국물을 곁들여 김이 듬뿍 뿌려진 비빔국수를 먹고(세 계절이나 기다려온 까닭에 곱빼기를 주문한다) 나와서는 다시 전등사로 가는 버스를 탄다. 전등사 입구의 산길을 기웃거리다가 몸을 돌려 초지진까지 몇 킬로미터인지 재본 적이 없는 길을 설렁설렁 걸어간다.

내 생각에 봄은 동쪽에서 오고 가을은 서쪽으로 갈수록 깊어지다가 바다로 가버리는데 이래서 한반도의 서쪽을 대표하는 강화의 가을이 유난히 의젓하고 황홀한 것이다. 황금빛 가루가 잘게 부서져내리는 듯한 길 위에 빨간 고추들이 마르고 있고 코스모스, 또 코스모스처럼 예쁜 아이들이 바람에 흔들거리며 서 있거나 어디론가 가고 있다. 한가하고 때로 지나치게 아름다워서 가벼운 슬픔의 습격에도 신음이 새나오는 부드러운 살결 위를 걷는 듯한 시간이 지나면 개펄을 향해 청동빛 대포를 겨누고 있는 초지진에 도착한다. 거기서 바다와 햇빛의 비린내 나는 향연을 훔쳐보다보면 강화 버스터미널로 가는 버스가 온다. 저물 무렵에 휘청거리는 길을 따라가는 버스를 타고 터미널로 돌아온다. 그리고 또 비빔국수. 이번에는 내년 가을까지의 추억을 위한 곱빼기다. 양이 그리 많지 않은 나인데도 하루에 두 번씩이나 곱빼기를 먹는 건 거의 모험이나 다름없지만 수십년 동안 한번도 탈이 난 적은 없다.

작년까지 스물여덟 해 동안 국수를 해왔다는 할머니. 까까머리 고등학생 시절부터 한 해에 한두 번씩 얼굴을 대해와서 잘 아는 사이처럼 느껴지기도 하지만 내가 그렇다는 것뿐, 동글동글한 인상에 어딘가 기품이 숨어 있는 느린 말투의 그 할머니는 갈 때마다 새로 온 손님처럼 인사를 받아준다. 이따금 내가 집에서 흉내내본 강화 비빔국수 요리법은 이렇다. 소면을 커다란 솥에 한꺼번에 삶아내어 말아두고 멸칫국물을 우려내어 식힌다. 간장, 고춧가루, 열무김치에 사각거리는 느낌이 나도록 설탕을 치고 입맛을 개운하게 하는 김을 듬뿍 얹어 비벼먹는다. 약간 신맛이 도는 담백한 맛의 김치를 곁들이는데 말이 쉽지 한두 번 흉내를 낸다고 해서 제대로 될 리가 없다. 맛이라는 건 시기, 색깔, 연륜, 기대, 냄새, 인생관 기타 등등의 수많은 함수를 직감적으로 풀어낸 결정체이기 때문이다. 수십번을 가다보니 그때그때 동행들이 생겼다. 국수 때문에 함께 간 사람도 있고 가을 때문에, 또 심심파적을 위해 간 사람도 있다. 그들 가운데 내가 인도하는 가을낮 마법의 길을 따라다니다가 결국은 나처럼 곱빼기를 태연하게 먹어치우는 대식가가 된 사람도 적지 않다.

올해의 강화는 어떨까. 비빔국수는? 몇해 전부터 자가용의 행렬이 줄을 잇는 바람에 좁은 다리가 터져나갈 지경이 되어 새로 다리를 지었다. 길은 4차선으로 넓혀졌는데 길가에 부쩍 늘어난 갈비집, 토종닭집, 또 횟집 들이 멀리 갈 것 없다고 확성기로 소리를 치는 것 같다. 힘들게 가서 기껏 국수를, 그것도 미욱스럽게 곱빼기로 먹다니?

나 때문에 국수광(狂)이 된 일당에게 슬픈 소식을 하나 전해주어야겠다. 강화 버스터미널이 철거됐다. 새로 짓는 것인지 다른 건물을 짓는 것인지는 알 바 없지만 터미널에 드나드는 손님들을 상대하는 비빔국수집도 문을 닫았다. 가을의 초입에 달려가보니 비빔국수라는 낡은 간판만 덩그러니 남아 있다가 울상을 한 국수 미치광이 하나를 내려다볼 뿐이었다. 일당이여, 혹시 세상 어디선가에서 그 할머니, 그 국수를 만난다면 나를 기억해주시기를.

(최근 확인한 바로는 원래 있던 곳에서 스무 걸음쯤 안쪽으로 옮겼다. 맛은 변하지 않았으나 훨씬 깨끗해지고 넓어졌다. 고마운 일이다.)

자존심과 자부심

❖ 월남국수

　　　　　　월남, 정확히는 우리를 남한으로 지칭
하듯 남부베트남으로 불러야 할 그 월남이 패망한 뒤 보트피플이
되었던 사람들이 서울 낙원동 주변에 모인다는 말을 부근에 사무
실이 있던 사람으로부터 들은 적이 있다. 내가 그곳에 처음 갔을
때인 1980년대 후반에는 보트피플의 흔적은 없었다. 물론 보트도
없었다. 월남사람처럼 보이는 사람은 있었다. 비내리는 저녁, 시큼
한 땀냄새, 작고 동글동글한 얼굴에 큰 눈을 두리번거리며 조용히
아이의 어깨를 붙들고 사라지던 뒷모습이 내게 남아 있는 월남 사
람들의 인상이었다. 그때 비를 피해 들어간 낙원상가 지하시장 한
구석에서 국수를 먹었기 때문에 '월남사람+시장국수'에서 사람과
시장은 빠지고 월남과 국수만 남아서 내 뇌리 한구석에 월남국수

의 이미지를 형성했던 것 같다. 정작 월남국수를 먹게 된 것은 세기가 바뀌어 2001년이 되어서였다. 통일베트남의 수도 하노이에 갔던 길이었다.

호텔 근처 뒷골목에서 먹어본 월남국수는 내가 짐작해오던 것과 크게 다르지 않았다. 물론 그건 나만의 느낌이고 함께 간 십여명의 사람들 가운데 절반 이상이 고수 비슷한 냄새가 나는 향초(香草)와 맑은 젓갈 비슷한 '느억맘'을 못 견뎌했다. 어떤 사람은 국수만 살짝 건져먹고 월남국수에 으레 따라붙는 숙주나물과 향초, 맵디매운 남방산 고추, 찢은 닭고기에는 손도 대지 않는 것이었다. 음식을 꽤 가리는 편인, 어쩌면 일행 중 가장 음식을 가릴지도 모르는 내가 국물 한방울 남기지 않고 깨끗하게 그릇을 비운 사실에 내가 놀랐다.

국수가게의 의자는 우리나라 초등학생들이 앉으면 적당할 높이와 크기의 동그란 간이의자였다. 의자도 작으면 귀여운 줄 처음 알았다(돼지도 새끼일 때는 귀엽다는 것을 그전부터 알고 있었다). 그 뒤 혼자서 월남국수를 사먹으러 호텔 밖으로 나갔다. 쌀국수를 뜻하는 'PHO'라는 글자가 씌어진 간판을 발견하자마자(서너 집 건너 하나 있으니 일부러 찾을 것도 없었다) 식당 안으로 들어가서(길과 식당의 경계선이 명확하지 않아서 굳이 들어갈 것도 없었다) 월남사람들 사이에 끼여 의자의 비명을 들어가며 엉덩이를 부린 채 국수를 기다리다보니 나도 어지간히 국수에 중독됐구나 싶어 웃음이 실실 나왔다.

월남에 다녀온 뒤 서울에 있는 월남음식점에 가서 월남국수를 먹었다. 그런데 내가 하노이에서 처음 먹었던 월남국수와는 많이 달랐다. 숙주나물도 들어가고 닭고기보다 더 비싼 소고기도 들어가고 칠리쏘스도 있는데 결정적으로 그 매운 고추와 느억맘의 맛이 나지 않았던 것이다. 그러니까 미국이라는 나라가 눈물이 핑 돌도록 콧등에 한방 먹인 맵고 자부심 강한 기운이랄까 하는 게 거의 느껴지지 않았다. 알고 보니 내가 먹은 건 미국식으로 개량된 월남국수였다. 체인점도 있었다.

그 뒤 미국에 가서 대학가에서 월남국수를 몇번 먹었는데 월남 사람들이 운영하는 식당에서였다. 국수에 들어가는 고기는 소고기가 많았지만 나는 닭고기가 들어간 국수를 좋아했다. 넉넉하게 느억맘을 넣고 칠리쏘스를 뿌린 뒤 숙주나물을 뜨거운 국물에 넣어 건져먹다보면 금방 땀방울이 콧등에 맺힌다. 쌀가루를 불려서 뜨거운 판 위에 얇게 펴서 익힌 뒤 칼국수보다 가늘게 썬 면은 밀가루 면처럼 매끄럽지는 않지만 입안에서 오래 씹힌다. 이렇게 입안에 느껴지는 맛을 요새는 '식감'이라고 하는 모양인데 나는 이 수상한 한자어가 지난 세기 제국주의처럼 싫다.

처음 월남국수를 먹고 나서 한두 해 뒤 월남을 거쳐 캄보디아로 여행을 하게 되었다. 월남전 당시 미군의 북폭에서 살아남은 몇 안 되는 프랑스식 건물에 들어 있는, 수도 하노이에서 세 손가락 안에 꼽힌다는 최고급 레스또랑에 갔을 때였다. 월남은 프랑스 식민지로 있는 동안 프랑스 요리를 받아들였고 그 식당도 프랑스 요리가 전문이었다. 당연히 그 레스또랑에는 'PHO'라는 간판이 붙어 있지 않았다. 부근에도 'PHO'가 없었다. 나 역시 그곳에서 월남국수를

먹을 수 있을 거라고 기대하지 않았다. 그렇지만 먹고 싶은 건 사실이었다. 그때까지 고급음식이라면 질릴 정도로 먹었기 때문에 그쯤에서는 뒷골목으로 가서 국수 한그릇을 먹어야 살 것 같았다. 일행 중 어려운 분들이 있지 않았다면 진작 도망가고도 남았을 것이다.

요리가 나오기 시작했다. 전채부터 그때까지 다른 곳에서 먹었던 어떤 요리들보다 뛰어난 것 같았다. 베트남 사람들이 좋아하는 도미에 프랑스식 쏘스를 곁들인 생선요리를 먹으면서 나는 오른쪽 옆에 앉은 사람에게 비내리는 날 낙원동 지하시장의 국수 이야기를 살짝 했다. 앙트레로 샤또브리앙을 먹을 무렵에는 버스를 타고 오면서 함께 목도한 베트남의 비포장도로의 흙먼지 속에서 어디로 가는지 모를 엄청난 숫자의 오토바이에 관해 이야기했다. 도대체 어디로 가는 걸까, 저 끊임없는 행렬은? 혹 영원한 순환을 위해 돌고 돌고 돌고 도는 것은 아닐까, 가끔 '멤버 체인지'를 외치면서? 메추라기구이를 들고 뜯으면서도 나는 쉬지 않았다. 아침에 일을 나가기 전 집에서 밥을 해먹기보다 'PHO'에서 몇백원짜리 국수를 사먹고 돌고 돌고 또 돌다 다시 돌아와 국수를 사먹는 순환 속에 이 사람들은 살고 있지 않을까. 그 국수가 호찌민의 베트남 음식이지 최고급 식당의 프랑스 요리는 남부베트남 음식이 아니겠느냐, 호찌민의 무덤이 있는 이곳서 호찌민의 음식을 먹어야 하지 않겠느냐고 말하지는 않았다. 그냥 그럴 거라고 생각했다.

생각만으로 사람을 설득할 수는 없었지만 기적이 일어났다. 내 왼편에 앉아 있던 우리 일행의 안내인이 주방장에게 내 국수 타령을 전했고 후식이 나오기 직전, 주방장이 직접 월남국수를 가지고 나타났던 것이다. 그 식당에서는 월남국수를 만들어본 적이 없어서 밖에 나가서 국수를 사왔다고 했다. 물론 그 국수는 그 식당에서 쓰는 최고급 그릇에 담겨져 나왔다. 젓가락도 상아였다. 그래도 좋았다. 우리는 환호를 마치고 주방장의 성의, 주방장을 포함한 월남 사람들의 일상을 나눠먹었다. 역시 그 식당은 하노이에서 세 손가락 안에 꼽힐 만했다. 최고급일 뿐만 아니라 최고이기도 했다.

나를 부르는 칼국수

칼국수

만약 당신의 고향이 나처럼 경상북도 내륙이고 고향에서 특별히 내세울 만한 별미음식이 없다면, 같은 내륙 출신이라도 안동 친구가 간고등어와 헛제사밥, 대구 친구가 따로국밥을 이야기할 때 마냥 앉아만 있었다면, 집으로 가는 길에 고향에서 어린 시절 맛있게 먹었던 것이 뭔지 생각하다가 문득 칼국수를 떠올리게 될지도 모른다. 그 칼국수는 불특정 다수의 입맛에 맞게 자극적으로 표준화되고 상업화된 체인점의 칼국수와는 다를 것이다. 대한민국의 어느 지방에나 칼국수는 있고 어느 집에서도 손쉽게 만들어먹을 수 있으며 계절마다 다르고 때마다 다르니 진짜배기 칼국수의 맛이 어떻다고 말하기는 쉽지 않다.

어느날 당신은 조선시대의 영남대로이던 3번 국도를 차로 오가다 점심때와 마주칠 수 있다. 선비들이 흩어져 살던 영남 내륙의 오래된 도시라면 입맛이 고급인 그 선비들 수준에 맞는 전통음식점 몇군데는 있을 법한데 그 도시가 당신이 지나가는 줄 어떻게 알고 가슴 속 깊은 골목 안까지 불러들여 '아, 우리의 진미를 맛보시오. 오, 이걸 자시지요' 하고 권할 리 없으니 당신은 천상 그렇고그런 맛집 책자나 언론과 인터넷에서 일방적으로 정해주는 여행정보를 따라갈 수밖에 없다. 그러나 경북 하고도 북부 내륙에는 그런 안내조차 많지 않으니 길가 간판의 생김새에 따라, 허기의 강력한 지시에 따라 아무데나 들어갈 수밖에 없게 생겼다.

엄연히 국도임에도 왕복 2차선밖에 안되는(곧 공사에 들어갈 예정이라지만) 도로는 옛날 과거 보러 가는 길처럼 부드럽게 굽어지고 고개를 넘었다가 들판 한가운데 가로수가 즐비한 직선로가 되었다가 하며 느릿느릿 흐를 것이다. 이처럼 순한 지리(地理)가 순한 인문(人文)을 낳을 거라는 생각이 들 무렵, 문득 당신은 높이가 8백여 미터밖에 되지 않는데도 갑장(甲長)이라는, 어른 가운데서도 으뜸가는 사람의 아호 같은 이름을 단 산을 만날지도 모른다. 영남에서 으뜸가는 승경(勝景)을 가지고 있다 하여 그런 이름이 붙었다는 그 산자락 아래로 흘러내리는 계곡 옆에 낡은 초등학교 건물이 서 있다. 당신이 혹 그 비슷한 시골 초등학교 출신이라면 잠깐 내릴 수도 있을 것이다. 언젠가는 수백명의 아이들이 새떼처럼 재재거리는 소리를 내며 한꺼번에 뛰놀았지만 지금은 빈 터가 된 듯 적요한 운동장을 걸으며 당신 존재의 일부가 스스로 걷고 있는 흙과 숨쉬는 공기, 플라타너스를 흔드는 바람과 호환되는 것을 느낄 수도 있다. 그건 관광이나 여행이 아니고 무슨 투어도 아니고 그냥 삶일 것이다.

당신이 초등학교 앞에서 갈라지는 삼거리에서 슬며시 오른쪽으로 방향을 틀어 산과 논 사이에 나 있는 지방도를 따라 몇백 미터를 가다 오른쪽 도로변에 있는, '손칼국수'라는 작은 글씨가 아래에 적힌 '새ㅈㅊ식당'이라는 간판을 보았다면 당신의 운은 나쁘지 않은 셈이다. 차에서 내리면 옛적 선비들의 거처에 많이 심었다는 배롱나무가 한 그루 서 있을 것이고 나무를 돌아서면 곧바로 평범해 보이는 식당 입구가 나온다. 신발을 벗고 올라가 앉게 되어 있는 공간에 탁자 십수 개가 놓여 있고 여느 식당의 벽처럼 식단이 적힌 액자가 걸려 있다. 전국의 식당 어디를 가나 흔한, TV 화면을 촬영한 혼탁한 사진이 벽에 걸려 있지도 않고 유명인의 공치사도 보이지 않으며 그저 있는 대로 사는 대로 천연스럽다.

그 식당의 대표 식단은 물론 손칼국수다. 집집마다 제 나름의 칼국수가 있는 지방에서 칼국수를 주식단으로 내세우려면 그 칼국수가 남들이 흉내낼 수 없는 뭔가 특별한 것이거나 그 지방 사람들의 입맛을 모두 만족시킬 만한 것이어야 한다. 그런데 칼국수에 따라 나오는 반찬이 너무 그 지방 사람들 위주로 만들어진 것인지도 모르겠다. 대체로 날배추와 된장, 무생채, 시래기무침, 김치인데 가을과 겨울에는 고추를 간장에 넣었다 된장에 버무린 지고추도 맛볼 수 있다. 당신은 시험삼아 날배추를 된장에 찍어 입에 가져가는데, 그 된장이라는 게 슈퍼마켓에서 사먹는 공장 산(産)이 아니고 우리 콩으로 만든 우리 된장이다 보니 만든 사람의 개성이 강하게 느껴진다. 얌전하게 먹을 만큼 나오는 시래기무침은 무청이나 배추로 만든 시래기에 집에서 담근 된장과 참기름을 넣어 간을 맞추고 버무려서 만든 것 같다. 어떻든 이런 반찬은 지역에 흔하디흔하고 제철에 나오는 무 배추 등속의 야채로 때를 맞춰 만든 것이다.

칼국수의 양은 좀 많은 편이다. 그런데 칼국수에 웬 만원짜리 지폐 같은 배춧잎이 들어 있다. 또 철에 따라 열무나 호박이 들어가 있을 수도 있다. 이처럼 배추나 열무 같은 야채를 함께 넣어서 삶아낸 칼국수가 바로 '새ㅈㅊ식당'의 특징이며 주변 가정집 칼국수 역시 마찬가지다. 고명으로 달걀로 만든 지단, 통깨를 볶아서 빻아 가루낸 것, 잘게 썬 쇠고기 약간, 김가루 등등이 올라가 있는 것이 섬세하다. 칼국수는 대충 만들어서 대충 훌훌 먹는 것이라는 선입관이 흔들리는 순간이다.

국물이 아주 싱겁지는 않지만 양념간장을 조금 넣는 게 좋을 것 같다. 양념간장은 제대로 익은 조선간장이 섞여 있어 짜므로 조금만 넣어도 된다. 국물에서는 일반적으로 칼국수를 만들 때 넣는 멸치나 고기, 사골, 해물 등등의 맛이 느껴지지 않는다. 통밀을 기울을 빼지 않고 통째 갈아서 낸 가루로만 국수를 만들면 면발이 힘없이 흘러내리는 경우가 많고 또 거무스레한 색깔이 싫다는 사람도 있으므로 통밀가루에 일반 밀가루를 섞었다고 한다. 국수의 맛은 물, 통밀, 밀, 열무 호박 배추 등속 야채의 자연스러운 맛 그대로다. 아, 고명의 섬세한 맛이 있다. 그게 전부일까.

아니, 결정적인 무엇인가가 하나 더 있다. 콩가루다. 이 지역 출신으로 어릴 때 콩가루를 넣은 칼국수를 먹어본 사람들은 콩가루가 들지 않으면 칼국수가 아니라고 한다. 콩가루가 들어가면 담백하고 구수하다. 지나치게 많이 들어가면 툭툭해진다. 밥공기의 삼분의 일쯤 담긴 밥이 따라오는데 먹어도 좋고 안 먹어도 좋지만 국물이 남기 때문에 위가 작은 사람도 한두 숟가락은 말아먹기 쉽다.

길을 떠나서 한참 가던 당신, 뭔가가 뒤에서 부르는 듯해서 돌아보게 된다. 실제로 고개를 돌리는 건 아니고 마음속의 고개가 살짝 돌아간다. 아까 떠나온 곳의 풍경을 향해, 언제나 따라오고 있는 산과 논밭과 강둑 사이, 새로울 것도 화려할 것도 없고 이전에 먹었던 음식의 기억을 몽땅 지워버리는 강렬함이나 중독성이 있는 것도 아니지만, 담담한 인정과 여염의 생활이 들어 있는 것 같은 느낌에.

훗날 그 칼국수를 먹기 위해 일부러 길을 떠나게 되지는 않을지라도 근처를 지나가는 길이라면 몇십 킬로미터쯤은 쉽게 돌아서 가게 될 것이다. 삶이 음식으로 직역되어 있는 듯한 그 맛에, 시골 초등학교 측백나무 울타리처럼 가만히 있으면서 있는 그대로 마음을 따뜻하게 하는 그 느낌에 고마워하게 될 것이다. 체인점이며 도회지에서는 볼 수 없는 그 개성 때문에 당신은 언젠가 직선과 효율을 자랑하는 고속도로와 4차선 국도를 빠져나오게 될 것이다.

소년시절의 맛

❖ 라
면

내가 라면을 처음 먹어본 것은 초등학
교 5학년 무렵이다. 하교길에 읍내 아버지 사무실에 갔다가 사환
으로 있던 동네 형을 만났다. 아버지는 안 계셨고 형은 그때 마침
라면을 끓여 도시락과 함께 먹으려는 찰나였다. 꼬불꼬불한 국수
모양이 신기했고 납작한 양은냄비, 거기서 풍겨나오는 냄새는 읍
내에서 십릿길 가까운 시골에 사는 내게는 도시적이다 못해 이국
적인 느낌마저 불러일으켰다. 물론 나는 라면을 처음 본 순간부터
먹어보자는 말은 하지 않았다. 그냥 조용히 지켜보고 있었다. 형
역시 주고 싶은 마음은 눈곱만큼도 없었으므로 혼자서 후루룩거리
며 잘도 먹어댔다. 그 다음에는 도시락의 밥을 말아 국물 하나 남
김없이 해치웠다. 함께 집으로 가는 길에 형은 내가 아버지에게서

받은 용돈으로 라면을 사서 먹는 게 어떻겠느냐고 말했다. 그리고 라면이 얼마나 현대적이며 맛있는 음식인지 집으로 돌아오는 길 내내 설파했다. 결국 나는 길가에 있는 새마을구판장에서 라면 두 개를 샀다. 우리는 곧 황혼이 어룽거리는 들판에 들어섰고 추수가 끝난 뒤 쌓아놓은 짚가리가 있는 곳에 다다랐다. 놀랍게도 그 짚가리 안에는 그슬릴 대로 그슬리고 찌그러질 대로 찌그러진 양은냄비와 나뭇가지를 꺾어 만든 젓가락 한쌍, 비밀요원 같은 성냥이 숨겨져 있었다. 형은 내게 그 양은냄비에 도랑물을 떠오라고 시켰고 자신은 짚단을 끌어내려 불을 피웠다. 초겨울 찬바람이 손을 시리게 만드는 저녁 무렵, 나는 생애 최초로 라면을 먹었다. 그 맛은 기존의 질서에서 살짝 일탈한 위반의 맛이었다. 동시에 인스턴트했고 중독의 예감을 안겨주는 맛이었다. 그후로 우리는 일주일에 한두 번씩 황야의 무법자처럼 작당을 해서 그 장소에서 라면을 끓여먹었다. 대부분 내가 라면을 샀고 끓이는 일은 형이 맡았다.

그로부터 삼년 뒤에 나는 서울의 변두리 동네로 전학을 와서 어느 독서실에 출입하게 되었다. 독서실에도 그 형 또래의 형들이 득시글거렸고 그들 역시 내게 라면을 끓여먹는 방법을 가르쳐주었다. 그 대신 그들이 먹을 라면값은 내가 내도록 했다. 어쩌면 형이란 작자들은 시골이나 서울이나 그렇게 똑같은지. 돈이 없으면 조용히 굶을 일이지 몽매한 아우들의 쥐꼬리만한 용돈을 갈취해서 제 배를 채우려고 드는가 말이다. 독서실에서 라면을 끓이는 방법은 환경에 걸맞게 더욱 도시적이고 현대적이었다. 빈 분유깡통에 물을 넣고 라면과 수프를 함께 넣은 다음 뚜껑을 덮는다. 비닐 뚜껑에는 미리 뚫어놓은 구멍이 두 개 있는데 그 구멍에 전극이 연결된 젓가락을 꽂는다. 그러면 곧 몇분도 지나지 않아 깡통 안의 물이 끓어오른다. 물이 끓는 것과 동시에 젓가락을 빼고 자기 자리로 깡통을 들고 와서 몇분 기다렸다가 먹으면 된다. 요즘으로 치면 컵라면과 비슷하지 싶다. 그 라면은 시골에서 먹던 것보다 짰고 더욱 인스턴트했고 냄새가 강했다.

그로부터 대략 이년 뒤, 서울 도심에 있는 고등학교로 진학했다. 그 학교는 내가 들어가던 해가 개교 90주년이라고 했다. 학교가 오래되었다는 게 중요한 게 아니고 학교 앞에 있는 분식집들의 전통이 만만치 않다는 것이 중요하다. 수업이 끝난 뒤 우리는 각자 밥을 꽉 눌러채운 도시락을 하나씩 들고 분식집에 모였다. 그러면 주인은 미리 껍질을 벗겨놓은 라면을, 역시 미리 수프를 풀어 끓여놓은 냄비 속에 빠뜨렸다. 그러고는 시큼하고 커다란 단무지 세 쪽 아니면 네 쪽을 접시에 담아 냄비와 함께 가져다주었다. 식탁에 있는 고춧가루를 살짝 풀어 라면과 함께 밥을 말아먹으면 도서관에서의 한밤까지도 든든했다. 그때 그 라면이 얼마나 맛있었으면 도서관에 남아 공부를 하려고 라면을 먹는지, 라면을 먹으려고 도서관에 남아 있는지 잘 모를 지경이었다.

어떤 이들은 군대에서 진정한 라면의 맛을 보았다고 한다. 나 역시 예외는 아니다. 그때 훈련소에서는 공식적으로 일요일 아침마다 날계란과 함께 라면을 주었는데 그 라면은 끓인 것이 아니고 찐 것으로 수프를 미지근한 물에 타서 부어주는 식이었다. 당연히 맛을 따질 계제가 되지 않았다. 훈련병이던 나는 어느날 훈련소 식당 주방장의 연애편지를 대필해주고 나서 라면을 얻어먹게 되었다. 주방장은 빈 쇼트닝 깡통을 가져오더니 바닥이 가려질 정도만 물을 붓고 취사용으로 쓰는 대포 같은 초대형 가스버너에 깡통을 올려놓았다. 십초도 되지 않아 물이 요란하게 끓기 시작했다. 주방장은 라면봉지의 앞면, 곧 이음선이 없는 부분을 밀어 라면이 깡통 안으로 떨어지게 만들고 수프를 뿌렸다. 그러곤 곧 버너의 불을 끄고 내게 기다란 조리용 젓가락을 건네주며 먹으라고 말했다. 그 맛역시 잊을 수 없었다. 수천명이 이용하는 취사도구(버너, 주방장, 젓가락)를 계급도 없는 훈련병 혼자 독점한 기분이 주는 맛이 특별하지 않을 도리가 없었다.

그런데 언제부터인가 라면의 맛을 잃어버렸다. 라면의 종류는 과거와 비교할 수 없이 많아졌고 재료 역시 좋아졌지만 내가 찾는 그 맛은 어디에도 없었다. 한동안 나는 초겨울 빈들에 구하기도 힘든 찌그러진 양은냄비를 들고 나가 짚으로 라면을 끓여먹어보기도 했다. 또 어렵사리 분유깡통을 구해 젓가락을 넣다가 합선사고를 내기도 했고 납작한 양은냄비를 찾아 시장을 헤맨 적이 있다. 여러 사람의 자문을 얻어 이것저것 실험도 해보았다. 라면을 끓이는 냄비는 성냥불만 닿아도 파르르 반응하도록 얇을수록 좋다. 수프는 미리 찬물에 풀고 그 물을 최대한 오래 끓인 뒤 면을 넣는데 뚜껑은 덮지 말고 면을 섞거나 뒤집지 않는다. 날씨는 추울수록 좋고 끓는 부분과 차가운 대기에 접촉하는 면이 공존해야 한다. 면을 넣은 뒤 최소한의 시간만 익히고 곧 먹어야 한다, 등등. 이런 식으로 한겨울에 마당에서 라면을 끓여먹다가 아이들에게 놀림을 받은 적

동작그만

외박도 못 나간 토요일 오후

하늘에서는 무심하게도 눈이 펑펑 내린다

구멍 뚫린 판초우의에 눈을 퍼담아
반나절을 쓸어담아도 끝이 없던 연병장

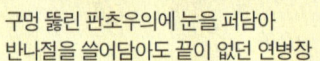

뻬치카 위에 올려놓은 반합에서는
선임하사 몰래 라면이 끓고

어느 산골 초등학교에서 보낸 연필로 꼭꼭 눌러쓴
위문편지 속에서는 따뜻한 봄소식이 들린다

도 있다. 그렇지만 그때와 같은 맛은 결코 돌아오지 않았다.

　얼마 전에 나는 나름의 결론을 내렸다. 나는 라면을 먹고 싶어하는 것이 아니라 그때 그 시절을 먹고 싶어하는 거라고. 무지개를 찾는 소년처럼 헛되이, 저 멀리에서 황홀하게 빛나는 그 시절을 되찾으려는 것이라고.

신선, 선녀를 만나다

❖ 라
면

　　　　　　　나이드신 분들 중에 라면을 좋아하는
분은 별로 본 적이 없다. 내게 나이드신 분들은 내 아버지(1932년
생)를 가운데 두고 전후 십년 사이의 분들을 말한다. 그보다 더 나
이드신 분들은 라면과 나이를 연관시킬 이유가 별로 없고 십년 아
래부터는 라면을 좋아하는 사람이 많아지기 시작한다. 쉽게 말해
1922년생부터 1942년생까지의 사람들은 라면을 그다지 좋아하지
않는다. 한국에서 라면이 '뽀시락뽀시락'인지 '빠글뽀글'인지 모르
지만 첫울음을 울어제낀 때가 1963년이니 22년생 분들은 장년의
나이에 라면이라는 걸 보았을 것이고 42년생 분들은 스무살이 넘
어 자신과 가족의 생계에 대해 책임을 지게 될 무렵 라면과 마주쳤
을 것이다. 어떻든 라면은 제대로 된 음식은 아니라는 게 이분들의

공통된 의식인 것 같다.

바로 이런 분들 중 세 분을 모시고 지리산으로 여행을 간 적이 있었다. 20년대생 한 분, 30년대생 두 분, 그리고 60년생으로 첫번째 국산 라면보다 세살밖에 많지 않은 내가 지리산에서 마지막으로 들렀던 곳은 하동군 악양면이라는, 지리산 남쪽의 강가 마을이었다. 워낙 잠이 없는 분들이다보니, 아니 전날 워낙 일찍 잠자리에 들었기 때문인지 새벽 다섯시 반에 두 분이 숙소 바로 위에 있는 쌍계사를 다녀왔고 일곱시가 되기도 전 출발해서 아무리 천천히 달렸다고 해도 악양면을 지나갈 무렵 시각은 여덟시가 되지 않았다. 아침을 먹지 못한 것은 그 시각에 문을 연 식당이 없었기 때문이다.

운전기사가 "바로 여기가 박경리 선생의 소설 『토지』의 무대"라고 말하자마자 어르신들이 "보고 가자"고 외쳤다. 기사는 급히 운전대를 틀어 왼쪽의 길을 따라 올라갔고 표지판을 보고 왼편 산 쪽으로 꺾어서 언덕배기에 있는 마을로 올라갔다. 마을 맨 위쪽에 웅장한 축대가 만들어져 있고 그 위에 거대한 '최참판댁'이 재현되어 있었는데 아직 시간이 일러서 그런지 문이 잠겨 있었다. 담을 따라 돌아보았지만 개구멍 하나 없어 안에 들어가서 구경하는 것은 포기할 수밖에 없었다. 아무런 미련 없이 사람 사는 마을이 훨씬 더 예쁠 것 같다고 어르신들은 산책을 하기 시작했다.

세 분 중 두 분은 머리카락이 희었고 얼굴은 대추처럼 붉어서 옛날이라면 막 지리산에서 아침 먹으려고 내려온 신선이라고 우겨도 될 분위기였다. 기사가 신선들의 승용수단인 호랑이처럼 생기지 않았고 호랑이떠도 아니었으며 또 한 분의 여신선은 핸드백을 들고 계셨지만. 어느 개집 앞에서 잘생긴 개를 보고 입맛을 다시던 기사는 신선들이 줄을 지어 마을 가운데 있는 가게로 들어가는 것을 보고 황급히 뒤를 따랐다.

그 가게는 보기보다는 달리 현대화되어 있었고 물건들도 도시의 슈퍼마켓처럼 말끔하게 진열되어 있었다. 거기다 햇볕가리개나 등긁개, 수건 따위의 관광지 상품까지 갖추어져 있었다. 신선들의 눈을 반짝이게 한 것은 동녘에 떠오른 해가 보이는 창가의 취사시설이었다.

"여기서 음식도 합니까?"

신선들을 대신해서 운전기사가 묻자 사십대 후반쯤 돼 보이는 주인여자가 음식까지는 아니고 간단한 술안주로 묵이나 전 같은 걸 팔긴 하는데 지금은 안된다고 대답했다. 신선들의 얼굴에는 실망의 빛이 감돌았다.

"집에서 드시는 걸 그냥 먹을 수는 없을까요?"

미국에서 온 두 신선은 전날 묵은 민박집이 구미의 여행지에 흔한 B&B(Bed & Breakfast)인 줄 알았다가 아니란 게 밝혀지면서 몹시 실망했더랬는데 기사는 이 두 분을 의식해서 그런 질문을 한 것이었다. 주인여자는 당연히 안된다고 대답하면서 다른 제안을 했다.

"컵라면이라도 드실랍니꺼?"

기사는 단호하게 고개를 가로저었다. 삼십여분 떨어진 하동으로 가서 일찍 문을 연 재첩국 음식점을 찾아야겠다고 기사는 생각했다. 그런데 신선 중 한 분이 컵라면은 몰라도 끓인 라면은 괜찮을 것 같다고, 미국에서 온 두 신선의 생각을 물었다. 두 신선은 집에서는 일요일에 가끔 라면을 먹는다면서 흔쾌히 동의했다. 라면으로 아침이 결정되자 기사는 설거지통에 쌓인 그릇이며 파리가 신선들의 눈에 띄지 않도록 가리면서 밖으로 나가 가게 위쪽에 있는 야외탁자로 안내했다.

기사가 물을 가지러 가게로 다시 돌아갔다. 설거지를 하지 않은 탓에 컵을 하나하나 씻어야 했다. 젓가락도 사정은 마찬가지여서 기사는 나무젓가락을 말도 하지 않고 챙겨들었다. 그리고 라면 그릇은 플라스틱말고 가능하면 사기그릇으로, 좀 깨끗하게 씻어서 뻘건 고춧가루 같은 게 묻어 있지 않게 해달라고 신신당부했다. 주인여자는 꼭두새벽부터 시골동네 가게에 와서 웬 깔끔을 떠느냐는 식으로 눈에 힘을 주긴 했지만 별말은 하지 않았다. 그래도 기사는 믿을 수가 없어서 직접 쟁반을 확인했고 행주를 가져가서 탁자도 닦았다. 이윽고 라면이 날라져왔다.

5월에 막 접어들었지만 아침 날씨는 쌀쌀했다. 공기는 신선했고 해는 개운한 빛을 사방에 뿌렸다. 삽상한 바람이 불어와 두 신선의 학발이 마구 흩날렸다. 라면 그릇에서 나오는 김도 풀풀 날렸다. 라면은 약간 덜 익은 듯했다. 그래도 지리산 밑에서 신선들과 먹는 라면 맛은 기가 막혔다. 한 젓가락 먹고 하늘 한번 쳐다보고 한 젓가락 먹고 지리산 한번 쳐다보고 또 한 젓가락 먹고 최참판댁 쳐다보고 하는데 아래편 가게에서 누군가 올라오고 있었다.

나이는 스물두셋쯤 되었을까. 분홍빛 정장에 하이힐을 신고 약간 가파른 길을 올라오는 음전한 자태의 처녀는 하늘에서 옥황상제가 뭔가 배달하고 오라고 내려보낸 선녀 같았다. 실상은 올라오고 있으니 선녀의 어머니가 가라고 한 것이거나 선녀가 자발적으로 온 것이겠지만. 곱게 화장한 선녀의 손에는 작은 쟁반이 들려 있었는데 그 안에 있는 건 얌전하게 썬 깍두기 김치, 그리고 종이컵에 담긴 커피였다. 선녀는 하동 읍내로 출근하러 가는 길인 듯, 쟁반을 건네주고서 버스가 오는 길로 내려갔다. 또각또각, 하이힐 소리를 온동네에 울리며.

신선이고 사람이고 기사고 간에 남정네들은 모두 넋을 빼앗기고 있었다. 선녀의 모습이 사라진 뒤에 긴 한숨을 내쉰 한 신선이 말했다.

어떤 음식이라도 만드는 사람에 따라서 천상의 음식이 될 수 있다, 어떤 음식은 먹는 사람에 따라 맛과 격이 결정된다, 라면도 예외는 아니다라고.

기사는 라면은 김치가 있느냐 없느냐에 따라 맛이 확 달라진다, 그 김치를 누가 가져다주느냐에 따라서 격이 결정된다고 말하려다 말았다. 아직 못했다.

"아무 버스나 타고 가다가 종점에서 내리지. 그 종점 주변을 슬슬 걸어다니다보면 배가 고파질 때가 있어. 종점 근처 구멍가게에 가서 라면을 끓여달래서 먹어보믄, 그게 배가 출출할 때에는 궁궐의 진수성찬 부럽지 않어. 그것 때문에 라면을 가끔 먹지."

한 신선이 언젠가 하신 말씀이다.

바로 그 맛을 보았다

❖ 자장면

자장면은 맛있다. 맛이 없으면 자장면이라 할 수 없다고 나는 생각해왔다. 그런데 언제부터인가 자장면이 어디서 먹든 누가 만들든 비슷비슷하게 맛이 없어졌다. 물론 이건 자장면 하나에만 국한되는 이야기가 아니라 냉면, 비빔밥, 제삿밥, 칼국수처럼 내가 한때 좋아하던 대부분의 음식들에도 해당이 된다. 아, 그렇다면 내 인생이, 내 인생의 맛이 없어진 것인가. 이래저래 서럽고 안타깝던 차에 입맛을 확 돌려줄, 옛날 맛이 살아 있는 진짜 자장면이 있다는 말을 근래 어느 술자리에서 들었다.

그 자장면 이야기를 해준 사람은 인천이 고향이고 지금까지 인천에서 살고 있는 인천사람이다. 그는 인천이 자장면의 발상지인 고로 전통과 맛 두 분야를 아우르는 자장면의 최고봉은 인천에 있

는바 그 두 봉우리 이름은 '차이나타운'과 '신포시장 근처'라고
했다.

차이나타운은 '공화춘' 같은 원조 청요리식당이 있던 곳이고, 신
포시장은 차이나타운보다 '오리지널리티'는 덜하지만 예전의 '바로
그 맛'에 가깝다고 했다. 나는 그의 말이 끝나기도 전에 이미 다음
날 차이나타운으로 가기로 결정했다.

나는 맛에서 분위기의 비중을 꽤 높게 친다. 가령 맛을 100이라
하면 오리지널리티(내가 요즘 자주 쓰는 이 어정쩡한 외래어를 정
확하게 번역할 말이 없어 고민인데, 때에 따라 전통도 되고 개성도
되며 대를 이어서, 시골 할머니 손맛이 어쩌고저쩌고 하는 식으로
도 표현할 수 있을 것 같다) 10, 명성 10, 위생상태 10, 식당 사람
(주방의 요리사와 홀의 종업원, 계산대의 주인 포함)의 생김새 20,
냄새 10, 색깔 10, 간(염도) 10, 형태 10, 평상시 손님의 다소(多
少) 10이다. 음식과 직접 관련된 색(色)·향(香)·형(形)·간 등등
의 비중은 분위기에 밀려 절반 미만이다. 이런 나를 두고 '음식을
먹자는 건지 식당을 먹자는 건지 모르겠다'고 빈정거리는 사람도
없지 않다. 하여튼 나는 바로 그 다음 일요일 점심 때에 맞춰, 어쩌
다 내 감언이설에 현혹된 가족들을 차에 가득 태우고 인천의 짜디
짠 바닷냄새가 느껴지는 차이나타운에 도착했다.

그곳 언덕바지 골목골목에는 옛적의 아름다움, 아름다움의 오리
지널리티가 은밀하게 흘러내리고 있었다. 비록 새롭게 건물이 세
워지고 붉은 바탕에 황금빛 글자가 새겨진 간판이 골목을 화려하
게 장식하고 있기는 해도 나는 아직도 그곳에 남아 있는 그 '무엇'

을 느끼고 이미 부풀 만큼 부풀었다. 배가 아니라 가슴이. 어느 식당 입구에 '호랑이 주방장 텔레비전 출연' 따위의 상투적인 광고문구가 적혀 있어 약간 맥이 빠지기는 했지만, 워낙 내가 잘 타는 분위기, 그 골목의 분위기가 멋졌다. 뭐랄까, 담이 없는 집 바로 앞에 내놓은 제라늄 화분 같은 느낌? 실제로 그 동네에는 그런 화분이 이곳저곳에 보였다. 가난과 속절없는 세월 속에서 사람다움을 지키려는 의지가 만들어낸 분위기, 그 분위기라니.

그런데 도무지 주차를 할 곳이 없었다. 길이 옛날식이어서 좁았고 그나마 길 한쪽에 차들이 줄지어 서 있었던 것이다. 차를 세울 곳도 찾을 겸 구경도 할 겸 골목을 빙빙 돌다가 무슨 식당인가의 전용주차장이라는 팻말을 발견했다. 차를 세우고 골목에서 비교적 바깥쪽에 있어 덜 복닥거릴 것 같은 그 식당으로 갔다.

막상 안에 들어가 보니 식당은 만원이었다. 식탁이 있는 바깥의 홀은 꽉 찼고 신을 벗고 들어가 앉는 방에 두 탁자가 비었을 뿐이었다. 그나마 한 탁자는 막 나간 손님이 먹고 마신 음식이 아직 치워지지 않았다. 선택의 여지가 없어 나와 가족들 넷은 방으로 들어가 빈 탁자 앞에 앉았다.

앉은 지 오분쯤 되었을까. 종업원이 식탁을 치우러 왔다. 뜨거운 엽차를 후후 불어마시며 아이들이 좋아하는 탕수육과 짬뽕을 주문하고 있는데 옆자리의 여자 손님이 종업원을 불렀다.

"아줌마! 이 탕수육 왜 이렇게 맛이 없어요! 우리 짬뽕 아직 안 나왔는데 짬뽕도 이렇게 맛 없으면 곤란해요! 그리고 빨리 주세요!"

그 말을 듣다보니 왜 그런지 모르지만 내 손에 땀이 났다. 우리

194

는 맛이 없을지도 모르는 탕수육을 즉각 포기하고 자장면과 어디에서 먹어도 무난하다는 류산슬을 주문했다. 흘깃 보니 그 손님은 남편으로 보이는 안경 쓴 삼십대 사내와 아들로 보이는 서너살짜리 아이와 함께였다. 여자는 통통하고 남자는 빼빼 말랐는데 아이는 엄마를 닮아 천도복숭아 같은 볼이 터질 듯했다.

그런데 그 아이가 조금 유별났다. 장차 마라톤 선수가 되려는지 지치지도 않고 방의 양쪽을 뛰어서 오가는 것이었다. 어떻든 방안의 모든 사람이 그 아이의 행동을 참고 있었다. 맛있는 자장면이 나올 것이기 때문에. 그런데 나는 그렇지(장래의 마라톤 국가대표 선수가 어릴 적부터 뛰어난 소질을 보이며 실내에서 쉬임없이 연습하는 것에 대한 인내심을 발휘하지) 못했다. 아니 정확하게는 그렇지 못한 것으로 보였을 것이다. 우연히 수저통을 방바닥에 내려놓았는데 전속력으로 달려오던 아이가 거기 걸려서 넘어져버린 것이다. 아이가 넘어지면서 종업원이 미처 치우지 못한 그릇을 덮쳤고 그 서슬에 접시 하나가 공중을 날아 아슬아슬하게 액자 곁의 벽을 치고 떨어졌다.

"어머나! 내가 이럴 줄 알았지. 너 당장 이리 안 와! 이 망할 녀석!"

언제 다가왔는지 아이 엄마가 굵은, 파파이(popeye, 미국에서 만든 만화의 주인공인데 뽀빠이라고도 한다) 아저씨 같은 팔뚝으로 아이를 공중으로 들어올렸다. 아이는 끌려가면서 온 식당 사람이 모두 들을 수 있을 만한 커다란 울음을 터뜨렸다. 아이는 엄마에게 붙들리는 순간 장래 희망을 마라톤선수에서 '큰 소리로 울기

대회'의 국가대표가 되기로 마음을 바꿔먹은 것 같았다. 한번 울기 시작하더니 그칠 줄을 몰랐다.

"너 계속 그렇게 울어. 엄마 말 안 듣고 그렇게 울다가 경찰한테 잡혀간다."

아이의 엄마는 아이를 쿵, 소리가 나도록 자신의 자리 곁에 내려 놓더니 아이에 지지 않을 만한 큰 소리로 아이를 을렀다. 그러는 한편 젓가락을 접시와 입 사이로 왕복시키기 시작했다. 그들의 식 탁에는 맛없다는 탕수육 외에도 팔보채로 보이는 요리 접시에 만 두가 함께 놓여 있었다. 아이의 울음은 차츰 잦아들긴 했지만 그치 지는 않았다. 그들의 식탁에 짬뽕이 날라져 왔고 우리의 식탁에도 류산슬과 자장면이 도착했다. 아이의 엄마는 난감하다는 표정으로 짬뽕과 고집스럽게 울음소리를 내는 아이를 번갈아 보았다. 그러 고는 돌연 나를 향해 이렇게 말했다.

"아저씨, 아저씨가 애한테 뚝 안 그치면 잡아간다고 그래 주세 요. 상우야, 너 뚝 안 그치면 이 아저씨가 잡아간다! 그쵸, 아저씨? 뚝 그쳐! 뚝!"

그 행동이 오히려 사태를 결정적으로 악화시켰다. 내가 무서워 하는 아이가 나를 무서워할 리가 있겠는가. 아이는 나를 힐끔 보더 니 가소롭다는 듯 한층 더 사나운 기세로 울음소리를 생산하기 시 작했다. 정말 아이의 울음소리는 녹음해서 대량복사한 뒤 전장의 무기로 써도 될 것 같았다. 그러는 사이에 어떻든 아이의 아빠가 묵묵히 자신의 몫을 다 먹는가 싶더니 아이를 자신의 옆으로 데려 갔다.

한국팀 프리킥 찬스!

강 슛!

월드컵 16강 진출을 위해서 우리가 참아야겠죠?

그러자고. 잔디구장도 모자라는데.

"상우야, 엄마가 너 때문에 식사를 못하잖니. 좀 그쳐, 응?"

남편의 목소리는 결코 크지 않았다. 그런데 이상하게도 내 귀에 쏙쏙 들어오고 있었다. 내가 류산슬은 뒤로 미루고 벼르고 벼르던 자장면을 비벼서 막 입속에 넣는 순간 아이의 아버지가 가녀린 음성으로 이렇게 말했다.

"여보, 미안해요. 상우 때문에 먹어도 소화가 안 되죠? 내가 상우 데리고 밖에 나가 있을까요?"

나는 그만 입에 다 들어온 자장면을 그릇에 도로 뱉어내고 말았다. 그걸 본 내 가족들도 일제히 재채기를 하는 것처럼 자신의 입속에 든 내용물을 쏟아냈다. 류산슬, 양파, 단무지, 엽차, 자장면 가닥…… 아, 아깝도다.

천국에는 사다리가 없다

자장면

내가 자장면을 처음 먹은 건 초등학교 5학년 때이다. 그 당시 내가 콧등에 주름을 잡으며 노닐던 거리에는 일제시대에 지은 낡은 이층건물들이 열을 지어 서 있었다. 영빈루라는 중국집이 있었는데 영빈루는 다른 식당과는 달리 이층에 있었다. 이층에 있다는 건 재료를 한층 더 위로 날라야 한다는 뜻이고 배달을 할 때 한층 더 오르내려야 하며 손님에게 계단을 오르는 수고를 하게 하니 장사에 지장이 많았을 것이다. 그러면 어떻게 영빈루가 살아남았는가.

영빈루는 언제나 뒷문을 열어두고 있었다. 뒷문뿐 아니라 뒤창도 열고 당시로서는 드문 환기장치까지 달아 뒤쪽에서는 사시사철 김과 연기가 흘러나오고 있었다. 그 근처를 지나다보면 다른 곳보다 자장 냄새가 훨씬 많이, 아니 독하게 났다. 굵지도 가늘지도 않은 부드러운 면발, 검고 윤기나며 풍성한 쏘스, 강한 불로 알맞게 볶은 고기와 야채, 식초가 끼얹어진 단무지와 양파 형제의 이미지가 바로 그 냄새를 타고 사방에 퍼뜨려졌다. 밥을 먹고 나온 사람들도 그냥 지나가려면 어금니를 갈면서 인내력을 발휘해야 했으니 그게 영빈루의 상술 가운데 하나였다. 위치의 불리함을 유리한 것으로 바꾼 것이다.

내가 자장면을 먹기로 결심한 것도 바로 그 독특하고 신비한 냄새 때문이었다. 그렇지만 일층도 아니고 이층이나 되는 그 고고한 왕국에 혼자 쳐들어갈 용기는 없었다. 그래서 일찍이 그 왕국에 다녀온 바 있으며 자장면에 환장한 두 모험가와 동행하게 되었다.

우리는 이층건물 앞에 서서 하늘에서 내려오는 은총과 같은 자장면 냄새를 흠뻑 들이마셨다. 공짜니까. 그리고 서로의 손을 힘차게 잡았다 놓은 뒤, 삐걱거리는 나무계단으로 올라갔다. 셋 중 가장 깨끗한 옷을 입고 마른버짐이 없는 C가 앞장을 섰고 셋 중 가장 지저분하지만 발걸음과 눈치가 빠른 B가 맨 뒤에 섰다. 올라갈수록 계단은 심하게 삐걱거렸고 냄새는 더욱 짙어졌다. 주렴을 들치면서 안으로 들어섰을 때, 우리는 자장 냄새의 폭탄에 맞아 일제히 목이 메었다. 거기에 자장면 나라의 왕이 있었다.

왕께서는 왕관말고 중국인들이 흔히 쓰는 빵떡모자를 쓰고, 한 손에는 홀(笏)이 아닌 파리채를 들고 있었다. 우리가 자장면을 주문하자 그는 주방을 향해 마법의 주문 같은 중국말로 뭐라고 빠르게 소리쳤다. 우리는 귓속말로 그의 비대함을 비웃는 한편 먹고 잽싸게 튀면 계단까지도 따라올 수 없을 거라고 결론지었다.

우리는 모험을 하려고 했으므로 돈을 가지고 있지 않았다. 모험을 떠난 기사가 돈 내고 밥 사먹고 돈 내고 성에 묵고 돈 내고 청룡백호를 타면 그게 어디 모험인가. 우리의 신념은 흔들리지 않았고 흔들려봤자 별수없었다. 돈은 원래 없었기 때문에.

우리는 삽시간에 자장면 한그릇씩을 해치웠다. 육식을 못하는 나만 그릇 바닥에 돼지비계 몇점을 남겼을 뿐, 그릇은 설거지가 필요없을 정도로 깨끗했다. 그동안 가엾은 왕은 계산대에 엎드려 쿨쿨 자고 있었다. 엽차를 쭈욱 들이켠 뒤에, 걸음이 느린 내가 가장 먼저 일어섰다. 계산대 앞을 지나며 어깨로 오른손을 올려 엄지손가락을 편 후 뒤를 가리켰다. 다음 모험가가 같은 동작을 취했다. 마지막으로 가장 걸음이 날랜 B가 계산대 앞을 통과하는 순간, "날아라!" 하는 명랑하고 신나는 구호가 C의 입에서 튀어나왔다. 그러나 우리보다 빠른 존재가 있었다. 언제 잠에서 깼는지, 언제 일어났는지, 언제 날았는지 그가 이미 출구를 봉쇄하고 있었다. 몸과 문이 어찌나 그렇게 일치하는지 파리 한마리조차 빠져나갈 수 없었다. 그래서 그는 늘 뚱뚱했고 뚱뚱할 필요가 있었던 것이다.

우리는 몸을 돌려 주방으로 뛰어들었다. 주방에서는 요리사들이 쉬고 있었는데 우리를 제지할 생각이 전혀 없는 듯 한가롭게 부채를 부치고 있었다. 우리는 지체없이 미리 보아둔 뒷문, 늘 열려 있는 문을 향해 몸을 날렸다. 그러나 아뿔싸, 거기에는 사다리가 없었다. 밧줄도 없었고 낙하산, 하다못해 에스컬레이터도 없었다. 그냥 낭떠러지였다. 그 사실을 깨닫고 급정거하는 바람에 우리 셋은 모두 밀가루반죽처럼 뭉쳐져 바닥에 나둥그러졌다.

그로부터 우리는 우리 중 누군가의 형이 자장면 값을 가지고 올 때까지 손을 들고 서 있어야 했다. 그러나 그때 내가 먹은 그 자장면은 세상에서 가장 맛있는 자장면이었다.

맛있는 자장면을 먹으려는 사람들을 위한 사소한 충고: 모험과 편력을 더하라. 지옥에서도 맛있는 자장면을 먹을 수 있나니.

겨울 서리

❖ 김
치

      사방에서 들려오는 김장, 김치 소리를
들으니 입안에 문득 침이 괸다. 작년에는 김장김치 맛이 아주 좋았
다. 어느 집에서도 맛있는 김치를 얻어먹을 수 있어서 한번 먹을
때마다 명(命)이 하루씩 늘어나는 기분이었다.
  김장을 담그려면 일주일 전에 미리 고춧가루를 준비한다. 사흘
전에 젓국을 달이고 항아리와 소쿠리를 씻는다. 이틀 전에 무, 미
나리, 갓, 파 따위를 손질해둔다. 하루 전에 배추를 절이고 무를 썰
어 밀폐된 봉지에 담아 냉장보관한다. 마늘과 생강도 이때 다진다.
배추는 너무 빨리, 푹 절이면 단맛이 빠져나가 양념을 아무리 잘해
도 소용이 없다. 배추 한포기에 소금 한줌 정도가 적당한 분량인데
소금만으로는 잘 절여지지 않으므로 소금물로 절인다. 하룻동안

절여 채반에 얹어 물기를 뺀 배추에 소금기를 뺀 굴, 먹기 좋은 상
태로 썬 황석어젓, 뼈를 발라낸 동태가 준비되었다. 그러면 액젓에
고춧가루를 넣어 불리고 찹쌀풀과 젓갈을 넣은 뒤 갓, 쪽파, 미나
리를 고루 버무려 소를 만든다. 절인 배추에 양념한 소를 넣고 골
고루 버무린다. 잎을 줄기 쪽으로 접어 겉잎사귀로 감싼다. 항아리
에 김치를 켜켜이 담는다. 우거지 따위로 덮고 돌을 누른다. 대체
로 작은 용기에 담아 0도에서 4도 사이에서 익히면 가장 맛있게 익
는다. 이상은 『나는 때때로 김장을 못 하는 여자를 바보·멍텅구
리·너구리·말미잘이라고 부르고 싶다』라는 흥미진진한 책에 나오
는 내용이다.

  몽골리언 조상 덕분인지 나는 바닷가의 비린 것은 그다지 내켜
하지 않는다. 그래서 보통의 김치에 필수적인 젓갈을 넣지 않은 김
치를 바라는데, 빌어먹는 주제에도, 조선 천지에 그런 김장김치가
존재하는 곳이 몇군데 있다. 아니지, 많다. 그곳은 겨울철 절이라
는 시공간이다. 눈이 흐벅지게 내리는 산사. 짚으로 덮어놓은 김장
독. 그 속에서 익어가고 있을 김치를 생각하면 불가의 계율 가운데
하나인 '불투도(不偸盜, 훔치지 말라)'가 산문에 선 천왕의 노호로
울려퍼지더라도 상관하지 않을 듯하다. 아직 실행에 옮겨보지는
못했지만.

  어린시절, 한겨울 기나긴 밤을 보내기 위해 동네 아이들은 어른
이 없는 집에 모여 화투를 쳤다. 편을 갈라 내기를 해서 지는 쪽이
밖에 나가 서리를 해오기로 했다. 보통 서리의 대상이 되는 것은
닭인데, 내가 자란 동네는 사람들이 전부 착하고 도둑질이라고는

해보지 못해서 아이들도 감히 닭을 훔쳐먹을 생각은 하지 못했다.

어느날인가 내가 속한 편이 화투에 졌다. 서너 명이 작당을 해서 밖으로 나와 작전을 짰다. 무엇을 서리할 것인가. 현금? 금가락지? 옥비녀? 아니다, 먹는 것이어야 했다. 강정? 가래떡? 조청? 꿀? 아니다, 서리를 해도 미안하지 않은 것이어야 했다. 그래서 정해졌다. 김치였다. 어떤 집으로 갈 것인가. 그 집은 김치가 많고 맛있어야 한다. 들키더라도 너그럽게 용서받을 수 있는 집이어야 하며 개가 없어야 한다. 만에 하나 실패하더라도 쉽게 도망을 칠 수 있도록 대문이 늘 열려 있으면 좋다. 이래저래 의논을 하고 전략을 수립하고 목표를 정하다보니, 오매, 이를 어쩌나, 내가 좋아하는 여자 동기생의 집이 대길(大吉)이라는 점괘가 나오는 것이었다. 나는 반대하고 싶었다. 그러나 끝까지 반대하지는 않았다. 왜냐. 같은 서리패가 다 나보다 한두 해 위인 동네의 소문난 망나니여서 그랬다. 우기다가는 아예 우리집에 가자고 할까봐 그랬다. 결정적인 이유는 그게 아니였다. 나도 가보고 싶었다. 빨간 내복, 아니 왕녀 같은 잠옷을 입고 혼곤히 잠들어 있을, 여자친구의 방문 혹은 쪽문에 비치는 달빛이 어떤 느낌일까 궁금해서, 혹 그 여자친구가 잠결에 우리의 기척을 듣고 잠옷바람으로 내다본다면, 이미 우리 모두가 눈치채고 있다시피 봉곳이 솟아오르기 시작한 그 아이의 가슴 한편이라도 훔쳐볼 수 있을까 해서 그랬다.

먼데서 개가 컹컹 짖고 서리꾼들의 발밑에서 새하얀 달빛이 부서졌다. 한명은 집 밖에서 망을 보기로 하고 두 사람이 안으로 들어갔다. 김장김치를 넣어두는 광은 짚으로 둘러쳐져 있었는데 입

구가 좁아서 몸이 가장 작은 내가 들어가게 되었다. 나는 미리 준비한 바가지를 들고 안으로 기어들어갔다. 어둠속에서 김치가 익는 냄새가 코를 찔렀다. 나는 손으로 더듬더듬 짚어가며 항아리 뚜껑을 찾았다. 손에 집히기에 열었더니 배추포기가 손에 잡혔다. 그런데 그게 쉽게 빠져나오지를 않았다. 겨우 하나를 뽑아 바가지에 담는데 바깥에서 빨리 하라고 재촉하는 소리가 들렸다.

"쌔애끼, 너 안에서 혼자 다 처먹는 거 아냐?"

"가만있어봐, 단지에서 안 나온단 말이야!"

"혼자 먹으면 똥구멍에 솔난다, 알지?"

"몰라! 모른다구!"

그런데 우리의 목소리가 좀 컸었나보다. 방문 하나가 벌컥 하고 열렸다.

"누가 왔나? 게 누구요?"

한두 해 뒤에 여중생이 될 내 동기생의 할머니 목소리였다. 그 순간 밖에서 문을 탁 틀어막고 후닥닥 하고 도망을 가버렸다. 조금 비쳐들던 달빛이 완전히 사라지고 손가락을 눈앞에 대도 안 보일 정도로 어두워졌다. 나는 그 할머니가 다시 주무실 때까지 안에서 기다릴 수밖에 없었다. 삼십여 분 동안 나는 공포와 배신감을 잊기 위해 김치 한 보시기를 혼자 다 먹었다. 그 맛은 우선 시원했다. 그 다음에는 맵고 달았고 입속에서 아삭거리는 질감이 아주 뛰어났다. 젓갈은 조금 쓴 모양인데 그나마 곰삭아서 전혀 비리지 않았다.

화투를 치던 곳에 가니까 의리없는 종자들은 모두 사라지고 없었다. 등신, 쪼다, 말미잘, 쥐포 같은 놈들. 나는 어린 늑대처럼 머리

를 쳐들고 온동네가 떠나가라 욕을 하고 또 했다. 거대한 은화 같
은 새하얀 달. 온몸에 휘감기는 달빛 덕분인지 전혀 춥지 않았다.

시리디시린 기다림의 맛

❖ 홍시

　　　　　　　다리를 다쳐서 거동이 불편할 때였으
니 대여섯 해 전이지 싶다. 벗들을 따라 산행에 나섰다가 다리 성
한 벗들은 산 위로 가고 나 혼자 산 아래의 차 속에서 기다리게 되
었다. 그때 차에서 빤히 바라다보이는 언덕배기에 감나무 한그루
가 홍시를 주렁주렁 매달고 서 있었다. 목발을 짚고 언덕까지 올라
간 나는 힘겹게 가지를 휘어 홍시를 땄다. 차로 돌아오면서 그 감
가운데 하나를 입에 넣었는데 문득 목이 메어오는 것이었다. 차고
달고 향긋한 맛 때문만은 아니었다. 이렇게 되기까지 몇가지 연유
가 있다.

　내가 태어나서 자란 곳은 곶감으로 유명한 경상북도 상주다. 상
주에서도 곶감이 많이 나는 곳은 가을 시제를 지내러 가본, 집안의

선산이 있는 내서면인데 그곳에서는 과수나무 하면 감나무였다. 곶감을 만드는 감은 '따배이감'이 대표적인데 '따배이'는 똬리의 사투리다. 이 감은 생김새가 똬리처럼 넓적하고 떫은맛이 강했다. 떫은맛을 내는 타닌(tannin)이 몸에 좋다는 걸 알았건 몰랐건, 그 감은 곶감이나 홍시가 되기 전에는 아무리 배고픈 아이라도 그냥 먹기는 어려웠다.

내서면 면소재지에서 동남쪽으로 삼십여리, 읍내에서 서쪽으로 십리 가량 떨어져 있는 우리 동네에도 감은 많았다. 5, 6월에 감꽃이 피면 아침 식전부터 감밭으로 달려가 감꽃을 주워먹었다. 남은 감꽃은 실에 꿰어 목에다 걸고 하나씩 빼먹으며 집으로 돌아왔다. 한여름 불볕에 감의 알이 굵어지면 떨어진 땡감을 냇가 얕은 곳 모래에 파묻었다. 사나흘 후에 꺼내보면 신기하게도 떫은맛이 가셔서 먹을 만했다.

'따배이감'은 가을에 다 익어도 곧바로 먹을 수는 없다. 여전히 떫기 때문이다. 소금물이 든 항아리에 감을 담그고 뜨뜻한 아랫목에 이불을 덮어씌워 놔두면 하루이틀 뒤에는 떫은맛이 가셔서 먹을 만했고 이런 감이 소풍이나 운동회에 오는 아이들 목에 실로 꿰어져 나오기도 했다. 벌레먹어 홍시가 된 감이 떨어지기도 하지만 운반성, 저장성이 떨어져서 감나무 아래를 지나가던 아이들의 횡재에 지나지 않았다.

추수가 끝나고 감나무 잎이 떨어지면 감나무는 붉은 감만 매달게 된다. 이때 감을 따서 껍질을 깎아 햇볕에 널어말린다. 며칠 지나면 감은 겉이 꾸덕꾸덕해지면서 속이 물러지고 부드러워져서 일단 먹을 수는 있게 된다. 그런 감의 꼭지를 철사나 실 등속으로 줄줄이 매어 처마에 매달면 겨울이 오고 얼었다 풀렸다 하면서 곶감 전체에 눈처럼 분이 곱게 내린다. 단것이 모자란 아이들은 감을 널어놓은 지붕 위를 도둑고양이처럼 오르락내리락하고 까치발에 높이뛰기를 해가며 처마의 감을 노리게 마련이었다. 어찌어찌 곶감을 만들어 팔아서 자식 입에 들어갈 비린 고등어 한손이라도 사려는 어른들은 그런 제 자식 등짝을 후려패는 게 일이었다. 그 대신 부산물인 감껍질은 먹어도 그냥 두었다. 상품성도 환금성도 없으니까. 그런데 '따배이감'으로 한겨울에 먹을 홍시를 만들려면 어떻게 해야 하는가.

감을 딴다. 방 윗목에 있는 옷장 서랍을 하나 비워서 바닥에 왕겨를 깔고 감을 늘어놓는다. 옷장 서랍이 세 개일 경우는 방바닥에서 두번째가 적당하다. 너무 바닥에 가까이 있으면 겨울이 오기 전에 방바닥의 온기로 익어버리고 너무 높은 곳에 두면 채 익지 않는 수가 있다.

젊어서 청상이 되어 자식도 없이 혼자 사시는 집안어른이 계셨다. 설날 새벽, 여럿이 어울려 동네를 돌며 세배를 드리는데 그 댁은 서열로 보아 세번째였다. 혼자 사시는 분이라 열 명이 넘는 아이들에게 세뱃돈을 주기도 만만찮았으려니와 요즘처럼 세뱃돈을 주는 일이 드물었다. 그 어른은 세배가 끝나면 옷장 서랍에 넣어두었던 홍시를 '개봉'해서 정갈한 접시에 하나둘씩 나눠주셨다. 더이상 얇을 수 없는 껍질이되 온전히 모양을 갖추고 있는, 꼭 알맞게 익은 홍시였다. 아, 그 시리게 다디단 맛이라니. 오, 그 기다림과

은일(隱逸)의 향이라니.

　감이 흔해지고 일손은 귀해져서 산골짜기에 한두 그루 서 있는 '따배이감' 따위는 따지도 않는 시절이 되었는지 산천 곳곳에 버려진 감들이 눈 속에 매달린다. 새하얀 눈 속을 다리 다친 멧돼지처럼 돌아다니다가 꽃을 피운 듯, 등불을 켜둔 듯한 감나무를 보았다. 그 홍시의 황홀한 맛을 보았다.

삼천포가 있다

❖대구포

　　　　　　　한국에서 음식점을 고르는 방법 가운
데 하나가 주변에 관청이 있는지 살피는 것이다. 그렇다면 법원 하
고도 헌법재판소가 있는 동네에는 어떤 음식점이 있으며 무엇이
맛있을까. 헌법재판소라 하면 법 가운데 최상위법인 헌법을 다루
는 기관이므로 그곳에서 일하는 사람들은 최상위 법원의 구성원으
로서의 자긍심을 가질 만하겠는데 도대체 이 고상한, 속세를 떠난
듯한 사람들은 뭘 먹나 궁금했던 적이 있었다. 그중 하나 알게 된
것이 삼천포 대구포다.

　삼천포시는 지금 사천시로 이름을 바꾸었는데, 역시 충무에서
이름을 바꾼 통영과 함께 남해안의 대표적인 어항(漁港)으로 꼽힌
다. 고기잡이배들이 무시로 들락거리는 삼천포항으로 대구 아니라

멸치에서 고등어 갈치 꽁치 임연수 오징어 상어 그 무엇이 잡혀들어온다 해도 하나 이상할 게 없고 대구가 포로 만들어져 전국으로 퍼져나간다 해도 이상할 게 전혀 없다. 그런데 그 대구포가 유난히 맛있다는 것이 헌법재판소 앞 어느 골목 맥주집 주인장이 주장하고 입증한 바이다. 대략 십이삼년 전에 말이다. 주인장은 턱이 둥근 사십대 중반의 인심좋게 생긴 사나이였는데 고향이 삼천포는 아닌 듯했다. 그 생김새는 그 집에 드나드는 손님과 구별할 수 없을 정도로 깔끔했고 법조문처럼 군더더기없는 표준말을 구사했다. 한마디로 그는 어디에 치우쳐 '판결'할 사람이 아니었다.

일단 그 집의 대구포는 두툼한 것이 보기에도 덕이 있어 보였다. 이 양감은 쥐포나 명태포에 비할 바가 아니다. 지나치게 딱딱하지도 않고 그렇다고 무르지도 않아서 잘 찢어지고 씹는 느낌도 오징어구이보다 낫다. 곧 다 먹고 나서도 다음날 아침에, 오징어구이를 먹었을 때마냥 턱이 아픈 증상이 거의 없다는 것이다. 생맥주를 마셨는데 자그마한 맥주집치고는 잔도 깨끗하고 온도 관리도 잘되어 있어서 시원했다. 당연히 대구포의 약간 짭조름한 맛과 궁합이 잘 맞았다. 짭조름한 정도이지 아주 짠 건 아니었다.

맥주집의 분위기는 사실 손님들이 좌우한다. 심지어 맥주 맛까지 손님이 좌우한다. 생맥주는 일단 통 밖으로 나오면 빠르게 성질이 변하는 술이고 손님들도 맥주에 못지않게 빨리 교체된다. 느긋하게 앉아서 생맥주를 음미하면서 한밤을 지새우는 손님은 드물다. 맥주가 화장실까지 자주 들락거리게 하니 맥주집이 조용하면 사실 좀 이상한 것이다. 그런데 이 집은 조용했다. 식탁이 예닐곱 개나 되었을까, 손님이 다 채우고 있을 때도 조용한 건 마찬가지였다. 그들 대부분은 양복을 입고 있었고 말소리가 나직했으며 다른 자리에 앉은 사람들에 대해서도 조금씩 아는 것 같았다. 그 분위기가 편안하고 항구성(恒久性)을 느끼게 하는, 한국에서는 이색적인 느낌인데다 대구포가 맛있으니 그것이 삼천포 대구포를 기억하게 된 연유다. 그런데 그곳에 두어 번 가고 나서 그만 직장을 그만두게 되었고 퇴근 후에 친구들이 모여 그 조용한 집에서 생맥주잔을 기울이는 일도 없어지게 되었다. 그래 삼천포 대구포도 더이상 맛볼 수 없게 되었다.

다른 맥주집에 갈 때마다 나는 한동안 대구포를 찾았다. 그런데 그 집만한 대구포를 파는 곳은 없었다. 나중에 주인과 좀 친한 맥주집에 가서 삼천포 대구포를 찾았더니 주인 말씀, 자신의 거래처 내지는 사전에는 '그딴' 이름의 대구포가 없다는 것이었다. "그게 왜 없다는 거야, 내가 헌법재판소 앞 맥주집에서 얼마나 맛있게 먹었는데. 삼천포가 있잖아, 삼천포가. 그럼 대구포도 있어야지." 그럼 그 집에 가서 얻어먹으라고 주인은 대꾸했다. 하긴 그 맥주집은 언제나 시끌벅적하고 한밤중이 되면 취한들이 고래고래 합창까지 해대니 삼천포 대구포의 은근한 맛을 느낄 수 있을 성싶지 않다. 그런 집에 어울리는 안주는 따로 있다. 헌법재판소 앞 골목 조용한, 이따금 그윽하기까지 한 맥주집에는 삼천포 대구포가 어울리듯이.

(며칠 전에 가보니 주인이 바뀌었다. 젊은 여주인은 삼천포 대구포를 몰랐다.)

잘 익어야 맛있다

❖
김
치

    김치가 맛있게 되는 데는 적어도 수십 가지의 조건이 있다는데 그중 한두 가지는 나도 안다. 잘 익어야 맛있다는 것.

  잘 익은 김치에는 안 익은 김치의 수십, 수백 배에 해당하는 유산균이 들어 있다. 유산균 음료를 '요구르트'라는 이름을 붙여 팔고 있고 그게 장수식품이라고 하는 건 다들 아는 일이다. 그런데 우유를 발효시켜 만든 요구르트는 그 자체로는 별맛이 없다. 우유에 유산균을 넣고 하루쯤 발효되기를 기다리면 무미한 발효물질이 만들어진다. 여기에 사과농축액이나 딸기잼을 넣어 섞어먹는데 그게 사과요구르트, 딸기요구르트가 되는 것이다. 그런데 우리가 하루 세 끼 상식(常食)하는 김치는 뭘 섞지 않아도 처음부터 맛있다.

우선 살짝 신맛이 돈다. 침샘을 슬쩍 건드리면서 양쪽 뺨 안쪽을 시리게 하는 그런 맛. 고추의 매운맛을 내는 성분인 캡싸이신은 김치에 들어가서 자극적이면서 개운한 맛을 낸다. 여기다 아무렇지도 않게 더해지는 맛이 있는데 그게 배추의 질감(質感)이다. 김치가 덜 익었을 때나 너무 익었을 때는 배추의 가장 바깥쪽, 그러니까 푸른 잎사귀 쪽의 맛이 강하다. 그러나 김치가 한창 잘 익었을 때는 배추에서 뿌리에 가까운 쪽, 곧 두툼하고 이가 박히는 느낌이 실한 부분에 꽉차게 맛이 든다. 이 부분을 어금니로 붙들어 아래위로 으드득, 맞창 낼 때의 감촉이며 소리며…… 이것이 맛이 아니고 무엇이랴. 시고 떫고 짜고 맵고 쓴, 오미(五味)에는 들지 않지만 맛은 다섯 가지로만 분류될 수 있는 게 아니다. 김치를 아미노산, 염분, 비타민군, 섬유소 따위로 정의할 수 없듯이.

잘 익은 김치는 차게 먹으면 훨씬 맛이 돋워진다. 북풍한설 모진 바람이 쏴쏴 뒤안 대나무 숲을 뒤흔드는 소리를 들으며 김칫독에서 건져온 김치를 썰어서 젓가락을 빌릴 필요도 없이 그대로 입으로 가져갈 때, 손에 이어 입속에 느껴지는 그 차가운 감촉 역시 맛으로 승격시켜야 마땅하리라. 동치미가 있다면 또한 좋을 것인데 얼음이 둥둥 뜨는 그것을 사발에 담아놓고 그냥 돌아가며 들이마셔도 좋고(내장이 다 찌르르한 차가운 맛!) 재미삼아 가위바위보로 순서를 정해 진 사람은 아예 못 먹게 하는 것도 괜찮다. 동치미무를 채썰어 양푼의 밥에 넉넉히 얹은 뒤 참기름과 고추장을 듬뿍 넣고 비벼서 한 숟가락씩 돌아가며 먹으면 또 그 맛은 어떠한고. 역시 재미삼아 가위바위보를 하고 지는 사람은 한 숟가락도 차례가 오지 않도록 해보자. 이게 '못 먹는 사람 약올라 죽는 맛'이다.

대여섯 해 전, 그때 작업실이 있는 이천의 동네 어느 집에 가서 김치를 얻어먹어도 김치 맛이 비슷하게 맛있던 적이 있었다. 내가 그런 말을 하자 앞집 왕선생이 그 동네 김치가 맛있는 건 아낙네들의 손맛이 뛰어난 것임을 전제한 뒤에 "올 김치가 맛있는 건 날씨 덕이 아닐까. 날이 귀때기 떨어져나가게 춥다가 푹하고 또 춥다가도 요새 푹하거든. 고생 끝에 낙이 온다. 이게 김치 맛하고 상관이 있는 거야" 하는 것이었다. 내가 "그런 변덕스러운 날씨 때문에 기온이 일정한 곳에서 은근히 맛이 들라는 의미에서 김칫독을 땅에 깊이 묻는 게 아니야? 날씨는 무슨 얼어죽을……" 하고 핀잔을 줬더니 그는 잠시 생각하다가 이런 대답을 내놓았다. "김치가 맛있어진 건 말여, 네가 철이 드느라고 그러능겨. 이제사 세상 맛을 좀 알게 된겨."

그럴까. 정말 그랬을까. 그러고 보니 그 무렵에 나이가 마흔이 되었던가 싶다.

그렇지 않아도 공장에서 나오는 김치가 집이고 식당이고 구별없이 식탁을 점령하는가 싶었는데 근래에는 김치냉장고까지 나와서 온 세상 김치 맛이 다 비슷해졌다. 종가집 맛, 풀무원 맛, 삼성 맛, LG 맛, 만도 맛, 대우 맛에 우리는 우리의 김치를 잃어간다. 우리의 어머니, 할머니, 고모, 이모의 손맛과 아버지의 삽, 외삼촌의 곡괭이로 판, 뒤안 땅속 또는 김치광의 맛을 잃어간다. 잃어간다, 남 흉내내고 따라 하는 동안 어느새 우리 스스로를 남김없이 잃어가듯.

죽여주는 맛 살 맛

　　　　　　자연에 여러가지 얼굴이 있듯이 자연
이 주는 선물인 맛에도 여러 얼굴이 있다. 시고 맵고 짜고 달며 쓴
맛에 떫은맛이 혀가 느끼는 맛의 대표주자라면 후보선수로는 짭
짤, 씁쓸, 떨떠름, 달콤, 쌉싸름, 새콤, 시큼, 찝찔, 찝찝 등등이 있
겠다. 아무 맛도 느낄 수 없다는 밍밍, 싱거움도 넓은 의미에선 맛
의 얼굴 가운데 하나다.

　맛은 또 그냥 나오는 법이 없다. 맛을 끌어내기 위해선 잡고(죽
이고) 난도질하고 찌고 삶고 볶고 지지고 나아가 푹 고기까지 한
다. 이런 것들이 대표주자라면 후보는 데치고 주무르고 담고(젓갈
따위로) 으깨고 갈고 빻고 짓이기고 무치고 절이고 뒤집고 뒤섞는
것이다. 먹는 사람이야 어떻든 맛의 재료가 되는 채소, 짐승, 물고

기 입장에서는 죽을 맞이겠는데 나는 이 죽을 맛도 맛의 하나로 포함시켜야 한다고 생각한다. 실감이 나지 않는 사람을 위해 이 죽을 맛에 관한 이야기를 인용해보겠다. 고등학교에 입학하자마자 영어 선생님이 해준 이야기 가운데 하나다.

동양권의 어느 나라에서는 가을걷이가 끝난 뒤에 농부가 쥐를 찾으러 다닌다. 수확기의 토실한 영양을 섭취한 어미쥐의 젖을 먹는 갓난쥐를 얻기 위해서다. 나서 눈도 뜨지 못하고 고물거리는 어린 쥐를 가지고 와서는 왕후장상이 모여드는 식탁에 내놓는다. 물론 그냥 내놔서는 요리라고 할 수 없다. 솜씨좋은 주방장이 쥐의 배를 살짝 눌러보아 똥이 들어 있나 없나 확인한 다음, 이미 똥을 만들기 시작한 놈들은 보통 쥐와 마찬가지로 다른 저급요리용으로 제쳐놓고, 어미 젖이 통째 소화되어 부산물 내지는 배설물이 전혀 없는 쥐만 추려 잘 씻는다. 그 다음에 은식기, 금수저, 옥소반에 요리를 차려내고 수정 종지에 양념간장 따위를 곁들여 내놓는다. 대가리에 피도 안 마른 쥐들이 고물거리는 쟁반이 조용히 식탁에 놓이면 이제나저제나 요리를 기다리던 왕후장상들은 눈부터 벌게진다. 가벼운 헛기침과 국경의 동정에 관한 논의가 진행되는 동안 어느 살찐 손가락이 털도 나지 않은 쥐를 한마리 집어 입으로 가져간다. 어린 쥐는 부주의하고 우악스럽게 자신을 움켜쥔 손가락에 놀라 찌익, 하고 비명을 지른다. 그러나 그건 쥐가 들어간 어둡고 냄새나는 터널 속에서 겪어야 하는 고통과 공포에 비하면 아무것도 아니다. 왕과 후께서는 쥐를 위와 아래의 어금니 사이에 품위있게 끼워넣고 째액, 째액 하는 쥐의 비명을 음미하며 조금씩 요리를 맛본다. 섣부른 동정심이나 성급한 탐욕으로 쥐가 들려주는 자연의 소리를 들을 겨를도 없이 한꺼번에 쥐의 등과 배, 또는 대가리를 단번에 이로 짓뭉개는 초보 장수와 재상도 있는데 이들은 앞으로 출세에 다소간 지장이 있을 것이다. 마지막으로 쥐의 꼬리를 이쑤시개처럼 입에서 꺼내어 식탁에 내려놓는 것이 이 요리를 먹는 매너다. 식성이나 기질에 따라 입에 넣기 전에 수저를 사용해서 쥐에 간장이나 양념을 묻혀 먹을 수도 있는데 그러면 쥐를 손가락으로 쥐었을 때의 부드럽고 연약한 감촉을 완상하는 결정적인 풍미를 볼 수 없게 된다. 이런 인간들 역시 촌놈이라고 눈치를 받게 된다. 이것이 쥐에게는 죽을 맛이다.

이처럼 남이 죽을 맛을 보는 사람은 살 맛이 나는가. 나는 아직 그 진미를 먹어보지 못해 확실히는 모르겠지만 이런 이야기는 알고 있다. 이 역시 고등학교 때 선생님께서 들려주신 이야기다. 당신은 이를 실화라고 주장하셨기에 직접화법으로 인용한다.

"내가 군대에 갔을 때 말이야, 운이 좋아서 훈련소 식당에서 일을 하게 됐지. 주방에서 일한 건 아니고, 식사가 끝난 뒤에 청소를 하게 됐단 말이야. 하루는 바닥을 청소하다 말고 의자에 걸터앉아 있는데 갑자기 구석에서 이상한 소리가 들리는 거야. 쪗, 쪗, 쪗, 이런 소리. 쥐라도 있는가 싶었지. 난 대검을 뽑아들었어. 살금살금 소리가 나는 데로 접근해가는데 말이야, 소리가 바뀌는 거야. 쪽, 쪽, 쪼옥. 꼭 입맞출 때 나는 소리처럼. 난 대검을 쥔 손에 힘을 줬지. 쥐가 암놈 수놈 두 마리인지도 모르고 그 두 놈이 신혼여행을 왔을 수도 있으니까. 발소리를 죽여서 다가갔지. 그런데 가서 보니 쥐가 아냐. 사람이야. 탁자 밑에서 뭘 하는지 하도 열중해 있어서 내가 오는 줄도 모르고 있었어. 그 친구가 뭘 하고 있었느냐. 그날 저녁에 돼지고기가 섞인 감잣국이 나왔던가 그래. 국물에서 돼지가 장화를 신고 배를 타고 지나간 냄새가 나긴 했는데 고기는 커녕 비계 하나 구경하기 힘들었지. 그런데 어떤 운좋은 놈에게 바닥에 깔린 뼈 가운데 하나가 국자에 걸려 배급이 된 거야. 그 친구, 옆사람들이 눈치를 챌까봐 얼른 그 뼈를 품속에 감춰둔 거지. 남들이 식사를 마치고 나간 다음에 탁자 밑에 숨어서 뼈를 발라먹고 있었어. 대검 끝으로 뼈 구석구석을 찔러서 조금씩 찍혀나오는 고깃점을 쪽쪽 빨면서, 맛있다, 맛있다 하고 있었던 거야. 그게 얼마나 기가 막힌 맛이었겠나. 지금도 그 반짝거리던 눈이며 쪽쪽거리는 소리가 잊혀지지 않아."

이걸 살 맛이라고 부를 수는 없을까. 뼈에 붙은 살이라는 뜻의 살, 또 살기 힘들 때 위로가 되는 인생의 맛빼기 같은 살 맛. 죽여주는 맛.

바로 그것.

첫눈이 내린 뒤에

❖ 석
화
젓

     지금으로부터 십여년 전에 당시로서는
보기 드문 미식가 한사람이 내게 이런 이야기를 해주었다.
  '여러분은 석화젓이라는 것에 대해 들어보았는가. 굴을 한자로
석화(石花)라고 한다. 생굴로 담근 젓이 굴젓이고 굴의 껍데기를
벗기고 짜지 않게 젓을 담은 뒤 삭으려 할 때 고춧가루나 마늘 따
위를 버무려 담근 게 어리굴젓이다. 그나저나 석화젓은 굴젓이 아
니다. 어리굴젓은 더더구나 아니다. 석화가 굴인데 왜 석화젓이 굴
젓이 아니냐. 지금부터 그 이야기를 하려는 참이다. 석화젓은 내가
분류한 젓갈의 서열에 따르더라도 다섯 손가락 안에 꼽히는 대단
히 뛰어난 젓갈이다. 어쩌면 더이상 이 세상에 존재하지 않을지도
모르겠다. 이 젓은 오직 군산에서만 난다. 그것도 첫눈이 내린 뒤,

두번째 장날이 되는 날쯤에 구할 수 있다. 군산항에서 걸어서 십분쯤 동쪽으로 가다보면 ○○약국이 있고 약국을 오른쪽으로 돌아 일제시대 적산가옥이 즐비한 거리를 따라가다가……(이 부분은 기억도 희미하지만 공개해도 안될 것 같아서 생략함) ○○정미소의 뒷골목 세번째 파란 대문집에 가면 그 젓갈이 있다. 다시 말하지만 이 집에도 석화젓이 언제나 있는 게 아니고 첫눈이 내린 뒤 두번째쯤 되는 장날에 운이 좋으면 구할 수 있다. 일찍 가도 소용 없고 늦게 가면 남이 다 가지고 가고 없다. 이 젓갈은 군산 앞바다에서 ○킬로미터 떨어진 ○도에서 온 것이다. 이 섬에 사는 사람들은 자기들이 먹기 위해 섬 주변의 바다에서 석화를 따서 젓을 담근다. 그런데 농사고 고기잡이고 모두 흉년이 들면 자기들이 먹으려고 담가두었던 그 젓, 석화젓을 배에 실어 군산 장날에 맞추어 가지고 나오는 것이다. 이들은 수줍음이 많고 석화젓의 값을 얼마나 쳐서 받을지 몰라 원래 섬에서 살다가 군산으로 나온 사람의 집에 젓을 맡긴다. 그 젓이 팔리기를 저녁까지 기다렸다가 그 돈으로 식구들의 양식과 옷가지 등속을 사간다. 그 젓을 먹으려면 섬사람들이 섬주변의 석화를 따서 젓을 담근 해에 섬에 흉년이 들어야 한다. 섬에 사는 어느 가장이 펄펄 내리는 첫눈을 바라보며 젓갈이라도 팔아야 양식을 사올 수 있겠다고 생각하게 되기까지 눈이 사정없이 내려야 한다. 하여튼 나는 그 젓을 먹어보고 이 세상에 태어난 것을 자축하며 입속으로 조용히 만세를 불렀다.'

근래에 시골에 전원주택을 지을 땅을 구하러 다니는 내 친구에게 몇년 전에 귀향해서 농사를 짓고 있는 귀향민이 이런 이야기를 해주었다고 한다.

'나도 이 땅을 살 때 알아볼 만큼 알아보고 싸게 샀다고 생각했는데 길을 알고 나니 꼭 그런 것도 아닌 것 같다. 이 시골도 사실 어지간한 땅은 서울사람들이 다 붙잡아두고 있다. 어쩌다가 시골 사람들이 농사짓던 땅이 나오면 좋은데 그것도 중간에 사람이 들면 파는 사람은 파는 사람대로, 사는 사람은 사는 사람대로 억울하게 되는 경우가 허다하다. 예를 들어서 지금 내가 여기에 있는 밭을 판다고 하자. 나처럼 땅을 사서 농사를 지으려고 하는 사람에게 이 밭은 평당 삼만원쯤 받을 것이다. 댁처럼 전원주택이니 뭐니 하는 걸 찾으러 다니는 사람한테는, 비록 성의가 조금 있어 보이긴 하지만 서울사람은 서울사람이니 평당 오만원은 받는다. 심술을 부리거나 텃세를 하는 게 아니라 당신 같은 사람은 우리보다 돈이 많고 땅이 마음에 들면 그 돈을 아낄 사람이 아니기 때문이다. 만약에 서울에서 한번 와보지도 않고 땅만 사놓은 다음에, 같은 서울에서 임자가 나서면 크게 부풀려서 한몫 보려고 한다면 이 땅 생긴 걸로 봐서 칠만원은 줘야 할 게다. 사는 데도 부동산업자를 끼고 사야 하고 나중에 팔 때도 부동산업자를 끼워야 하는데 그 사람들, 자기들끼리 서류만 보고 사고팔며 값만 올려놓는다. 시골에서는 마을 이장이 부동산중개를 하게 되는 경우가 많은데 자기가 살 것처럼 삼만원에 사가지고 하루 만에 어벙한 외지인한테 칠만원에 팔아먹고 이사를 간 사람도 있었다. 자, 그러면 어떻게 하면 실수요자인 당신이 좋은 땅을 싸게 잡을 수가 있느냐. 우선 첫눈이 내리기를 기다려야 한다. 땅에 풀이나 곡식, 나무가 서 있으면 모양을 확실하게 알 수 없다. 첫눈이 내릴 때쯤이 되어야 풀도 다 말라 죽고 나뭇잎도 떨어져서 땅의 생김새를 정확하게 알 수 있다. 그런데 사실 더 중요한 이유가 있다. 첫눈이 내려야 좋은 땅이 나온다. 농협에 가면 농부들에게 대출을 해주는 대부계가 있다. 내가 아는 대부계는 아주 똑똑한 젊은 친구인데 일단 농부들에게 대출을 해주면 영원히 못 돌려받는 것으로 알고 있다. 알다시피 요즘 농사가 농사인가. 첫눈이 내리면 정말 농부들 허파가 갑갑해진다. 앞날이 보이지 않으니 땅을 쥐고 있어봐야 소용이 없다는 생각이 절로 드는 것이다. 게다가 대부계에서 매일 전화를 해서 융자금 상환하라고 독촉을 해대면 너도나도 땅을 내놓게 된다. 바로 그런 땅을 잡아야 한다. 대부계를 잘 사귀어두었다가 좋은 땅이 나올 것 같다는 말을 들으면 당장 농부와 담판을 지으면 된다. 중요한 것은 현금을 가지고 가서 그날 계약을 끝내야 한다는 거다. 농부들은 현금을 보면 절대 안 팔고는 못 배긴다. 농협 입장에서는 농부가 파산해서 그 땅 경매에 넘어가면 시간 깨지고 욕먹어가며 제값 못 받는다. 똑똑한 대부계는 실수요자와 농부를 잘 연결해서 대출금을 잘 회수한다. 실수요자는 싸게 살 수 있어서 다행이니 누이 좋고 매부 좋은 격이다. 농부? 농부는 앞으로 어쩔지 잘 모르겠네, 땅도 없이 앞으로 어떻게 농사를 지을동.'

올해 첫눈이 왔던가. 첫눈이 오면 짐승들의 첫 발자국이 찍힌 눈 덮인 빈 들판에 서보리라 다짐했는데.

오리 머슴

❖ 오리쌀

삼년 전에 귀농해서 농사를 짓고 있는 H가 택배로 쌀을 보내왔다. 포대에 씌어 있는 주소는 출판사를 경영했던 사람답게 달필로 정확하게 적혀 있었는데 그 위에 '오리쌀'이라고 커다랗게 쓴 글씨가 인상적이었다. 물론 그 글씨는 H의 글씨가 아니었다. 나중에 물어보니 자신이 살고 있는 홍성 일대의 쌀이 오리농법으로 지어지는 것으로 유명하다고, 그래서 자신의 쌀 포대에 든 쌀도 으레 오리로 지은 쌀이려니 하여 택배회사의 직원이 그렇게 썼을 것이라고 했다.

오리쌀은 오리를 머슴으로 삼아 지은 논에서 나온 쌀을 말한다. 6월쯤 벼가 왕성하게 생육하기 시작할 무렵 청둥오리와 집오리의 유전자를 반씩 섞은 오리 새끼를 들여온다. H는 한 마지기 이백

평, 스무 마지기의 농사를 지으면서 육백여 마리를 들여왔다고 한다. 새끼 한마리가 일천팔백원이라니, 다 키워서 잡은 생닭 값이다. 이 머슴들이 논 밖으로 못 빠져나가게 논 주위에 울타리를 두르고 그 안에 집어넣는다. 그리고 먹이를 끊으면 오리들은 배가 고파서라도 논에 들어가 벌레도 잡아먹고 잡초도 뜯어먹고 한다는 것이다. 오리가 배설을 하여 거름도 보태고 논바닥을 헤집고 다니면서 풀의 성장을 막는 역할도 할 것이다. 이렇게 하여 8월쯤 이삭이 패기 시작할 때까지 오리를 논에 둔다. 이삭이 팬 뒤에는 오리가 이삭을 잘라먹지 못하도록 밖으로 꺼내는 것이다. 어떻든 이렇게 하여 살아남은 오리는 근육이 발달하고 강인한 생명력을 갖추게 된다. 그 대신 살이 별로 없고 맛도 없다. 대개의 경우 오리가 논에서 퇴역한 8월쯤 오리사육 전문회사에서 와서 오리를 데려가는데 이듬해 새끼 오리를 거저 주겠다는 조건이라고 한다. 이러한 과정에서 죽는 오리가 적지 않게 나온다. H의 경우에는 방법을 몰라 첫해에 거반이나 죽었다고 한다. 원래 그 오리라는 게 벼농사를 짓기 위해 전문적으로 개량한 종자도 아니고 거저 사료 먹여서 살이나 실컷 찌워서 팔려는 게 목적인 오리 새끼였다가 운이 없어 웬 논바닥으로 팔려왔는데 실컷 먹어보지도 못하고 아침부터 저녁까지 돌아다니면서 비쩍 마른 게 안돼 보이기는 하더란다.

무농약 유기농 쌀농사에는 오리농법뿐만 아니라 우렁이농법, 목초액이나 녹즙, 미생물을 이용한 농법도 있다. 농약이며 화학비료도 다 돈이고 품이다. 농약이 몸에 해롭다는 건 농부들 자신이 가장 잘 알고 있으니 좋아서 뿌리는 것도 아니다. 이렇게 무농약 유기농법으로 생산한 쌀은 일반 쌀보다 1.5배쯤 더 받는다. 생산량도 농약, 화학비료로 지은 논에 비해 크게 떨어지지 않는다. 사람 손으로 하는 일이 많아 몸이 고되고 품앗이가 잘되어야 한다는 게 문제다. H는 자신이 지을 수 있는 논의 넓이를 대략 스무 마지기로 보는 것 같다. 그 이상 지으면 힘들어서 감당이 안될 거라고 한다. 쌀농사만 짓는 게 아니고 밭농사도 있고 소소한 부업도 하고 있어서 여념이 없는 나날이지만 일년 수입은 아직 이천만원 미만이다. 그의 올해 목표는 쌀농사로 수입 일천만원을 넘기는 것이다. 참, 그는 작년에는 오리를 논에 넣지 않았다고 했다. 십만원 주고 산 중고 경운기와 몸뚱이 하나로 열다섯 마지기 농사를 지어냈다. 이 앙기며 콤바인은 품앗이를 해주고 빌려썼다고 했다.

H가 보낸 쌀로 밥을 지어먹어본 사람들의 평가는 한결같이 '그 쌀 더 없느냐'는 것이었다. 전화를 하자 H는 그 쌀이 다 팔려나가고 더 없다고 하면서 밥맛은 벼에 함유된 수분의 비율과 깊이 관련되어 있는데 추수하고 나서 햇볕이 워낙 좋아서 나락을 말릴 때 이상적인 수분 함량을 맞출 수 있었다고, 밥맛을 날씨 덕으로 돌렸다. 그래도 직접 가면 좀더 구할 수 있지 않을까 싶어 며칠 뒤에 무작정 차를 몰고 내려갔다. 그런데 정말로 그와 식구들 먹을 것에 종자로 할 벼만 남기고 더는 없었다. 아, 별은 참 많았다. 정갈한 반찬으로 차린 밥상을 받아서 잘 얻어먹고 나오는데 그는 쌀 대신 잘생긴 호박을, 올해 본 호박 중에 가장 잘생긴 호박을 둘씩이나 차에 실어주었다. 겨울이 깊으면 죽이라도 쑤어먹으라면서.

쏘가리와 동무 생각

　　　　　　내 친구 중에 쏘가리를 잘 잡는 친구가
있다. 맑은 강 속 깊은 곳에 살아 구경하기도 힘든 쏘가리를 잘 잡
는 이 친구는 정작 쏘가리를 요리하는 법은 모른다. 그래서 쏘가리
를 잡으면 쏘가리 요리를 잘하는 친구를 부르게 마련인데 늘 부름
을 받는 그 친구의 쏘가리 요리 솜씨는 당대에서 찾아보기 힘들다
는 게 주변의 평이다. 쏘가리 요리의 거장은 그냥 거장이 되는가.
아니다. 쏘가리를 잘 잡아다주는 친구 못지않게 쏘가리를 잘 먹어
주는 친구가 필요하다. 오늘의 주인공은 바로 쏘가리를 잘 먹어주
는 친구다.
　　이 친구는 자다가도 누가 옆에서 '쏘가리'라고 속삭이면 벌떡 일
어날 정도로 쏘가리를 좋아한다. 새벽 몇시건 간에 "쏘가리 먹으러

올래?" 하는 전화가 오면 옷을 걸쳐입고 대문을 나서고 본다. 그러다가 울상을 짓고 다시 전화기 앞에 돌아가는 것은 급한 나머지 그 전화가 어디서 왔는지, 전화를 한 사람이 누구였는지, 어디서 자신을 기다리고 있는지 물어보지 못했기 때문이다. 다시 전화가 올 때까지 옷을 입은 채 끄덕끄덕 졸며 기다리다 출근한 적도 여러번이라 한다. 이 정도면 가위 당대 일류의 쏘가리 낚시꾼, 당대 일류의 쏘가리 요리사에 버금가는 수준의 쏘가리 애호가라 하겠다.

갖은 재료와 솜씨, 정성을 다해 만든 쏘가리 요리가 완성되면 오늘의 주인공이 헐레벌떡 들어선다. 쏘가리를 보는 즉시 인사고 뭐고 "아이고, 쏘가리!" 외치는 동시에 번개처럼 숟가락을 뽑아들고 상으로 달려든다. 노도와 같은 그 기세, 좌우를 돌아보지 않는 출중한 먹성은 구경거리가 되기에 부족함이 없다. 그러나 이십분도 못 되어, 그 친구는 '깨르르륵' 하는 트림소리와 함께 숟가락을 내려놓고 만다. 먹고 싶은 것의 절반도 먹지 못하고 배가 가득 찬 것이다.

담소를 나누던 낚시꾼, 요리사, 그리고 오늘의 손님이 된 내가 천천히 숟가락을 든다. 소주를 기울여가며 진문기담(珍聞奇談) 속에 느긋하게 남은 쏘가리 요리를 맛본다. 참기름을 치고 갖은 야채와 김치를 썰어넣어 밥을 볶아먹는 동안 먼저 쏘가리를 먹었던 친구는 배를 쓸며 무료하게 기다려야 할 따름이다. 그런데도 그를 가끔 주인공으로 삼아주는 건 그가 진정 잡은 자와 요리한 자의 보람을 느끼게 해주기 때문이리라.

쏘가리의 산란기(6~8월. 이 기간에 잡는 건 불법이다)가 끝났다. 이제 만천하의 고기가 살찌는 계절이 왔다 하니, 쏘가리가 되어서라도 그리운 벗들 곁으로 가고 싶구나.

꿀 먹은 벙어리가 하지 못한 말

벌꿀

　　　　　　　　경기도 양평 어느 산 아래 집을 지은
분이 있다. 근래 집을 비운 동안 이층 천장에 말벌이 집을 지었다.
독사보다 더 위험하다는 말벌에 부인이 두 번인가 쏘여 병원에 다
녀오기까지 했다. 소방서에 신고를 하고 출동을 기다리다 아랫집
공사장에 가서 그 이야기를 했더니 인부들이 해결을 해주겠다고
나섰다. 인부들은 뿌리는 살충제를 벌집 입구에 몇번 뿌리고는 벌
집을 확 뜯어내어 들고 가버렸다. 알고 보니 말벌의 벌집이 장식용
으로 상당한 값에 팔리는 모양이었다.
　말벌 가운데 가장 크고 독성이 강하며 공격적인 종류는 장수말
벌이다. 장수말벌은 집을 땅속에 짓는 경우가 대부분인데 벌초를
하다가 바위틈이나 땅을 잘못 건드려 말벌에 쏘이는 경우 장수말

238

벌이기 쉽다. 장수말벌에 쏘이면 혼수상태에 빠지거나 심지어 죽는 경우도 있다. 독이 강한 동물을 술로 담아먹으면 정력에 좋다는 대한민국 사내들의 선입관, 아니 집단무의식, 아니 생활의 지혜에 따른 것인지는 몰라도 말벌주라는 게 있는 모양이다.

몇년 전에 내 작업실이 있는 동네에 갔더니 땅을 파다 말벌집이 나왔다며 마을 앞 구멍가게 앞이 온통 축제분위기였다. 술을 담아 먹는 건 성충, 날아다니는 벌이고 동네 사내들이 축제분위기에 젖은 것은 벌집의 애벌레 때문이었다. 애벌레를 어떻게 요리를 할 것인지 설왕설래하는가 싶더니 결정이 되자마자 댓바람에 누군가가 휴대용 가스레인지와 식용유, 프라이팬을 가져왔다. 그러더니 애벌레 수백 마리를 기름을 두른 프라이팬에 볶는 것이었다. 기름 냄새와 고기 냄새가 고소하게 나고 지상 최고의 별미라는 설명과 함께 성의있게 권해오는데도 먹고 싶은 생각이 들지 않았다.

강원도 산골에서 벌을 치는 사람의 일상을 다룬 다큐멘터리를 텔레비전에서 본 이후 말벌은 몇십 마리만 작당해도 꿀벌 수만 마리를 전멸시키는 악독한 종자로 알고 있었던 터라 불쌍하다는 생각은 없었다. 말벌은 벌이지만 꿀을 먹지 않고 꿀을 만들거나 모으지도 않는다. 장수말벌은 곤충의 최상위 포식자로서 다른 말벌이나 벌, 나방, 나비, 애벌레를 사냥하고 심지어 왕사마귀도 밥으로 안다.

알고 보면 말벌 역시 생명을 지속해야 한다는 본능에 따라 살아가는 것뿐이다. 말벌이 다른 벌집을 공격해서 벌을 전멸시키고 애벌레를 제 집단의 애벌레의 먹이로 삼긴 하지만 말벌이 직접 고기

를 먹는 건 아니다. 말벌의 먹이는 애벌레의 몸에 들어 있다. 말벌
이 잡아온 고기를 씹어서 경단 모양으로 만들어서 애벌레에게 먹
인 뒤 애벌레의 배를 긁으면 애벌레는 몸에 들어 있는 액즙을 토해
내는데 그게 말벌의 주식이다. 그 외에도 말벌은 참나무 수액을 아
주 좋아하고 여름과 가을에는 애벌레의 배를 긁기보다는 수액을
먹어서 영양을 섭취한다. 말벌주나 애벌레 요리 이야기를 하려고
한 게 아닌데, 어떻게 하다보니 이렇게 길어졌다. 결국 참나무가
나왔으니 원래 하려고 하던 이야기로 돌아가자.

　꿀 중에 목청(木淸)이라는 게 있다. 석청(石淸)은 '산속의 나무
나 돌 사이에 석벌이 모아놓은, 질이 좋은 꿀. 석밀(石蜜)'이라고
국어사전에 정의되어 있지만 목청은 사전에 없다. 당연히 목벌도
없다. 벌의 이름이 무엇이든 간에 나무 속에서 나는 꿀이 목청이
다. 나는 그렇게 들었다. 강원도 인제의 필례약수 옆에 있는 음식
점에서 토산물을 파는 안경 쓴 남자가 그렇게 말했다.

　그는 나와 동행인 J선배가 설악산 특산이라는 병풍취를 곁들인
산채백반을 먹고 나서 선반에 있는 꿀단지에 관심을 보이자 찻숟
가락 하나만큼의 목청을 먹게 해주었다. 그러고서 밥숟가락으로
보통 꿀을, 물론 그것도 설악산의 토종꿀이지만, 퍼주었다. J선배
는 별다른 반응이 없었지만 나는 목청을 먹고 뒷골이 약간 띵해지
는 것 같았고 토종꿀을 먹고도 비슷한 느낌을 받았다. 남자는 그게
예민한 사람들이 보이는 '명현현상'이라고 하면서 어떤 사람들은
목청으로 담은 술을 두어 잔만 마시고도 뒷방에 뻗어서 열 시간,
스무 시간씩 잠을 자는 경우도 있다고 했다. 나보고 목청이 잘 받는

사람 같다고 1.5리터짜리 병 하나에 이십만원 한다는 그걸 사라고 했다. 내가 머뭇거리자 그는 내가 노가리, 아니 황태, 아니 이야기 좋아하는 사람인 줄 어떻게 알았는지 이런 이야기를 늘어놓았다.

"설악산 대청봉에 첫눈이 오기 전쯤에, 그러니까 늦가을이 다 돼서 꽃도 없어지고 찬바람이 살살 불기 시작할 때쯤에, 진한 설탕물을 접시에 타가지고 저 넓은 공터에 두 손으로 접시를 떠받들고 서 있는다(앉아 있으면 안되느냐, 접시를 가슴 아래로 내리면 안되느냐, 땅바닥에 내려놓으면 안되느냐 하는 질문은 하지 않았다, 꿀 먹은 벙어리가 되어서). 그러면 지나가던 벌이 한마리 와서 접시에 내려앉는데 그 벌이 설탕물을 먹고 돌아가는 방향으로 몇십미터 더 전진해서 역시 접시를 쳐들고 서 있는다. 집에 돌아간 벌이 제 동료를 데리고 오는 시간은 집이 얼마나 떨어져 있느냐에 따라서 좀 다른데 오래 걸리면 삼십분도 걸리고 빨리 오면 오분 안에도 온다. 벌들이 설탕물을 먹고 돌아가면 그 방향으로 더 가서 마찬가지로 서 있는다. 이런 식으로 몇시간, 혹은 며칠 동안 벌집을 찾아가면 대개 큰 참나무 고목이 나오게 되어 있다. 잘 살펴보다보면 벌 한두 마리가 기어다니는 곳에 벌 크기만한 자그마한 구멍이 있다. 그러면 가지고 간 톱으로(전기톱인지 흥부가 박을 탈 때 쓴 톱 같은 건지, 언제부터 어느 손으로 들고 갔는지 묻지도 않았다) 나무 한쪽을 네모나게 잘라낸다. 나무 안쪽에 고층아파트 같은 벌집이 붙어 있는데 운이 좋으면 오년 십년짜리 벌집을 만나기도 하고 그러면 목청을 몇말씩, 드럼으로 받을 수도 있다. 그러면 그 드럼통을 굴리면서 산에서 내려온다."

그는 목청이 특히 중풍환자에게 좋은데 보통사람의 뒷골이 콱 당길 정도로 막강한 에너지가 마비된 조직과 신체를 풀어주고 피를 쌩쌩 돌게 할 것이라고 덧붙였다. 결국 나는 그걸 사고 말았다. 돈이 없어서 한병은 다 못 사고 반병만 사서 어느 분께 드시라고 드렸다.

근자에 나는 히말라야 산중 고산지대에서 나오는 석청에 식물성 독이 들어 있을 수 있으니 먹을 때 주의하라던가, 먹지 말라던가 하는 기사가 나온 걸 얼핏 보고 뒤통수에서 에밀레종이 울리는 것 같은 느낌을 받았다. 전화를 드렸더니 목소리로는 아무 낌새도 챌 수 없었다. 그날 점심때 만나서 조심스럽게 그때 그 목청 다 드셨느냐고 했더니 그랬다는 대답이었다. 나는 모든 꿀은 식물에서 나오는 것이고 그 식물들은 각기 방어체계를 가지고 있을 것인데 그중 하나가 독이며 그 독을 모아서 사람이 먹게 될 경우, 상당한 양이 되면 위험할 수도 있겠다는 말을 할 수 없었다. 보통 꿀보다 더 좋다는 목청, 그 목청보다 더 좋다는 석청, 그것도 강원도 산보다 훨씬 높은 히말라야 산맥의 고산에서 나오는 그 석청에 식물성 독이 들어 있어서 먹은 사람이 의식을 잃고 병원에 실려갔다는 말도 하지 않았다. 하지 못했다. 그분이 사준 월남국수를 조금 맛없게 먹었을 뿐이었다.

또 얼마의 시간이 지나고 나서 그 석청에 들어 있는 식물성 독이 히말라야 고산지역 특산으로 일부 석청에만 문제가 있을 뿐 국내산 꿀에는 아무런 문제가 없다는 것도 알게 되었다. 나는 그 말을 그분께 전하지도 않았다. 할 필요가 없었으니까. 그날 점심에는 내

가 직접 쌀국수를 만들어 먹었는데 나 혼자 국수 끓이고 국물 만들고 나 혼자 먹었지만 참 맛있었다.

무서운 맛

❖ 조
미
료

      훈련병은 늘 배가 고프다고 하는데 적
어도 내가 군에 입대했던 1980년대 초반, 논산훈련소에서는 밥이
모자라지는 않았다. 일단 배식을 받아 빨리 먹으면 다시 줄을 서서
밥을 타먹는 게 용인되었던 것이다. 그래도 언제나 허기가 지는 기
분이었다. 사람의 위가 밥통만은 아니기 때문이리라.

  일과가 없는 일요일 아침에는 라면을 주었다. 찐 라면 한 덩어리
에 라면 스프(수프라고 하는 게 표기에는 맞지만 라면에서는 이렇
게 쓴다)만 넣고 끓인 물, 날달걀이 나왔다. 찐 라면을 국물에 집
어넣고 날달걀을 깨뜨려넣으면 국물이 부옇게 흐려지곤 했다. 라
면이 퍼질 리 없으니 뜯어먹다시피 하는 게 보통이었다.

  훈련병과 달리 기간병들은 그 라면을 거의 먹지 않았다. 식당 밖

에 남은 음식을 버리는 통이 있었는데 그 속에는 기간병들이 먹지 않고 버린 라면들이 임자 잃은 나룻배처럼 떠다녔다. 당연히 그걸 주워먹는 훈련병이 있었고 못 주워먹고 억울해하는 훈련병도 있었으며 '두고 보자, 훈련소에서 나가기만 하면 가장 먼저 제대로 끓인 라면을 먹겠다'고 다짐하는 훈련병도 있었다.

그러던 어느날 식당 주방에 사역을 나갔다가 군대용 '덕용라면'이 쌓여 있는 곳에서 따로 나온 덕용스프를 얻게 되었다. 그 스프를 작업복 상의 주머니에 비장해 다니면서 밥에 조금씩 쳐서 먹기도 하고 양배추된장국에 넣기도 하고 양배추김치에 넣기도 했으며 건빵에도 뿌려먹었다. 그때에 이르러 비로소 허기가 사라진 것 같았는데 훈련병으로 관록이 늘어서 그런 것만은 아니었다.

내 고향에서 해장국집으로 가장 잘 알려진 곳은 옛 우시장거리에 있는 식당이다. 서부극에 나오는 바처럼 긴 나무식탁이 직각으로 둘러쳐져 있고 안쪽에는 시래기해장국이 끓고 주인이 일하고 있으며 바깥에는 동그란 플라스틱 의자가 식탁을 따라 놓여 있다. 식탁에는 언제나 고춧가루와 소금, 간장 등속의 양념이 준비되어 있었다. 식성에 따라 넣어서 먹으라는 의미이리라. 그런데 이 해장국집에 다른 곳에서는 볼 수 없던 양념이 하나 더 있었으니 그게 바로 라면 스프였다. 군대에 다녀와서는, 가기 전과는 달리 나는 그 라면 스프를 쳐다보지도 않았다.

고등학생이던 1960년대에 절에 출가한 적이 있는 어느 작가의 행자시절 회고담에 이런 게 있었다. 노스님들이 공양을 할 때마다 어린 행자들 눈에 띄지 않게 돌아앉아 조금씩 밥에 뿌려먹는 게 있더라는 것이다. 알고 보니 그게 라면 스프라고 했다.

 1980년대에 서울 대로변 노점에서 파는 떡볶이, 오뎅, 김밥, 만두를 나는 거의 한번도 먹은 적이 없었다. 반면 집의 방향이 같아서 같이 지하철을 타고 다니던 내 친구는 노점을 그냥 지나쳐가는 날이 단 하루도 없었다. 집에 가는 길에 친구가 노점에 들르면 나는 뒷전에 서서 그가 빨리 하루치의 '불량식품'이자 간식을 먹고 나오기를 기다리곤 했다. 그런데 어느 하루는 그 친구가 노점 바로 앞에서 가방을 내게 맡기고 화장실에 가버렸다. 나말고는 아무도 없다는 것을 확인한 노점 여주인은, 길에 멀뚱멀뚱 서 있는 나라는 인간이 자신의 음식과 관련될 만한 인상도 주제도 팔자도 아님을 단숨에 간파했는지 주저없이 해야 할 일을 실천에 옮겼다. 그 일이란 엉덩이 아래쪽에 있는 종이부대에 손을 집어넣어 모종삽을 꺼내고 모종삽으로 무엇인가를 퍼담아 물이 졸아든 오뎅국물에 집어넣는 것이었다. 한번으로는 부족했는지 고개를 갸우뚱하고는 반 삽 정도를 다시 퍼넣고 엉덩이 아래로 모종삽을 치운 뒤에 양동이에 떠놓은 물을 국물통에 들이부었다. 곧 친구가 왔고 나는 그가 여느 때처럼 오뎅꼬치 두 개에 떡볶이 일인분, 삶은 계란 하나, 군만두 다섯 개를 먹는 걸 지켜보며 서 있었다. 그 모든 것을 먹을 때에 그가 어김없이 곁들인 것은 종이잔에 국자로 따른 오뎅국물이었다. 지하철을 타기 전에 나는 그 친구에게 내가 목격한 것을 이야기했다. 그러자 친구는 "그기 뭐 그리 대단하다꼬. 그래 보이 라면 스프 같은 기지. 너는 온 세상의 쪼만한 일도 다 궁금나? 나는 한나도 안 궁금타" 하고는 민사소송법 교재를 꺼내 흥미진진하게 읽기 시작했다.

라면 스프에 들어 있는 성분은 라면마다 조금씩 다르고 시대와 장소에 따라 다르겠지만 거기에 공통적으로 빠지지 않는 것은 정제염과 글루탐산나트륨(MSG)이다. 최근 라면에 나트륨이 너무 많아서 문제라는 게 알려지기 시작해서 시민단체와 라면회사 사이에 공방이 있었다. 이를테면 세계보건기구(WHO)가 권장하는 하루 나트륨 섭취량은 1,968밀리그램 정도이고 미국은 1,500밀리그램, 한국은 3,500밀리그램인데 라면 한개에 들어 있는 나트륨이 평균 2,075밀리그램이라는 것이다. 나트륨도 문제지만 MSG의 해악은 이전부터 유명했다.

1970년대에 미국에서 중국음식 붐이 일었는데 일부 중국음식점에서는 식탁에 MSG를 담은 통을 두고 손님 입맛에 따라 마음껏 요리에 넣어먹게 했다. 이처럼 MSG를 대량으로 먹은 뒤에 마비와 가슴떨림, 두통, 복통 증상이 나타났고 알레르기나 천식환자는 적은 양에도 민감하게 반응했다. 태아나 갓난아기의 경우에는 글루타르산이 뇌에서 신경전달물질로 기능해서 뇌로 가는 혈액을 차단, 뇌와 신경계에 치명적인 손상을 입힐 수 있기 때문에 MSG는 유아식에 넣지 못하도록 되어 있다. 고혈압, 저혈압, 알츠하이머, 뇌졸중, 당뇨병 환자에게도 MSG가 문제될 수 있다. 건강한 사람도 공복에 MSG 3그램을 먹으면 MSG 관련 증상을 보이는데 보통 우리의 한끼니에 0.5그램이 들어 있다고 한다.

MSG가 명찰을 달고 '나 들어가 삽니다' 하고 인사 차린 뒤 들어가 있는 경우보다는 '맛소금'의 '맛'이나 '가수분해 식용 단백질' 같은 어려운 이름으로 슬며시 들어가 있는 경우가 많기 때문에 일상적으로 우리가 먹게 되는 MSG의 양은 생각보다 많다. 감자칩, 조미 땅콩, 사출방식의 과자, 라면, 김치는 물론이고 값싸게 손님이 원하는 맛을 내야 하는 대부분의 식당 음식에 들어 있는 것이다.

십여년 전 어느날, 여름이 시작되던 무렵 서울 인사동 초입에 있는 어느 골목 안 한식당에 나는 앉아 있었다. 술을 마시고 싶었고 색다른 안주도 먹어보고 싶었지만 돈이 없었다. 나와 비슷한 처지인 선배가 소주 한병과 수육을 주문했다. 신기하게도 소주와 수육의 값이 일치했다. 소주는 물론 새 병에 들어 있었지만 수육은 여러번 식탁에 나갔다 들어온 듯 검게 타 있었고 이가 들어가지 않을 정도로 딱딱했다. 그리고 그 위에는 바늘귀만한 흰 알갱이가 점점이 뿌려져 있었다. 그 수육을 우리 다음에 오는, 우리처럼 가난한 사내들이 또 먹게 할 수 없다는 의무감으로 힘껏 물어뜯는데 문득 비오는 소리가 들렸다. 한옥이라 그런지 양철 빗물관을 통해 떨어지는 물소리는 정말 아름다웠다. 그 순간 앞니에 고깃조각을 하나씩 문 우리는 얼굴을 마주보았고 포옹이라도 하듯 그 아름다움을 나누었다.

화학조미료의 알갱이를 보면 그때 생각이 난다. 빗소리와 수육, 공감의 행복이. 안 보이는데도 들어가 있다는 걸 알게 되면 무섭다. MSG의 맛을 '감칠맛'이라고 하고 일본말로는 '우마미(旨味)'라고 부르는 모양이다. 나는 '무서운 맛'이라고 부르고 싶다. 글루타르산이 사람의 미각을 본능적으로 잡아끌기 때문에 그 맛에 길들여지면 몸에 좋은 다른 식품을 멀리하게 되기에 더욱 무섭다.

어리석은 농부와 사과나무 용사들

❖
사
과

          사과는 맛있다. 그건 기차가 긴 것과 마찬가지로 분명한 사실이다. 나의 경우 사과의 맛은 사과를 깨물 때 결정된다. 정말 맛있는 사과는 입아귀를 다 아프게 만든다. 입 속의 모든 기관이 저 먼저 맛보겠다고 설쳐대는 것 같다. 먼저 달콤한 향기가 소리없이 공습하고 신맛이 어금니 뿌리 근처의 신경을 가격한다. 씹을 때의 와그작와그작하는 소리도 다른 과일에서는 듣기 힘든 상쾌한 소리다. 여기에 더하여 한겨울 밤에 차디찬 사과를 깨물 때의 그 느낌을 맛으로 이야기하는 사람도 있고 손에 쏙 들어올 만큼 자그마한 사과를 외국에서 맛보았을 때 갑자기 느껴지던 향수를 맛으로 이야기하는 사람도 있었다. 이를테면 캄보디아의 시엠립에서 프놈펜으로 가는 쌍발기, 에어컨이 없어 드라이아이스에서 나오는 희뿌연 냉기를 선풍기로 부쳐주던 그 비행기 안에서 여승무원이 나눠주던 자그마한 사과 같은 것, 그것을 쥐었을 때의 감촉 그 자체를 맛이라고 부를 수 있다는 데 나는 전적으로 동의한다.

대학에 진학하면서 서울로 온 후 이십여년 이상을 서울에서 직장생활을 하며 살다가 강원도 홍천으로 귀농한 친구가 있다. 강원도 출신이긴 해도 홍천은 그와는 아무런 연고가 없는 곳이다. 삼천오백여평의 밭을 사고 침목을 사다 집을 짓느라 바쁜가 싶더니 심사숙고한 끝에 사과농사를 짓기로 결정을 했다. 한우를 키우기도 하는데 축산을 전문적으로 하려는 게 아니라 사과농사에 필요한 거름에 가축의 배설물이 절대적으로 있어야 한다는 것이었다.

그가 사과농사를 짓겠다고 하자 이웃 농부들은 고개를 갸웃거렸다. 농사기술을 가르치는 기관이 홍천읍에도 있는데 그 기관의 직원들도 고개를 가로젓긴 마찬가지라고 했다. 홍천에서는 누구도 사과농사를 지은 적이 없다는 게 가장 큰 이유였다. 당연히 가까운 곳에 농사기술을 배울 사람이 없었고 사과농사에 맞는 비료며 농약이며 자재를 구하려면 사과 주산지에 가야 했다. 그가 믿었던 것은 "홍천도 사과농사를 지으면 잘될 수 있을 것"이라고 어느 사과 전문가가 했다는 말이었다. 그리고 그는 땅과 거름의 힘을 믿었다. 최종적으로, 결정적으로 그는 생명의 힘을 믿었다.

홍천군 서석면 하고도 수하리의 골짜기에 있는 그의 집은 한겨울에 가장 추울 때는 영하 30도를 오르내린다. 보통 사과나무가 자연상태에서 견딜 수 있는 온도의 한계가 영하 30도쯤이라고 한다. 사과

나무를 가져다 심었던 첫해 새파랗게 얼어붙은 어린 가지들을 나도 본 적이 있다. 그때 그의 침목집 벽에 걸린 온도계는 영하 25도를 가리켰다. 그 불쌍한 어린 나무들을 위해 군불을 때주지는 못한다고 하더라도 짚이나 보온재로 싸줄 만도 하건만 그는 그렇게 하지 않았다. 아니 그럴 생각이 전혀 없었다. 어릴 때부터 그런 추위를 견디면서, 적응하면서 살아남는 사과나무가 그가 원하는 사과나무였다.

"사과나무는 원래 이삼십년까지도 충분히 열매를 맺을 수 있다. 그런데 어릴 때부터 화학비료와 농약을 퍼부어가며 오로지 사과열매를 맺는 노예로 키워서 착취를 하면 십오년도 견디지 못하고 나무 속이 텅 비어버린다. 나는 그런 식으로 나무를 키우지 않겠다. 나는 이십년이고 삼십년이고 건강한 사과나무와 같이 살고 싶다. 나는 사과를 정말 좋아하고 사과나무를 사랑한다."

그 집 사과나무 육백 그루는 모진 겨울, 사자 애비 같은 주인을 만나고도 잘 견뎌주고 잘 자라서 이제 사년째가 되었다. 작년에 맛보기로 서너 상자를 수확했고 올해 첫번째 수확을 한다. 그는 힘들게 일일이 풀을 베야 하는데도 불구하고 사과나무 하부에까지 풀을 키우는 방식(초생재배)의 농법을 채택하고 있고 거름도 집에서 기른 한우의 우분과 참나무 수피를 섞어서 일년간 발효시킨 퇴비만을 썼다. 또 최대한 농약을 적게 쓰고 일체의 화학비료를 쓰지 않아 국립농산물품질관리원(이름도 기차처럼 길다)으로부터 친환경인증을 받았다.

9월 첫주에 그의 농장 뜰에서 올해 첫번째로 수확한 사과를 껍질째 먹었다. 백 미터 달리기를 하는 것처럼 한번도 쉬지 않고.

그 사과는 크지 않았다. 사과를 크게 만들기 위해 농부들은 비대제 같은 생장조절물질(호르몬제)을 사과에 치는 것도 불사한다. 비대제는 정부와 농약업체에서 인정하는 허용치가 있고 그 허용치 안에서 약을 치면 시판이 허용된다. 우리나라 소비자들이 크기를 중시하기 때문에 그렇게 해야 시장에서 값을 후하게 받을 수 있다. 이러니 농부들이 크기에 목숨을 걸다시피 한다.

그 사과는 색깔이 반만 빨갛고 나머지는 노랗고 연초록이고 제멋대로였다. 바닥에 반사필름을 깔고 햇빛을 가리는 쪽의 잎을 따주고 익지 않은 부분을 햇빛 드는 쪽으로 돌려주는 식으로 농부들은 색깔을 내기 위해 노력하고 심지어 착색제까지 친다. 역시 우리나라 소비자들이 과정이야 어떻든 색깔이 예쁜 사과를 좋아하기 때문이다.

그 사과는 겉에 흠집이 있었다. 수확 한달 전에 마지막으로 살균제를 쳤는데 그 이후에 서너 차례 강한 비가 오는 바람에 약성분이 다 달아나 겉모양이 울퉁불퉁 못생기게 되었고 얼굴에 버짐핀 소년처럼 얼룩이 진 것도 있었다.

인터넷을 찾아보니 농업기술쎈터에서 사과농사를 지을 때 기본적으로 농약을 치는 횟수로 열두 번을 권장하고 있었다. 농촌진흥청 원예연구소 사과시험장에서는 "농약은 농산물의 증산과 질적 향상의 필수수단이며 실제로 사과재배의 경우 농약을 사용하지 않고는 단 한개의 과실도 수확할 수 없는 상황에 처해 있다"고 말하고 있다. 아아, 단 한개도라니?

그의 농장은 해발 오백여 미터 높은 곳에 있고 겨울이 길고 추워서 벌레와 균이 적은 편이다. 그의 목표는 일단 농약 치는 횟수를 8회 이하로 줄이는 것이다. 삼년 내에 무농약으로 사과농사를 짓는다는 것이 궁극적인 목표다. 결론적으로 그의 농장에서 나오는 사과는 작고 색깔도 좋지 않고 못생기기까지 했다.

중요한 건 그 사과가 껍질째 먹을 수 있는 사과라는 점이다. 사과 껍질에는 키틴, 안토시아닌, 케르세틴, 옥타코사놀, 폴리페놀이 풍부한 섬유질이 있다. 특히 폴리페놀은 노화와 암을 예방하고 근력을 증강시키고 내장지방을 제거하는 다양한 효과가 있다고 한다. 이중 어느 하나만 효과가 있다고 해도 사람들이 벌떼처럼 달려들 판인데 어쩐지 아직은 반응이 미지근한 것 같다. 껍질을 먹지 않아서, 먹지 못해서 그런 것인가.

언젠가 생물학 전공의 어느 교수로부터 '잔류 농약 무서워서 사과의 껍질을 깎아먹으니 농약을 먹더라도 껍질째 먹는 게 낫다'라는 말을 들은 적이 있었다. 그때부터 어지간하면 사과를 씻어서 먹어보려고 했지만 때깔 좋고 큰 사과를 먹을 때는 불안해서 그렇게 할 수 없었다. 농약의 양이며 사용기한을 제대로 지키는지, 새롭게 나오는 호르몬제의 영향을 속속들이 알 수가 없었기 때문이다.

홍천에서 사과나무 용사들을 독하게 키우고 있는 어리석은 농부는 못난이 사과를 시장에 내다파는 걸 포기했다. 당장은 아는 사람들끼리 나눠서 먹어주고 있지만 본격 수확이 시작되는 내년부터는 무슨 방법을 찾아야 할 것이다.

사과는 맛있다. 건강한 사과나무에 달린 사과를 따서 옷에 쓱쓱 문지른 뒤 껍질째 먹으면 정말 맛있다.

아지매집 아지매를 그리며

❖ 막걸리

　　성인이 되어 내가 처음 가본 술집은 고향 쇠전거리에 있는 선술집이었다. 무슨 옥호가 있었던 것 같지는 않은데 우리는 그 집을 '아지매집'으로 불렀다. 우리란 대학입시를 치르고 각자 당락의 행운과 아픔을 가슴에 안고 고향으로 돌아와 있던 떠꺼머리총각 일당을 이른다. '아지매집'의 아지매는 아줌마를 뜻하는 경상도 사투리이니 그 집에는 당연히 아지매가, 그것도 보통의 아지매가 아니라 어여쁜 아지매가 있었다. 주인 겸 종업원, 주방장을 겸한 그 아지매는 갓서른살이나 되었을까 싶었다. 그 술집이 처음 해보는 장사인 듯, 꽃무늬가 있는 앞치마를 두르고 두 손을 앞에 모은 채 사람들이 많으면 많은 대로 수줍어했고 적으면 적은 대로 근심스러워하는 듯했다. 그 모습을 보고 있을 양이면 우리는 공연히 가슴이 두근거렸다. 그러면서도 저리도 젊고 아리따운 아낙네로 하여금 우시장 장꾼들이 풀방구리마냥 드나드는 골목에 술집을 낼 수밖에 없게끔 한 낯짝 모를 남편에 대한 분노가 치밀어오르는 것이었다. 그 분노와 두근거림을 연료로 삼아 우리는 거의 매일 네댓 명씩 작당코 그 술집을 드나들었다.

아지매집의 술은 막걸리밖에 없었다. 술집 바닥을 깊게 파서 그 안에 한섬은 족히 들어갈 큰 장독을 묻고 거기에 배달된 막걸리를 보관해두었다가 손님이 주문을 하면 국자로 퍼서 주전자에 담아 날라다주었다. 기껏 탁자 네댓 개밖에 되지 않는 공간이니 손님이 와보아야 하룻저녁에 그 독의 술을 다 비울 수 있었을까. 모를 일이다. 그 집에는 부엌이 따로 없었고 안주는 아지매가 집에서 만들어오는 게 분명했다. 벽 한쪽에 안주를 종류별로 비닐통에 담아놓고 손님이 새로 오면 작은 접시에 그것들을 나누어 가져다주었다. 조그마한 접시들은 아지매의 생김새처럼 희고 청결했고 접시의 내용물이 다 떨어지면 얼마든지 더 보충해서 먹을 수 있었다. 그리고 그 안주는 공짜였다! 우리처럼 술과 안주를 동시에 사먹을 능력이 없는 아해들이 단골로 삼지 않으려야 삼지 않을 수 없었다. 그 아름다운 안주를 설명해보려니 다시 가슴이 아려진다.

우선 고구마의 껍질을 깎고 먹기 좋은 크기로 자른 뒤에 설탕물에 잠기게 하여 변색을 막은 것. 이름붙이자면 '썬 날고구마'. 쥐치포를 채썰고 거기에 고추장과 물엿을 더한 뒤에 손으로 버무린 것, '매운 쥐포채'. 검은콩에 멸치를 더해 간장으로 조린 콩자반. 그리고 무채가 있었다. 우리로서는 아지매의 손바닥만한 접시에 담겨

나오는 그 안주들이 양에 찰 리 없어서 네댓 번씩 '리필'을 하곤 했으나 아지매는 조금도 개의치 않고 오히려 그런 우리를 미소로 바라보곤 하는 것이었다.

문제는 우리만 막걸리를 마시는 게 아니라는 데 있었다. 어느 때부터인가 우리 먼저 수십년 동안 저잣거리를 지배해오던 우리의 아버지들이 그 집에 출입하기 시작했다. 아버지들이 들어오면 우리 중 누군가의 얼굴을 알게 되어 있었고 그러면 우리 모두 일어나서 인사를 해야 했다. 그때부터 아들들은 살얼음판 위에 놓인 밥통 같은 기분이 되어서, 없는 돈 모아 술 마시러 와서 이게 무슨 꼴인가고 서로의 얼굴을 돌아보다가 종내 일찍 일어서게 마련이었다. 그런 날에는 바로 그 아버지의 아들 되는 녀석을 불러내어 귀를 틀어쥐고, 빨리 너희 아버지 끌고 가라고 윽박지르기도 했고 그 아버지의 주머니에서 나온 게 틀림없는 돈으로 다른 집에서 술을 사게도 했지만 우리 아지매가 없는 술자리, 우리 아지매가 직접 만든 공짜 안주가 없는 술이 뭐가 그리 맛있었겠는가.

아버지들이 벌건 눈에 취한 목소리로 아지매의 손이라도 잡으려고 수작하는 못 볼 꼴을 보게도 되었다. 그리하여 결국 우리는 빨리 진짜 술꾼, 진짜 어른이 되어 아지매를 이 지옥 같은 곳에서 구출해내자고 언약하게 되었던바, 그 술집은 일년이 채 안되어 문을 닫고 말았다고 한다.

세월은 가고 이제 청년들의 언약만 남아 있다. 살균하지 않은, 잘 빚어진 막걸리에는 푸른 시절 그 언약의 새콤한 맛이 들어 있다.

요런 깍쟁이들

❖
막걸리

　　도시에 살다 시골 와서 살면서 확실히
달라진 것이 하나 있다. 술을 마셔도 아침에 일어나기가 어렵지 않
은 것이다. 시골에서 마시는 술이 도시와 달리 막걸리같이 돗수가
낮은 곡주라서 그럴 것이다. 또 어느정도 노동을 하지 않으면 원료
인 곡물의 질감이 그대로 전달되는 막걸리를 싸다고 하여 잔뜩 마
시기 어렵기 때문인지도 모르겠다.

　서울에서 흔히 마시게 되는 맥주며 소주는 원료에서 술 성분만
을 약탈해낸 듯 매정하고 차다. 또 뭘로 만들었는지 정체를 잘 알
수 없다. 맥주니까 보리로 만든 것이 아니냐고 물을 사람이 있을지
도 모르겠다. 글쎄, 그렇다면 소주는 불로 만든 것일까. 양주는 바
닷물로 만들고? 물론 이건 나만의 생각이고 깔끔하고 세련되어서

좋아하는 사람도 있겠다.

　내가 막걸리를 애호해온 것은 나의 짧은 주력(酒歷)에 비추어보면 좀 오래되었다. 이십여년의 주력의 거의 맨 앞쪽에 막걸리가 위치해 있는 것이다. 대학에 입학해서 맞는 두번째 해인가에 휴교령이 떨어져서 고향으로 가게 되었다. 마침 모내기철이라 멀쩡한 청년들이 떼로 노느니 농사라도 돕자는 기특한 의논이 되었다. 오늘은 누구네 논, 내일은 누구의 삼촌의 논 하는 식으로 모내기를 해나가는데, 잘 모르니 배워가며 일을 할 수밖에 없었다. 점심은 겉절이 비빔밥이 보통이었다. 비빔밥을 먹고 나면 그릇을 도랑물에 대충 헹군 다음 그 그릇 가득 막걸리를 따라주었다. 알다시피 시골 밥그릇은 좀 크다. 반되에서 한되 사이쯤 되는 막걸리를 단숨에 마시고 나면 취하는 건 둘째치고 배가 불러 움직일 수가 없었다. 그렇게 막걸리에 맛을 들였으니, 서울로 와서 학교 근처의 술집에 가서 막걸리를 찾지 않을 수 없었다. 향수(鄕愁)의 향수(香水) 같은 막걸리는 노동이 없어서 그런지 바로 그 맛은 나지 않았지만 그런대로 먹을 만했다. 막걸리 자체가 싸고 별다른 안주가 필요치 않다는 점에서 궁색한 학생에게는 고마운 벗이었다. 집 근처에도 단골 막걸릿집이 생겼다.

　대학을 졸업하고 서울에서 직장에 다니기 시작하고서부터 막걸리를 만날 수 있는 기회가 좀처럼 오지 않았다. 집 근처에 있는 단골집도 폐업을 하고 주인은 어디론가 가버렸다. 그러다가 직장을 그만두고 '해방'을 맞으면서 다시 막걸리를 찾을 수 있게 되었다. 시골을 돌아다니다 술을 마시게 되면 대체로 그 지방에서 나는 막걸리를 마셨다. 큰소리 같지만 막걸리업계에 있는 사람을 빼고 순수한 애호가로서 아마 나보다 더 다양한 종류의 막걸리를 마셔본 사람은 많지 않을 것이다. 그러면서 한두 가지 깨달은 게 있다.

우선 막걸리는 효모 덩어리라는 것이다. 효모란 유산균같이 우리 몸에 이로운 것을 말한다. 막걸리를 한되 마시는 것은 요구르트 수십병을 마시는 것과 맞먹는다. 그래서 어떤 결과가 발생하는지는 직접 경험해보기 바란다.

그런데 이 좋은 효모를 '살균'처리하는 곳이 많아서 문제다. 유명 막걸리의 대부분은 살균처리하고 있다. 막걸리는 돗수가 낮고 용기가 부실해서 변질되기가 쉽다. 살균처리를 하는 것은 저장기간을 늘려 전국을 무대로 화끈하게 팔아보겠다는 발상에서 나온다. 변질이 되기 쉽기 때문에 막걸리는 자연스럽게 지방화, 분권화가 이루어지고 있었는데 살균으로 중앙집권 규모의 경제 같은 패도적(覇道的)인 개념이 도입된 것이다.

살균처리를 하면 막걸리의 원료(그것이 밀가루이든 쌀이든)의 질감, 그 고향의 냄새와 같은 아름다운 맛이 거의 없어져버린다. 게다가 두꺼운 종이갑이나 소주처럼 비틀어 따는 플라스틱 용기로 포장을 하니 간신히 살아남은 효모도 제대로 숨을 쉬지 못한다. 그 포장 용기에 '지하 몇 미터의 암반수로 만든' '무슨 산의 정기를 받은' '신선들이 즐겨 마시던' 같은 요란스러운 선전문구로 뒤덮어 그나마 있지도 않은 맛을 싹 버리게 만든다.

그러던 어느날, 나는 서울의 어느 자그마한 시장에 갔다가 깔끔한 포장에 마개에 숨쉬는 구멍이 뚫려 있는 서울 막걸리를 만나게 되었다. 바깥의 포장에는 단 한마디, '살아 있는 효모의 맛'이라는 간명한 문장이 씌어 있을 뿐이었다. 내 입에서는 절로 "요런, 요런 깍쟁이들!"이라는 감탄사가 튀어나왔다.

맛은 어땠느냐. 내가 마셔본 최고의 막걸리에는 그런 문구마저 도 없다는 말로 대답을 대신하겠다.

하늘로 가는 뚜껑이 열린다

❖
소
주

　　소주에서 주, 곧 술은 한자로 '酎', '酒'
두 가지를 쓴다. 안동소주처럼 구경하기 힘든 소주는 '燒酎'로, '소
주나 한잔 마시고' 할 때의 '쏘주', '쐬주'는 '燒酒'로 쓰는 것이다.
진하고 독한 술이라는 뜻인 '酎'를 쓰는 소주는 알코올 돗수 40도
가 넘는, 위스키나 브랜디, 보뜨까 같은 증류주다. 술을 증류할 때
땀처럼 방울방울 술이 맺힌다 하여 '땀한(汗)'을 써서 한주(汗酒)
라고도 했다.
　　우리나라에 증류주인 소주가 전해진 때는 몽골제국의 쿠빌라이
칸(忽必烈汗, 1215~1294, 재위 1260~1294)이 고려를 침략한 13세기
후반이다. 몽골은 세계를 정복하는 과정에서 아라비아의 알코올
증류법을 배워 소주를 만들었고 우리나라에서는 몽골 병사들의 주

둔지였던 개성, 안동, 제주를 중심으로 소주가 만들어졌다. 그러고 보면 '땀의 술' 한주(汗酒)는 우연히도 '칸의 술' 또는 '칸이 갖고 온 술'이 될 수도 있겠다.

몽골이 물러가고 난 뒤 토착화된 안동소주는 안동지방 명문가에서 전통 가양주(家釀酒)로 전승돼왔다. 처음으로 대량 생산된 것은 1920년이다. 권태연이 안동의 남문동에서 우리의 전통 누룩 대신 배양균을 이식하는 일본의 흑국(黑麴)을 써서 생산한 '제비원소주'는 일본과 만주까지 명성을 떨쳤다.

1980년대 후반에 안동에 들르게 된 나는 안동소주 양조장부터 찾아갔다. 안동소주는 1964년 정부의 양곡절약 정책에 따라 주세법이 개정되어 쌀을 원료로 사용하지 못하게 되면서 공식적으로 생산이 중단됐다. 그 뒤로 민간에서 명맥만 이어지다가 1987년에 안동소주 제조법이 경상북도 무형문화재 제12호로 지정되면서 생산이 재개되었다. 하지만 안동 이외의 고장에서 안동소주를 구하는 것 자체가 쉽지 않았다.

택시기사가 일러준 집의 대문이 열려 있기에 나는 무심코 그 안으로 들어갔다. 집 안쪽에서 여염집과 다른 냄새가 나는 것 같기도 하고 아닌 것 같기도 해서 이리 기웃 저리 기웃 하고 있는데 양반 동네의 기품과 기운이 느껴지는 할머니가 나왔다. 여기가 안동소주를 파는 곳이냐고 묻자, 할머니는 술 같은 건 애저녁에 다 나가고 없다는 요지의 말을 웅얼대는가 싶더니 갑자기 큰 소리로 "야야, 야야" 하고 누군가를 불렀다. 딸인지 며느리인지 모를 젊은 여성이 젖은 손을 한 채 나왔다. 할머니는 대뜸 "왜 대문을 열어놓

아가지고 지나가는 개나 소나 다 들어오게 만드느냐'고 꾸짖는 것
이었다. 그 바람에 택시까지 타고 왔다 '개'가 돼버린 나는 무안한
얼굴로 밖으로 나올 수밖에 없었다. 그 '개망신'에도 불구하고 나
는 다시 택시를 타고 안동관광호텔의 매장까지 찾아가서 안동소주
를 샀다. 가는 도중 동행에게 '술먹은개'라는 단어는 띄어쓰기를
하지 않는다는 말을 해가며.

하지만 그 술은 내 입에 들어갈 운이 아니었던 모양이다. 기차에
서 내릴 무렵 시렁에 올려놓았던 안동소주가 아래로 떨어지며 병
이 깨지고 말았던 것이다. 기차가 종착역에 도착하기까지 내가 탄
기찻간은 온통 술냄새가 진동을 했고 사내들은 코를 벌름거리며
저마다 "거 냄새 한번 조오타"고 한마디씩 하며 내렸다.

소주를 만드는 재료는 밀과 멥쌀이 기본이다. 통밀로 만든 누룩,
멥쌀로 찐 고두밥을 식혀 말린 것을 물을 부어가며 고루 섞고 버무
려 술독에 넣는다. 일주일에서 보름 정도의 숙성기간이 지나면 독
안의 내용물이 발효하여 증류 이전단계인 전술이 된다. 전술을 솥
에 넣고 소주고리를 솥 위에 얹은 뒤 불을 지펴서 열을 가한다. 알
코올은 끓는점이 73도이므로 알코올 성분이 물보다 먼저 증발하기
시작한다. 기화된 알코올은 소주고리 위의 냉각기에 닿아 액체로
변하여 소주고리관을 타고 밑으로 떨어진다. 증류를 시작하고 나
서 처음에는 80도 가량의 소주가 나오고 점점 돗수가 낮아져서 25
도까지 내려간다. 두 술을 서로 섞으면 45도의 소주가 탄생한다.

법성포소주는 영광굴비로 유명한 그 법성포에서 나오는 소주다.
법성포도 안동처럼 몽골군의 전진기지로 쓰였다고 한다. 안동소주

와 마찬가지로 쌀을 절약한다는 차원에서 생산이 금지되어 몰래 만들어 마시던 소주였다. 안동소주와 달리 1980년대에도 여전히 만드는 게 불법이었다. 안동소주 마시기에 실패하고 난 그해 가을, 서울 신촌의 굴비전문 식당에서 이 술을 알고 찾아간 사람에게만 판다는 정보를 운동권 출신 후배에게서 입수했다. 바로 그날 저녁, 진짜 소주에 굶주린 친구들을 긴급소집해서 불법 법성포소주를 마셨다.

　소주는 돗수가 높은 만큼 빨리 취하는 술이다. 안주로 육류나 기름진 전 같은 게 어울리지만 굴비전문 식당의 안주는 짠 굴비와 조기밖에 없었다. 소주가 한잔 들어가자 코끝을 툭 치는 강한 향기가 다가오고 곧 입 안이 얼얼해지는 느낌이었다. 쏘주에서는 쓴맛이 나지만, 그래서 사카린이니 아스파탐이니 하는 인공감미료까지 넣지만, 소주는 단맛이 나면서 목구멍을 가볍고 매끄럽게 넘어간다. 쏘주처럼 마시고 나서 "크아" 하는 소리를 낼 이유가 없다. 빈속에 들어간 소주는 식도를 타고 내려가며 화주(火酒)라는 이름에 걸맞은 찌르르한 느낌을 주는데 이때 목구멍 근처에서는 향긋한 냄새가 감돌기 시작한다. 신선한 햇차를 마시고 난 다음에 느끼는 향기와 비슷하다. 코로 맡는 향기가 아니라 목구멍 근처를 감도는, 안개와 같은 향기다. 석 잔쯤 마시면 술은 상기(上氣)하여 머리로 치밀어올라간다. 오르고 오르던 기운이 머리끝 정수리까지 도달하는가 싶다가 문득 병뚜껑이 열리고 기화한 성분이 밖으로 치고 나갈 때처럼 팍, 하는 느낌으로 머리가 맑아지고 들뜬다. 이쯤해서 화장실에 가려고 일어나 발을 디뎠더니 발바닥에 스펀지라도 달린 듯

푹신했다.

주전자를 바꿔가며 계속 마시다보면 전원 대취하여 구름 속으로 올라가버리게 마련이었다. 그러나 그 누구도 술에 취해 추태를 부리거나 남을 괴롭히는 일은 하지 않았다. 빨리 취하는 만큼 빨리 깼기 때문이었다. 무엇보다 소주의 맑은 성질이 소주를 마신 사람의 성정에 영향을 미쳐서 그런 것 같았다.

기자인 'ㅂㅎㅎ'은 문화재인 안동소주와 법성포소주를 비교해서 마셔보고는 "법성포소주가 훨씬 프리미티브(primitive)하다"고 논평했다. 이 '원시적, 본원적, 야만적, 근본적'인 법성포소주를 운동권에 있던 후배가 한말들이 플라스틱통으로 가져다가 팔기도 했다. 인삼주나 천마주 같은 약술을 담을 때 쓰면 효과가 높다고 해서 구해달라는 사람도 있었다. 불법이라 스릴이 있었다.

지금은 증류식 소주가 많다. 안동소주를 생산하는 곳도 세 군데나 되고 홍주, 문배주, 이강주 등등에 최근 기업에서 만든 '화요주'까지 등장했다. 소주와 관련된 불법도 운동권도 그 시절도 사라져갔다. 뒤끝 없는 소주의 향기처럼 홀연히.

살리타 장군, 고려군 포로가 쉽게 입을 열지 않습니다.

그래? 그렇다면 한주(汗酒)를 먹여 고문하라!

이 술이 얼마나 쓰고 독한지, 입을 열지 않고는 못 배길 것이다.

알딸딸~

타향살이 몇 해던가 손꼽아 헤어보니 ♪♬

고향 떠난 십여년에 ♪ 청춘만 늙어 ♪

내가 직접 가봐야겠다.

우리 입맛에 딱 맞는데?

마셔마셔. 인생 뭐 있나?

아저씨, 한병 더 줘요.

단순 직격의 생생함

❖ 생맥주

한동안 나는 아일랜드산 맥주인 기네스를 좋아했다. 세계의 맥주 명산지는 물론 독일이나 영국, 미국 같은 대소비국가이지만 벨기에, 아일랜드처럼 독특한 풍미의 맥주를 만들거나 일본처럼 남의 술을 잽싸게 받아들여 나름으로 발전시킨 나라도 있다(요즘 할인매장에 가보면 일본산 맥주가 가장 비싸다, 얄밉게도).

기네스에는 19종 이상이 있다고 한다. 이를테면 생맥주, 오리지널, 포린 엑스트라 스타우트 버전이 있으며 그것이 내수용, 수출용, 그리고 열대지방에서 생산되는 것으로 나뉘고 이에 따라 알코올 돗수가 다르고 맛도 다르다는 것이다. 내가 처음 좋아했던 것은 포린 엑스트라 스타우트(Foreign Extra Stout)인 것 같다. 기네스가운데서도 가장 강렬한 맛과 향을 가지고 있다.

기네스는 일반적인 보리 외에도 커피콩처럼 불에 덖은 보리가 십 퍼센트쯤 들어가서 특유의 검고 깊은 색깔을 가지게 된다. 1799년 기네스사에서는 맥주 원료인 싹을 틔운 보리에 볶은 보리를 첨가해서 맥아 사용량을 대폭 줄인 흑맥주를 만들었다. 이 때문에 대영제국 세무당국에 세금을 훨씬 적게 내도 되었고 값도 싸서 노동자들에게 인기를 끌 수 있었다.

지금은 기네스를 세계 맥주를 파는 곳에서 쉽게 접할 수 있고 할인매장에서도 살 수 있으나 1990년대만 해도 기네스를 파는 곳이 많지 않았다. 값도 맥주 가운데는 가장 비싼 축에 들어 국산 맥주의 서너 배쯤 되었다.

21세기 초입에 미국에 갔을 때 내가 기네스를 먹고 싶은 만큼 먹고 오자고 마음먹은 것은 당연한 일이었다. 그리하여 어느 가을밤 뉴욕 하고도 맨해튼의 뉴욕대학에서 멀지 않은 곳에 백오십년인가 되었다는 술집에 들어서게 되었으니 그곳은 바로 기네스만 파는 선술집이었다. 선술집답게 생맥주를 팔고 있었다.

자리에 좌정하자 곧 여종업원이 다가왔기에 나는 우리식으로 손을 들어올리고 엄지손가락을 구부린 뒤 "넉 잔!"이라고 했다. 그런데 종업원이 가지고 온 잔은 300씨씨짜리의 아담한 크기였다.

"이거 뭐 이 동네 애들은 덩치값도 못하고 왜 이렇게 쪼잔하게 먹는 거야."

내가 논평을 하는 동안 후배가 그 자리에서 술값을 계산했다. 총액의 십오 퍼센트쯤을 팁으로 붙였는데도 한국에서 마시던 기네스에 비하면 반값 정도밖에 되지 않았다. 어쨌든 우리는 나의 선창으로 시원하게 건배를 외친 뒤 맥주를 쭉 들이켰다. 역시 기네스는 맛있었다. 풍성한 거품이 까만 맥주 색깔과 대조를 이루며 크림처럼 부드럽게 입술 주변을 간질이는가 싶더니 커피처럼 강한 씁쓰름함 뒤에 초콜릿 같은 달콤한 냄새가 살짝 풍겼다. 두께가 반뼘은 될 듯 두꺼운 탁자, 낡았지만 편안한 의자, 안쪽의 어둑어둑한 구석에 놓여 있는 술통이며 아늑한 조명이 모두 맛을 더해주는 것 같았다. 단숨에 첫잔을 마시고 나서 나는 다른 사람들이 빨리 마시도록 독려하면서 이번에는 내가 술값을 내겠노라고 다짐했다.

내가 손을 쳐들기도 전에 우리를 지켜보고 있던 종업원이 다가왔다. 손님은 우리말고도 많았지만 어쩐 일인지 홀에서 왔다갔다 하는 종업원은 하나뿐이었다. 쟁반에 담겨 맥주잔이 온 뒤 나는 재빨리 계산을 했고 잔돈은 팁으로 주었다. 그 잔 역시 삽시간에 비워졌다. 또 가차없이 주문이 들어갔다.

마침 학기말시험이라도 끝났는지 술집 안은 학생들로 만원이 되었다. 그들은 자리가 있는데도 앉을 생각을 하지 않았다. 스탠드로 가서 맞돈을 내고 한잔씩 받아들고는 이리저리 돌아다니면서 마셨다. 어쩌다 앉은 사람들은 한두 잔만 마시면서 계속 이야기만 해대는 것이었다.

세번째 잔을 들고서야 나는 홀에서 써비스를 하는 종업원이 하나밖에 없는 이유를 알아차렸다. 수요가 없으니 공급이 없는 것이었다. 자기 돈 가지고 가서 돈 내고 술 받아다 마시는 게 그 선술집의 관습이었다. 종업원은 단골이 아닌 우리 같은 뜨내기 손님을 위해 있는 것 같았다. 여섯번째 잔을 주문했을 때 종업원은 우리에게 말했다. 자신의 시간이 끝났지만, 우리가 원한다면 얼마든지 더 써비스를 해줄 수 있다고. 나는 뉴욕필의 지휘자이기나 한 것처럼 팔을 휘둘러가며 고맙다고, 괜찮으니 가서 일 보시라고 대답했다. 미리 알았으면 안 줘도 되는 팁을 주려니 얼마나 아까운지, 눈물이 다 날 것 같았다.

그로부터 보름쯤 뒤, 나는 캐나다 서부의 어느 시골마을에 앉아 있게 되었다. 저녁을 먹고 나서 여관 계산대로 가서 맥주 한잔 할 데가 없느냐고 했더니 가장 가까운 술집이 삼십 킬로미터 밖에 있는데 그것도 저녁 여덟시면 문을 닫는다고 하는 것이었다. 태국식 이름이 적힌 명찰을 단 그에게 같은 아시아인으로서 사해동포애를 자극하자 그는 여관 뒤에 있는, 우리식으로 하면 새마을구판장 겸 노인회관 같은 데를 가르쳐주었다. 추적추적 내리는 비를 맞아가며 그곳에 가니 동네 영감님들 서넛이 찻잔을 앞에 두고 텔레비전을 보며 앉아 있었고 로또복권 당첨금의 액수 증가를 보여주는 전광판만 가끔 눈을 끌 뿐이었다. 앞치마를 두른 아리따운 아가씨가 있어서 혹시 술을 파느냐고 물었더니 일반적인 술은 없고 그곳에서 직접 빚은 맥주가 조금 있노라고 했다. 그 즉시 "오백 두 잔"의 주문이 들어갔다.

그 맥주는 기네스보다 훨씬 걸쭉했다. 발효한 곡물의 텁텁한 맛이 강하게 느껴지는 것말고는 꾸밈없이 단순했다. 시골장터에서 만난 어린시절 친구가 팔을 벌리며 다가오는 듯한 느낌의 맥주였다. 그 단순, 직격의 맛이라니! 우리가 두 잔씩 세번째 주문하는 동안 우리가 아는바, 영업시간인 아홉시가 지나갔다. 아가씨는 마음까지 예쁘게도 우리가 다 마실 때까지 기다리겠다고 하는 것이었다. 어쩌면 그날 우리가 마신 맥주가 그날 그 집에서 판 맥주의 대부분이었을지도 모른다. 영감님들은 우리를 한번 쓱 바라보고는 괜찮을 거라고 생각했는지 퇴청을 하셨다. 말이 별로 필요없는 시간이었다. 비는 내렸고 우리는 마셨고 아가씨는 새 잔을 가져다주고 빈 잔을 가져갔다. 물론 팁 같은 건 없이, 백만불짜리 미소와 함께.

그러던 어느 순간 바깥이 소란해지며 한떼의 사내들이 들이닥쳤다. 소문을 듣고 뒤늦게 달려온 일본인 단체관광객이었다. 아가씨는 그들을 향해 "끝났어요!" 하고 소리쳤다. 그럼에도 그들이 "삐루, 삐루" 하고 철없는 철새처럼 외쳐대자 "맥주 다 떨어졌다니까요. 다음에 오세요!" 하고는 문을 닫아걸고는 '닫혔음'이라는 표지를 야무지게 붙였다. 그게 왜 '대한민국 만세'가 나오도록 통쾌했는지, 내 주량은 또 얼마나 자랑스러웠던지.

2005년 독일에 가서 내가 본 바로, 시판되는 외국산 맥주는 기네스뿐이었다. 물론 그 기네스를 마셨지만 독일의 각 지방 특산, 각 브루어리 특유의 맥주에 비해 특별하다는 느낌은 없었다. 돌아와서 마셔봐도 특별하지 않다는 느낌은 마찬가지였다.

이젠 기네스는 졸업한 것일까? 19학년 중 한 학년 올라간 것에 불과할까? 아니면 새 학교에 입학한 건가?

도를 트게 해드립니다

솔잎차

　　　　　　　산중생활에서 소나무는 특별한 존재
다. 아침해가 눈을 뜨는 곳이 소나무 우듬지이며 은밀하게 달의 배
가 부르는 곳이 소나무 잎 사이다. 이처럼 일월의 기운이 서린 소
나무로 기둥을 하고 서까래로 쓰고 마루를 만들어 사람이 거주한
다. 진을 빼서 어둠을 밝힌다. 무엇보다 소나무의 푸르름 없이는
살 수 없다. 내가 도사는 아니지만 우리나라에서는 소나무의 정기
없이 도 트기가 어렵다고 확언할 수 있다.
　말이 나왔으니 말인데 도를 닦는 데도 음식은 필요하다. 나는 그
것을 이십여년 전에 알았다. 1986년 겨울, 한때 내가 기식하던 남
쪽의 절에 달마의 도를 얻기까지 면벽참선하겠노라고 동굴에 들어
앉은 팔십객의 노스님이 있었다. 그에게 생쌀을 공양하는, 아니 생

쌀이 담긴 자루를 가져다주는 학생이 있어서 이야기를 들어보니 노스님이 실천하는 생활의 도가 벽곡(辟穀)이라는 것이고 쌀 외에는 소나무 잎을 가루내어 먹는 게 전부라는 것이었다. 내가 도닦는 사람들이 화장실은 가는지, 염분은 섭취하지 않아도 되는지, 이불 빨래는 어떻게 하는지 묻자 학생은 못 들은 체했다. 그 대신 노스님의 피부는 소나무 껍질처럼 거칠고 고송처럼 면벽과 묵언으로 일관하더라고 하면서 그 앞에서 감히 입을 뗄 엄두가 나지 않더라고, 사람과 세상의 위대함과 신비함을 믿는 눈으로 존경스럽게 말했다. 그래서 나도 덩달아 노스님을 존경하게 되었다. 그때부터 소나무 잎을 먹는 사람이라면 무조건 존경하게 되도록 프로그램되었던 것 같다.

그로부터 몇달 뒤인 봄, 고향의 어느 절에 기식하게 된 나는 다시 솔잎을 먹는 사람을 만나게 되었다. 내가 있던 절은 조립식 건물을 지어 고시생이나 나처럼 대책없고 할일없는 떠돌이를 받아들여야 할 정도로 한때 넉넉하지 못했던 비구니 사찰이었다. 그런데 이 절에 거창한 대웅전이 생긴 데는 박정희 전 대통령과 관련된 사연이 있었다. 절 앞에 절을 중창하는 데 결정적인 역할을 한 박씨 성을 가진 공덕주를 기리는 비석이 있었는데 그가 바로 고 박정희 전 대통령의 누나였던 것이다. 그녀가 왜 그곳까지 와서 공덕을 베풀었는가.

절에서 가장 가까운 면소재지가 고향이자 한국과학기술원 입학시험을 준비하고 있던 친구의 말에 따르면 박정희 대통령의 첫번째 부인이 그 절에서 죽기 전 만년을 보냈다고 했다. 그 때문에 시

누이가 그 절에 자주 왔던 것이고 보자보자하니 절이 너무 추레하여 대웅전도 짓고 불상도 새로 조성하게 된 것이라고 했다. 그 바람에 군수며 국회의원이며 경찰서장이며 또 무슨 기관의 장들이 어떤 절보다 우선하여 '도(道)'를 닦아주고 뻔질나게 오갈 수밖에 없었다고 했다. 그 '도'는 물론 자동차가 오갈 수 있는 도로이기도 하고 전화선로이기도 했으며 어쩌면 인생무상을 깨닫는 그 도일 수도 있었다. 그에 따라 공무원들이 오고 또 오가게 된 건 당연했다. 박정희 전 대통령과 그의 전 부인이 모두 고인이 되고 난 뒤에도, 그때 그 기관장들이 모두 정년퇴임을 하고 새정권에 충성하는 사람으로 바뀐 뒤에도 열심히 도를 닦던 관행에 따라 공무원들은 일주일이 멀다 하고 오고 또 오는 것이라고 했다. 글쎄, 그건 그 친구의 생각이고 내가 보기에 그들이 오는 이유는 따로 있었다. 바로 솔잎을 먹으러 오는 것이었다. 그들이 송충이는 아니어서 잎 자체를 먹는 게 아니라 차로 마셨다.

그 절에는 젊지만 아는 게 많은 스님이 있었다. 그 스님은 칼날처럼 엄하다가도 때로는 요사채 마루에 비치는 햇살처럼 다사롭게 객지를 떠도는 영혼의 외로움을 위로해주는 것이어서 이래저래 나는 그녀, 아니 누나, 아니 그 스님 앞에서 꼼짝할 수 없었다. 그 스님이 말한 대로라면 솔잎으로 차를 만드는 법은 이랬다.

1) 동쪽으로 난 소나무 가지에서 아침해가 뜨고 얼마 안되었을 때 신선한 잎을 딴다. 2) 잎을 다듬어 항아리에 솔잎과 꿀, 또는 설탕과 가지런히 넣는다. 3) 끓였다 식힌 물을 부은 뒤 뚜껑을 덮어 그늘에 보관한다. 4) 적당한 시일이 흐른 뒤 항아리를 개봉해서 따

뜻한 물을 타서 음용한다.

　내가 마셔본 바로 솔잎차는 입에 머금으면 청량한 향기가 느껴지고 맛은 새콤한데 목구멍을 통해 차가 내려간 뒤 공기가 드나들며 향긋한 뒷맛을 남긴다. 두어 잔 마시면 얼굴에 열기가 느껴지면서 기분이 좋아지고 몇잔을 더 마시면 온몸이 녹작지근해지면서 '아 외롭다 이 내 심사'라는 가사의 「황성 옛터」가 흘러나온다. 물론 내게서 그 같은 노래가 나올 때쯤, 스님은 내 등짝을 후려치며 내 방으로 돌아가도록 했다. 결론적으로 그건 속세에서 빈속에 막걸리를 마시고 난 뒤 나타나는 현상과 비슷했다.

　절에서 평소에 술을 마시지 못하는 고로 솔잎차는 조금만 마셔도 효과가 좋았다. 술이 지천인 속세에서 양복 입고 차 타고 오는 그 인간들은 뭐였는지. 길을 닦았다고 그렇게 마구 와도 되는 건지, 그것도 근무시간에. 내 몫이 줄어드는 것 같아서 그들이 무척 미웠다. 내가 송충이도 아니면서.

　알고 보니 내가 그때 마셨던 건 송엽주(松葉酒), 솔잎술이었다. 솔잎은 당분만으로도 쉽게 발효해서 술이 된다고 되어 있다. 보통 솔잎차는 발효를 기다리지 않고 솔잎을 물에 넣고 끓이거나 달여서 먹는다. 예로부터 고승들이 마셔온 차로 피로회복과 신경통과 관절염, 마비, 고혈압, 동맥경화의 예방과 치료에 쓰인다고 한다. 그 절의 경우 원래 술을 만들려고 했던 것은 아닌데 술이 된 경우다. 세속의 문자로는 고의나 과실이 아니고 자연이 자연스럽게 자연 과목의 진도를 나간 것인데 거기에 운좋은 내가 끼여든 것이었다. 거듭 말하지만 송충이도 누에도 아니면서.

진정 도라는 것이 있다면, 그것이 선택받은 사람이 출세간적이고 특권적으로 얻는 것만은 아니라면, 살아온 날을 정리하면서 얻게 되는 작은 깨달음과 반성도 그 도의 범주 안에 든다면, 도를 트게 한다는 측면에서는 술이 차보다 약간은 낮지 않을까. 그 절에서 솔잎차, 아니 솔잎술의 덕화를 입은 선배들이 과연 몇몇인지 궁금해지는 것이었다.

　사족 1. 최근에 다시 방문해보니 예전에 내가 알고 있던 것과 다른 점이 여럿 발견되었다. 1) 대공덕주가 공덕을 베풀어 중창한 것은 대웅전이 아니고 극락보전이었다. 대웅전은 석가모니불을 본존불로 모시는 전각이고 극락보전은 극락정토를 주재하는 아미타불을 모시는 당우다. 개산을 한 분은 진감국사이다. 2) 박정희 전 대통령의 첫번째 부인이 만년을 보냈다는 증거는 발견하지 못했다. 사람이 없어 물어볼 수 없었다. 내가 있던 방도 없어졌다. 3) 박정희씨의 누이인 박재희씨를 기리는 공덕비가 있었다. 그런데 흥미롭게도 집(극락보전)을 지은 이가 문교부라고 되어 있고 대행이 지역의 교육장이라고 되어 있었다. 소설의 출발점이 이런 것인 줄 아신 것처럼, 고맙게도.

　사족 2. '솔잎차'라는 이름으로 판매하는 '다류액상추출차'가 있다. 주의사항 참조. '따뜻한 곳에서는 발효가 일어날 수 있으므로 냉장고에 보관하시면 좋습니다.'

야생의 맛

❖
야
생
차

　　자미산에 도착한 것은 이미 해가 기울
고 난 뒤였다. 버스 주차장 주변의 도로변에는 민박 팻말을 붙인
곳이 즐비했고 곳곳에서 음식 냄새와 연기를 피워올리고 있었지만
나는 애초부터 그런 곳에 머물 생각이 없었다. 나는 친구가 설명해
준 대로 길을 따라 올라갔다. 십여분쯤 달렸을까, 친구가 말한 골
짜기 입구가 나타났다. 구멍가게에서 소주를 한병 사고는 곧바로
골짜기 안으로 차를 몰았다. 골짜기 입구에서 멀지 않은 곳에 산장
이며 통나무집이 몰려 있는 게 다행이었다. 집마다 수십명씩 몰려
앉아 고기를 구워먹고 있었다. 별장 단지를 지나니 골짜기가 갑자
기 어두워졌다. 길은 몸부림치는 거대한 뱀처럼 이리 휘고 저리 돌
았다. 덜커덕거리며 차로 이십여분을 올랐다. 어둠과 정적을 깨는

것이 미안했다.

문득 골짜기가 밤송이처럼 크게 벌어지며 별과 불빛이 나타났다. 주차장으로 짐작이 되는 곳에 차를 세우고 걸어서 외등이 켜진 집으로 갔다. 후덕해 보이는 여인이 안에서 나와 방으로 안내해주었다. 나이가 쉰쯤 되었을까. 샤워하는 곳과 설거지하는 곳, 화장실을 일일이 일러주고 평상 위에 불을 밝혀주었다. 차로 가서 짐을 꺼냈다. 배낭 하나에 옷가지 몇, 물을 끓일 수 있는 도구 일습과 간단한 다구(茶具)를 가져왔다. 다구라 하니 좀 거창한데 찻잔과 찻물을 우릴 수 있는 주전자, 그리고 엄지손가락만한 통에 든 차가 전부다. 차는 항져우(杭州) 외곽에서 구한 룽징차(龍井茶)였다.

사람마다 좋은 차를 두고 여러가지 이야기를 할 수 있겠지만, 좋은 차가 나오려면 물이 좋아야 한다. 표면장력이 높은 호포천(虎砲泉)이 서호 남쪽에 솟아나고 있는데 이 샘은 장쑤성(江蘇省) 젼쟝(鎭江)의 중랭천(中冷泉)과 우시(無錫)의 혜천(惠泉)에 이어 천하에서 세번째로 꼽히는 명천이다. 분자의 밀도가 높고 광물질이 적은 이 샘물로 달인 룽징차를, 호포천 옆 다관에서 계속 내리는 비를 바라보며 마셨더랬다. 바가지를 쓰는 건 아닌가 하면서도 차를 재배하는 농부의 집까지 따라가 차를 샀다. 바로 그 차의 덤으로 받은 오십 그램짜리가 이번 여행에 따라왔다.

좋은 차에 장인의 정성이 전제되어야 함은 물론이다. 차야말로 소량 다품종, 분권화, 인간화의 상징으로서의 생산과 유통, 소비 아니 상미(嘗味)의 과정이 꾸려져야 한다. 좋은 차는 음식이라기보다는 작품이다. 아홉 번 덖고 아홉 번 비비는 제다의 과정을 보면 안다.

그리고 또 뭐가 있을까. 불이다. 급한 불은 물의 성질을 거칠게 만들고 지나치게 느린 불은 불순한 맛이 남게 만든다. 참나무로 만든 우리 숯을 구해서 무쇠 주전자를 올려놓고 부채로 부쳐가며 물을 달인다. 내겐 과분한 호사다. 나는 가스버너와 코펠을 쓴다.

조르르, 소리를 내며 대나무통을 따라 산에서 흘러내려오는 물을 코펠에 담고 가스버너에 불을 붙였다. 파르스름한 불꽃이 시커먼 산을 배경으로 파르르 떨리며 솟아오른다. 좋은 차에는 좋은 때가 필요할 것이다. 그것을 '묘용의 때(妙用時)'라고 어느 현인은 노래했다. 그때에 꽃이 피고 물이 흐른다고. 그때는 입속에 차를 가볍게 머금은 때인가, 마시고 난 뒤의 고요한 순간일까, 마시기 전일까, 이도 저도 아닌 우주의 섭리에 따르는 시간일까. 여하튼 그때에는 사람이 있어야 한다. 혀, 코, 입, 목구멍, 식도와 배, 오감을 가진 사람.

"라면 끓이시니껴?"

뒤에서 여인의 목소리가 들려온다. 여인이 들고 온 쟁반에는 종이컵이 하나 올려져 있다.

"아닙니다, 차라도 마실까 싶어서."

"응, 잘됐네. 이거 드셔봐요. 우리 밭에서 딴 차로 만든 거라요."

흰 종이컵에 연두색 액체가 담겨 있다. 나는 고맙다고 인사를 하고 잔을 받아들었다. 여인이 문을 열고 들어가는 사이 안에서는 클라리넷 소리가 흘러나왔다. 무슨 사연이라도 있는 집인가. 아니면 텔레비전 연속극의 배경음악인가. 나는 고개를 갸웃거리다가 종이

컵의 차를 마셨다. 잘 마셨다.

다음날 아침, 다시 여인은 차를 가져왔다. 나는 고맙게 받아마신 뒤에 말했다.

"아주머니, 저는 사실 이렇게 맛있는 차를 어제 처음 마셔봤습니다. 실례되는 말씀인지 모르지만 혹시 이 차, 조금 파실 수 없으시겠습니까?"

그건 진심이었다. 여인은 빙긋 웃었다. 그러고는 맞은편 산의 밭을 가리켜 보이고는 저게 다 차밭이라고 했다.

"우리 차밭의 차는 비료도 안하거덩요. 거름만 해. 비구니 스님들이 차를 좋아하시거덩요. 그런데 차가 속을 훑어낸다 카잖아요. 우리 차는 산이 높다보이 추운 데서 커가지고 잎이 쪼만하고 애기 겉이 여리요. 고기 안 먹는 스님들이 식전에 마시도 괜찮다고 스님들이 따가요."

난 마음이 급해졌다.

"그럼 그 스님들에게라도 조금 얻을 수 없을까요?"

여인은 잠시 기다리라고 하더니 느린 걸음으로 가서 차를 한통 꺼내왔다. '자미산 우리 야생차'라고 쓰인 통 속에 새의 혀보다 작고 검푸른 잎이 들어 있었다. 가격은 오만원인데 내게는 '인연이 닿았으니' 만원을 깎아주겠노라고 했다. 내가 돈을 치르려고 하자 여인은 잠시 기다리라고 하더니 정식 다구와 끓인 물을 내왔다. 바로 그 차를 넣어 한번 마셔보라는 것이었다. 그 자신만만함이 어쩐지 거북스럽기도 했지만 나는 여인이 보는 앞에서 예술품이 틀림없는 다기로 차를 우려내어 마셨다. 여인은 집안일을 하느라 왔다갔다하면서 내가 하는 양을 넘겨보고 있었다. 물소리, 바람 내음이 심혼을 뒤흔들었다. 그래서 차가 맛이 덜했는지도 모른다.

"이 차가 아닌 것 같은데요. 어제 마신 그 차를 좀, 아니 아까 아침에 마신 차도 괜찮습니다. 그걸 마실 수 있을까요?"

여인은 고개를 갸웃거리며 말했다.

"어지밤하고 오늘 아까 마신 차는, 차라고 할 거도 엄꼬, 그기 머라나, 아들 아부지하고 나하고 부스러기 찻잎 가지고 연습으로 한번 만들어본 기라요."

"저는 그 차가 좋습니다. 어제 그 차를 마셔보고 나서, 제가 이때까지 차를 헛마셔왔다고 생각했으니까요. 기왕이면 어제처럼 종이컵에 담아서 주시겠습니까?"

여인은 고개를 꼬고는 인상을 한껏 찌푸렸다.

"하이고, 우야꼬. 그거는 아까 자야 아부지가 소여물 주는데 쪼매 남은 걸 마저 톡 털어넣어삐렸는데."

산의 입구에 도착하고 나서 나는 이 말을 안한 것을 후회했다.

"그럼 그 소라도 파시겠습니까?"

국화차는 있다

　　　　　　　5월에, 5월에 나는 중국에 갔다. 동행
한 벗들은 셋이었다. 중국에 초행길인 사람이 하나 있었고 나는 세
번째 가는 길이었고 다른 두 사람은 댓 번 이상은 드나들었다. 놀
자는 데는 만장일치였지만 어떻게 노느냐에 대해서는 각각 견해가
달랐다. 우리는 경비절약과 초행자에 대한 배려, 기타의 편의를 위
해 여행사의 관광단에 들어 여행을 하기로 했다. 관광단은 평범한
호텔과 평범한 코스, 평범한 음식을 제공받고 평범하게 놀게 되어
있었다. 물론 나는 그 관광단을 따라다닐 생각이 전혀 없었다. 어
떻든 나는 이렇게 놀기로 작정했다.
　　첫쨋날은 여행사에서 주는 대로 먹고 쉰다. 둘쨋날은 중국 하고
도 수도인 북경에 왔으니 그 유명한 북경요리를 먹는다. 셋쨋날은

해물을 위주로 한 상해요리를 섭렵한다. 넷쨋날은 조주요리를 맛
본다. 왜 조주요리라고 하는지는 추천한 사람이 말해주지 않았다.
호텔방에 누워서 빈둥거리며 생각해보니 저 유명한 선승(禪僧) 조
주(趙州)의 식단을 참고하여 만든 요리가 아닐까 싶기도 했다(나
중에 알고 보니 중국 남부지방 챠오져우(潮州)의 요리로 해산물과
풍성한 야채를 위주로 한 요리였다). 그 다음날에는 중국요리 가
운데 우리 입맛과 가장 비슷하다는 사천요리의 정수를 맛본다. 엿
새째에는 책상과 비행기를 빼고는 네 다리 달린 모든 존재를 요리
한다는 광동요리를 탐험한다. 이 모든 것을 위해 나는 신용카드 사
용한도를 꽉 채울 용의가 있었다. 나는 중국으로 떠나기 전에 벗들
앞에서 이미 나의 계획을 엄숙히 천명했다.

어떻든 첫날은 여행사에서 주는 대로 먹고 쉬었다. 둘쨋날 새벽
다섯시, 호텔방의 전화가 요란스럽게 울렸다. 북경 일대의 명소를
사나흘 안에 돌아보려면 매일 그 시각에 일어나 호텔에서 제공하
는 뷔페식 아침을 먹고 곧장 출발하여야 한다는 것이다. 나는 벗들
을 보내고 더 자려고 이불을 뒤집어썼다. 그런데 잠을 설쳐 입이
부루퉁해진 벗들이 그냥 내버려두지 않았다.

"야, 야, 야, 야, 야, 야! 이 의리없는 놈아, 너 혼자 방에서 자빠
져 자다가 혼자 맛있는 걸 처먹으러 간다구? 너 군대도 안 갔다왔
어? 같이 왔으면 같이 움직여야 할 거 아냐. 단 하루도 그렇게 못
해?"

나는 마지못해 일어나서 그놈의 의리란 걸 지키기 위해 호텔 식
당으로 내려갔다. 거기에는 세계 어디에서나 먹을 수 있는, 몰개성

한 미국식 아침식사를, 그나마 무성의하게 모방한 식단이 차려져 있었다. 그 와중에서도 중국 맛이 밴 볶음밥을 찾아낸 걸 다행으로 여기면서 꾸역꾸역 아침을 먹었다. 관광단을 태운 버스는 내가 그 전해에 가본 적이 있는 코스를 똑같이 달렸다. 똑같은 안내방송과 똑같은 우스개에 똑같은 반응이 나오는 따분한 길이었는데 게다가 중간에 들르는 식당이며 식단까지 똑같았다. 그 식단이라는 것은 중국요리를 한국사람의 입맛에 맞게 개조한 종류로 사료와 음식의 중간쯤 되는 수준이었다. 처음 먹는 사람들이야 그런대로 먹을 만할지 몰라도 나로서는 죽을 맛이었다. 저녁까지 의리를 지키려고 버스가 가는 대로 한식당으로 가서 중국식 한식을 먹었다. 배가 부른 정도가 아니라 더부룩하고 트림이 넘어오는데 무슨 북경요리를 먹겠는가. 맥주를 몇잔 마시고 취해서 잠들었다.

다음날은 관광단을 따라가지 않고 벗 하나와 둘이 남아 북경거리를 돌아다니기로 했다. 그런데 동행한 벗이 오는 날부터 영 속이 좋지 않다고 내내 배를 끌어안고 있었다. 점심을 간단한 북경요리로 먹고 저녁은 화려하게 상해요리를 먹자던 계획은 초장부터 틀어졌다. 어렵사리 한식당을 찾아내서 김치찌개인지 된장찌개인지를 먹고 나니 더이상 아무것도 먹을 수가 없었다. 시간은 또 왜 그렇게 빨리 가는지 저녁이 금방 돌아왔고 일행도 돌아왔다. 그들은 저녁으로 그 유명한 '북경 오리'를 먹었노라, 맛은 없지도 있지도 않았노라, 하여튼 왔노라, 보았노라, 어쨌노라, 저쨌노라 하는 것이었다. 그래서 나는 그날 북경요리를 먹은 걸로 간주하기로 했다. 하여간 여기는 북경이고 북경요리를 먹었다고 떠들어대는 벗이 있으니 말이다.

그 다음날은 죽어도 상해요리를 먹을 작정이었다. 그런데 그 망할놈의 호텔 조식에서 문제가 생겼다. 볶음밥만 먹다보니 속이 느글거려서 장아찌 비슷한 무엇이 있기에 덜렁 입에 집어넣은 것이 탈이 났다. 중국식 간장에 절인 피클 같은 것이 입에 들어가는 순간 잽싸게 뱉었지만 이미 때는 늦었다. 수도꼭지에 입을 대고 입안을 헹궈내고 양치질을 하고 비상약으로 준비한 인삼정을 진하게 타마시고 어쩌고저쩌고 했지만 소용이 없었다. 하루종일 그 냄새, 그 찝찔하고 고리탑탑한 맛이 입에서 떠나지 않았다. 아울러 조주채에 대한 환상이 바스러졌다. 아무리 선승들이 먹는 채식 위주의 식단이라 하더라도 간장을 쓸 게 아니냐 말이다. 그 간장이 바로 이 간장이 아니란 보장이 있느냐 말이다. 그렇게 또 하루가 갔다.

그 다음날, 관광단은 떠나고 우리만 남았다.

"여러분, 이제 나는 모든 욕심을 다 버렸다. 바라건대 딱 한끼라도 제대로 된 중국요리를 먹자."

나를 가엾게 여긴 벗들은 자신들의 위대한 계획을 취소하고 내 말을 들어주었다. 사업차 중국에 여러번 드나든 친구가 아는 유학생을 급히 수배해서 오게 했다. 유학생이 우리를 안내하여 북경에 있는 상해요리 전문식당 중에 특급은 아니지만 일급은 되는 곳으로 가기로 했다. 유학생이 식당을 알아보러 간 사이 우리는 식당 맞은편에 있는 백화점에 들어가서 구경을 했다. 거기서 난 느닷없이 국화차를 마셨다.

유학생이 돌아와 말했다.

"너무 비싸던데요. 며칠 전에 우리나라에서 온 사람 둘하고 여기 관리하고 세 사람이 가서 먹었는데 우리 돈으로 백오십만원이 나왔답니다."

나는 주먹을 꼭 쥐며 대답했다.

"돈은 상관없어요."

유학생은 다시 천천히 입을 열었다.

"그게 말이죠, 돈이 있어도 안된다는군요. 예약을 해야 한답니다. 적어도 이틀 전에는요. 요리를 하려면 재료와 시간, 사람이 있어야 하니까요."

"알랑가 모르겠는데 우린 오늘밖에 시간이 없어요."

"그럼 안되겠네요. 재료가 준비되지 않으면 최상의 요리를 먹을 수가 없지요. 최상의 요리를 먹게 해줄 수 없다면 일류요리사가 아니니까 요리사로서의 자존심 때문에라도 그렇게 할 수 없을 겁니다. 오늘 당장 상해요리를 드시고 싶으면 아무데나 가실 수밖에 없겠어요."

그래서 우리는 그 백화점 지하의 한식당에서 불고기와 소주를 먹었다.

그래도 난 국화차, 국화차를 마셨다. 난 세상에서 가장 좋은 국화차, 국화차를 마셔보았다.

국화차는 없다

　　이제 국화차에 대해 말할 차례다. 누구도 국화차에 대해 말해달라고 하지 않았다. 이게 중요하다. 다시 말하거니와 그 누구도 내가 마셔본 국화차에 대해 말하라고 이야기하지 않았다. 나는 자발적으로 말한다. 국화차가 여기 있다. 조그맣고 귀여운 낙원이 지상에 존재한다.

　　국화차는 국화잎으로 만든다. 꽃잎으로 만드는 차는 여러가지가 있지만 나는 국화만큼 차에 어울리는 꽃을 알지 못한다.

　　국화차를 책에서 찾아보면, 그것도 전통이 있는 『증보산림경제(增補山林經濟)』를 찾아보면 '황국 꽃잎에 녹두녹말을 묻혀 잠깐 데쳐 건져서 꿀물에 타 마시는 차'라는 황당한 설명이 나와 있다. 그 뒤에 나온 『한국요리백과사전』이라는 책은 '끓는 물에 말린 황

국화를 잠깐 담갔다 마시는 것'이라고 재미없게 설명하고 있다. 그
렇다면 내가 마신 것은 국화차가 아니고 국화탕이었나. 그럴지도
모른다. 상관없다.

중국에 가면 뻬이징이라는 도시가 있다. 그 북경 하고도 연경대
하(燕京大廈). 대하는 큰 상점을 말하는 모양인데 우리나라의 백
화점쯤이라고 생각하면 되겠다. 하여튼 백화점, 아니 대하 안은 기
이할 정도로 조용했다. 식료품을 파는 지하매장과 화장품이며 구
두 따위의 소품을 파는 일층은 그런대로 사람이 붐비는 듯한데 보
석이며 골동, 서화를 파는 사층은 파리 날갯소리가 들릴 정도로 조
용했다. 나는 그곳에 가서 단계연(端溪硯)이라는, 조선 후기 난초
의 대가인 흥선대원군 이하응이 그것을 소유했을 당시 국내에 단
두 개밖에 없었다는 그 단계연, 단계라는 계곡인지 개울인지에서
나는 돌로 만든 연청색의 벼루를 구경하기 위해 그 백화점, 아니
그 대하의 예술품 판매코너로 갔다. 단계연은 있었다. 많았다. 값
은 예상했던 것보다는 헐했지만 꽤 비쌌다. 나는 벼루를 사기 전에
종업원에게 길을 물어 화장실에 가게 되었다.

중국 길거리의 일반적인 화장실. 측소(厠所)라고 표현하는 그곳
은 대체로 문이 없다. 문이 있어서 개인적인 공간을 보장하면 무슨
엄청난 불궤라도 도모할까봐서 그랬나? 변기가 없다. 그저 구멍
하나가 뚫려 있을 뿐이다. 그 구멍은 우주의 알처럼 원형인 것도
있고 고대의 중국인들이 상상한 바, 우주의 생김새처럼 네모진 것
도 있다. 하여튼 우주와 무슨 연관이 있어도 있다. 고급호텔의 화
장실은 서양의 화장실과 다를 바 없다. 그렇다면 북경에서도 상류

층의 사람들이 주로 출입하는 고급백화점의 화장실은 어떻게 생겼
는가. 문이 있었다! 변기는 없었다! 구멍은 있었다! 그 구멍은 반
경 두 뼘쯤 되는 구릿빛 금속으로 테두리가 둘러쳐져 있었다. 그
구멍을 정확히 겨냥하여 엄청난 일을 도모하기는 쉽지 않을 듯했
다. 물을 내리는 레버는 직경 십 쎈티미터는 됨직한 파이프 중간에
매달려 있었는데 그 레버를 당기자 노도와 같은 기세로 물이 쏟아
졌다. 레버를 원래대로 수평의 상태로 돌려놓자 물은 멈추었다. 그
러나 이미 구릿빛 금속 테두리를 넘친 물은 내 신발을 적시고 말았
다. 다행히 신발에는 물 외에는 아무것도 묻지 않았다. 불행히 우
주의 흔적은 하나도 남지 않고 사라져버렸다.

　우주에 관해서가 아니라 국화차를 이야기하고 있었다. 국화차를
말하고 있었다. 나는 문방구에 들러 큰마음을 먹고 벼루를 샀다.
그리고 일행이 기다리는 곳, 백화점 구내에 있는 다관(茶館)으로
갔다. 그들은 말없이 무슨 차를 마시고 있었다. 내가 가자 일행 중
한명이 주전자를 내밀었다. 따로 차를 시킬 필요는 없었다. 다관의
주인인지, 지배인인지, 종업원인지, 그들의 연인인지 뭔지 모를 여
인은 우리에게 전혀 관심이 없었다. 주전자 뚜껑을 열자 연노랑색
의 국화꽃이 불쑥, 아니 몽글 하고 피어올랐다. 나는 깜짝 놀랐다.
　"이게 뭐지?"
　"국화차."
　"국화폭탄이라는 말이 맞겠네. 이놈에게 맞아죽을 수도 있겠어
요."
　국화를 말린다. 그늘에서 말린다. 덩어리로 뭉치는 것도 있고 하

나씩 따서 말리는 것도 있다. 당연히 후자가 상품(上品)으로 뜨거운 물에 넣으면 원래의 모양 그대로 살아나 몽글몽글 솟아오른다. 함초롬히 비에 젖은 국화. 뒤늦게 우산을 들고 뛰어오는 연인을 오연하게 돌아보는 처녀. 처녀의 목덜미에 떨어져 맺힌 빗방울. 차마 속살로 구르지 못하고 하나의 우주로, 우주의 알로 존재하는 그 순간.

그 맛은 쉽사리 형용할 수 없다. 국화의 깨끗한 향기, 풍만한 젖가슴 같은 빛깔. 침묵 속에 차는 무르녹고 입과 식도와 위장이 모두 기꺼이 꽃의 여신에게 무릎을 꿇었다. 무릎이 있었다면 그렇게 했으리라.

그 국화차는 팔지 않는다고 했다. 같은 백화점 안의 차용품을 파는 곳에서도 그런 국화차는 볼 수 없었다. 차값이 얼마였던가. 석 잔에 백오십 위안? 그 정도 했을 것이다. 호텔의 커피숍에서 마시는 커피값이 이십 위안 정도였다. 백화점 안의 차용품점에서 파는 국화차 한통, 그러니까 국화차 수백 잔은 만들 수 있는 양이 팔십 위안.

나는 그후로 늦사랑에 빠진 사람처럼 허둥거리며 차를 파는 곳이면 혹 국화차가 있느냐 물어보며 다녔다. 강원도 영월, 동강이 내려다보이는 찻집에서 국화차를 마셨는데 그건 한통에 팔십 위안짜리 차로 만든 국화탕이었다.

얼마 전에 경기도 용인 근처에서 야생국화를 직접 따서 만들었다는 국화차를 만났다. 그 맛은 향기롭고 알싸했다. 새끼손톱의 반의 반만한 꽃잎은 작고 개성이 있었다. 그것도 일미라고 할 만하다. 그러나 내가 찾던 국화차는 아니었다.

그 국화차는 어쩌면 세상에 더이상 존재하지 않을지도 모른다. 같은 국화는 없다. 같은 시간은 없다. 같은 공간의 같은 침묵, 같은 순간은 존재하지 않는다. 나 역시 그 국화차를 만난 이후 달라졌다. 따지고 보면 모든 국화차, 모든 사람, 모든 순간이 그렇다. 이 순간의 이 우주는 이 순간이 지나면 더이상 존재하지 않는다. 그런 생각이 들 때마다 그 국화차, 그 순간, 그 사람을 맛보았다는 느낌으로 행복하다. 슬프다.

소풍

초판 1쇄 발행/2006년 5월 15일
초판 17쇄 발행/2021년 11월 17일

지은이/성석제
펴낸이/강일우
책임편집/강영규
펴낸곳/(주)창비
등록/1986년 8월 5일 제85호
주소/10881 경기도 파주시 회동길 184
전화/031-955-3333
팩시밀리/영업 031-955-3399 · 편집 031-955-3400
홈페이지/www.changbi.com
전자우편/lit@changbi.com

ⓒ 성석제 2006
ISBN 978-89-364-7113-2 03810